VON MÄUSEN UND MORDEN

DIE GEHEIMNISSE DES NEVERMORE BOOKSHOP, 2

STEFFANIE HOLMES

VON MÄUSEN UND MORDEN

Begleite einen grüblerischen Antihelden, einen Meisterverbrecher, einen frechen Raben und eine Heldin mit einem großen Herzen (und einer noch größeren Büchersammlung) in dieser heißen, neuen Reverse Harem Paranormal Mystery Serie.

Als der örtliche Club der verbotenen Bücher seinen Versammlungsraum verliert, bietet Mina ihnen den Nevermore Bookshop an (natürlich ungeachtet von Heathcliffs mürrischen Protesten). Sie ahnt nicht, dass der Buchclub der alten Damen bald mörderisch werden wird.

Zuerst vergiftet jemand Frau Scarlett, und dann fallen die Mitglieder des Buchclubs um wie die Fliegen. Wer im Dorf wird zum Mörder, nur um Leute davon abzuhalten, ein paar staubige alte Bücher zu lesen? Mina muss es schnell herausfinden, sonst ist ihre geliebte Lehrerin Frau Ellis die Nächste, die sterben wird.

Zum Glück hat sie Moriarty, Heathcliff und Quoth, die ihr

helfen. Das heißt, wenn sie sich über ihre Gefühle für die drei fiktiven Männer klar werden könnte, bevor die magische Buchhandlung von sexueller Spannung zerrissen wird.

Sie wollen sie. Sie kann sich nicht entscheiden.
Aber vielleicht ... muss sie das auch gar nicht.

Die Geheimnisse des Nevermore Bookshops sind das, was du bekommst, wenn alle deine Book Boyfriends zum Leben erwachen. Neu von der *USA Today*-Bestsellerautorin Steffanie Holmes. Lies nur weiter, wenn du glaubst, dass ein heißer Buchheld nicht genug ist!

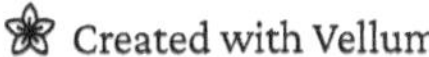 Created with Vellum

ABONNIERE DEN NEWSLETTER FÜR UPDATES

Möchtest du eine kostenlose Bonusszene aus Quoths Sicht oder Heathcliffs Ladenregeln haben? Dann hole dir das *Cabinet of Curiosities* für Bonusszenen und zusätzliches Material, ein Steffanie Holmes-Kompendium mit Kurzgeschichten und Bonusszenen, indem du dich für den Steffanie Holmes-Newsletter anmeldest.

http://www.steffanieholmes.com/newsletterdeutsch

In meinem Newsletter erzähle ich jede Woche von wahren Begebenheiten, seltsamen Ereignissen, verfallenen Ruinen und gruseligen Fakten, die meine Geschichten inspirieren. Du erhältst außerdem exklusive Bonusszenen und Updates. Ich liebe es, mit meinen Lesern zu sprechen, also komm zu mir und erleb gruseligen Spaß :)

Für all meine Book Boyfriends, die mich die ganze Nacht wachhalten.

INSCHRIFT

»Es wird immer eine Menge nicht ganz zurechnungsfähiger Spinner auf den Straßen geben, und die neigen dazu, sich in Buchläden herumzutreiben.«

– George Orwell, *Bookshop Memories*, 1936

I

»Wie sieht das aus?«, rief Morrie aus seiner prekären Position auf der Holzleiter, während er das Bild einer tobenden Godzilla-Katze, die eine Stadt voller fliehender Mäuse terrorisierte, gegen die dunkle getäfelte Wand über der Treppe hielt.

»Wie die Eingeweide einer von Grimalkin ausgeweideten Maus«, knurrte Heathcliff.

»Miau«, rief Grimalkin von ihrem Sitzplatz auf Heathcliffs Schulter.

»Hey«, schmollte Quoth. Er saß auf der untersten Stufe der Treppe. Sein schwarzes Haar hing ihm über das Gesicht und hüllte ihn in Schatten. »Ich habe hart an dem Bild gearbeitet.«

»Ignoriere Heathcliff, er ist keine Hilfe.« Morrie stützte sich an der Wand ab, als die Leiter wackelte. »Mina, was denkst du?«

»Ich finde, die Leiter sieht nicht sehr stabil aus.«

Morrie knirschte mit den Zähnen, als sich seine Armmuskeln durch das Halten des Gemäldes verkrampften. »Ich möchte dich daran erinnern, dass ich hier oben meinen schönen Hals für *deinen* genialen Plan riskiere. Wir *müssen* Quoths Gemälde nicht überall im Laden aufhängen ...«

»Schon gut, schon gut. Schieb es fünf Zentimeter weiter nach links, damit es mittig an der Wand hängt.« Morrie lehnte sich vor und streckte seine Arme den letzten Zentimeter. Ich nickte und er griff nach seinem Hammer und ...

Etwas Warmes strich über meine Stiefel. Eine kleine weiße Gestalt huschte die Treppe hinauf und am Rahmen der Leiter entlang. Eine zuckende Nase schnupperte an der Luft, während die Maus ihren nächsten Schritt überlegte.

»Iiiiaaaau!« Heathcliff stöhnte auf, als sich Grimalkins Krallen in seine Schulter gruben. Sie warf sich quer durch den Raum, flog die Treppe hinauf und landete auf der untersten Sprosse der Leiter, gerade als die Maus an Morries Hosenbein hochschnellte.

»Hilfe, sie ist in meiner Hose!« Morrie stürzte nach vorne und hüpfte von einem Fuß auf den anderen, während er mit dem Gemälde auf sein Bein schlug. Die Leiter wackelte auf der Stufe und taumelte auf den Rand der Treppe zu.

»Morrie, pass auf!«, rief ich. Morrie sprang gerade von der Leiter, als das Bein über die Kante der Stufe kippte und das ganze Ding die Treppe hinunterstürzte. Das Bild flog ihm aus der Hand und segelte durch die Luft.

Federn flogen in alle Richtungen, als Quoth sich in seinen Raben verwandelte. Er flog aus dem Weg, als die Leiter über die unterste Stufe rutschte. Ich schnappte nach Luft.

Quoth flog über mich hinweg und fing den Rahmen mit seinem Schnabel, kurz bevor er auf dem Boden aufschlug. Er flatterte mit den Flügeln und setzte ihn an der Wand ab.

Die Maus flitzte an ihm vorbei. Grimalkin hüpfte die Treppe hinunter und sprang ihr hinterher. Quoth streckte eine Kralle aus, um das Tier zu fangen, aber die Maus schlüpfte durch seinen Griff und verschwand unter einem Regal.

Grimalkins Vorderpfoten rutschten auf den Dielen ab, und sie heulte auf, als sie in Quoth hineinrutschte und die beiden in einem wütenden Knäuel aus Fell und Federn durch den Raum kullerten.

Mit klopfendem Herzen rannte ich die Treppe hinauf und schlang meine Arme um Morrie, der immer noch wie wild auf sein Hosenbein schlug.

»Holt sie raus, holt sie raus, holt sie raus!«, jaulte er.

»Sie ist weg.« Ich packte ihn unter den Armen und zog ihn auf die Beine, wobei ich überrascht war, nasse Flecken unter seinen Armen zu spüren. *Hatte James Moriarty, kriminelles Superhirn und renommierter Mathematikprofessor, etwa Angst vor einer kleinen Maus?*

Es sah ganz so aus. Morrie vergrub sein Gesicht in meinem Nacken. »Sie hatte kleine kratzige Beine«, flüsterte er mir ins Haar.

»Sei nicht so dramatisch. Wo ist sie hin?« Heathcliff riss Grimalkin und Quoth auseinander.

»Unter die Regale. Ich bin sicher, dass es kein Grund zur Sorge ist. Es ist nur eine kleine Maus.« Ich strich Morrie eine Haarsträhne aus dem Gesicht. Seine Unterlippe zitterte ganz entzückend. »Der Reihe von kleinen Trophäen nach zu urteilen, die an der Sitzstange über der Tür hängen, werden Quoth und Grimalkin früher oder später kurzen Prozess mit ihr machen.«

»Das war nicht nur eine Maus«, knurrte Heathcliff. »Er ist die Graue Furie, die Maus der Baskervilles, die Dämonenmaus der Butcher Street.«

»Wer ist jetzt dramatisch?«

»Hast du die Zeitung nicht gelesen?« Morrie ließ sich auf die Vordertreppe fallen und faltete die Hände über seinen langen Beinen. »Dieser kleine Kerl hat in allen Läden der Stadt die Runde gemacht, sich durch Stromkabel und Rohrleitungen gefressen, Kunden erschreckt und gegen die

Gesundheitsvorschriften verstoßen. Es sieht so aus, als hätte er beschlossen, sich jetzt in unserem Laden niederzulassen. Das gefällt mir nicht. Ich kann nicht gut mit *Ungeziefer* umgehen.«

»Eine *Maus* macht Schlagzeilen im Argleton *Anzeiger*?« Vier Jahre in New York City hatten mich den Irrsinn des Dorflebens vergessen lassen.

»Nicht nur Schlagzeilen. Die erste Seite.« Morrie zuckte zusammen, als er sich aufrichtete und seine Hose abwischte. »Diese Hose ist jetzt kontaminiert. Ich werde sie wegwerfen müssen, dabei hat sie vierhundert Pfund gekostet.«

»Du kannst vierhundert Pfund für eine Hose ausgeben?« Ich glaube nicht, dass ich jemals in meinem Leben vierhundert Pfund gesehen habe.

»Vergiss seine verdammten Hosen. Sieh dir an, was du mit meinem Laden gemacht hast!« Heathcliff verschränkte die Arme und starrte auf die Leiter, die eine zertrümmerte Sprosse hatte und einen langen Kratzer an der Brüstung hinterlassen hatte.

»Das war nicht ich«, protestierte Morrie. »Es war die Maus!«

»Miiiiiiiauuuuu!«, heulte Grimalkin.

Meine Schläfen pochten. *Ein ganz normaler Tag im Nevermore Bookshop.*

Die Ladenglocke bimmelte. Heathcliff runzelte die Stirn, als das Geräusch von polternden orthopädischen Schuhen die Ankunft eines älteren Kunden ankündigte. Diese Art von Kunden mochte er am wenigsten, nach Kindern, Millennials und allen anderen.

Heathcliff war der einzige Ladenbesitzer, den ich kannte, der sich wünschte, die Kunden würden ihn einfach in Ruhe lassen. Seit ich im Nevermore Bookshop arbeitete, kamen die Kunden in Strömen zu uns, aber dafür machte ich den jüngsten Mord in der Soziologieabteilung verantwortlich. Obwohl die

Polizei das Verbrechen vor über einem Monat aufgeklärt hat (mit ein wenig Hilfe von Heathcliff, Morrie, Quoth und mir), strömten die Dorfbewohner immer noch zu dem Raum im Obergeschoss, in dem der Mord stattgefunden hatte.

Ob du es glaubst oder nicht, ein Mord in meiner ersten Arbeitswoche war bisher das *geringste* meiner Probleme gewesen. Es hatte sich herausgestellt, dass es sich bei dem Mordopfer um meine ehemalige beste Freundin Ashley handelte, und da ich beim Auffinden der Leiche dabei war, war die Polizei davon überzeugt gewesen, dass ich es getan hatte. Zum Glück hatten wir es geschafft, meinen Namen reinzuwaschen und einen gefährlichen Mörder hinter Gitter zu bringen.

Es hatte sich auch herausgestellt, dass mein neuer Chef und seine beiden Mitbewohner in Wirklichkeit die fiktiven Figuren Heathcliff, James Moriarty und Poes Rabe waren. Und die Buchhandlung, die ich, seit meiner Kindheit geliebt hatte, war keine gewöhnliche Buchhandlung. Sie wurde von einem Fluch heimgesucht, hatte eine versteckte Sammlung okkulter Bücher und einen Raum, der sich vorwärts und rückwärts in der Zeit bewegte.

Und weil mein Leben nicht schon verrückt genug war, hatte ich mit Morrie *geschlafen*. Na ja, geschlafen wurde nicht viel. Er hat mich hart gegen eines der Bücherregale im Flur genommen. Meine Wangen röteten sich, wenn ich nur daran dachte. Seitdem hatten wir es überall getrieben, wo wir konnten. In der Abstellkammer, auf seinem perfekt gemachten Bett und auf Heathcliffs Stuhl im Wohnzimmer. Mein Körper kribbelte, wenn ich nur daran dachte, wie Morries Hände über meine Haut glitten. Mein Leben war verrückt, aber es war noch nie so perfekt gewesen. Abgesehen von dem winzigen, ungelösten Problem, dass ich nicht mit einem Meisterverbrecher zusammen sein wollte, dass Heathcliff mich geküsst und Quoth erklärt hatte, dass er etwas für mich empfand, und ich nicht wusste, für wen ich mich entscheiden sollte.

Ach ja, und ich war dabei, blind zu werden. Das war auch so eine Sache.

Quoth flatterte davon, um unseren Kunden zu begrüßen, während Morrie sich bemühte, die Leiter in Ordnung zu bringen. Heathcliff schlurfte zurück zu seinem Schreibtisch, ließ seinen muskulösen Körper in seinen Stuhl gleiten und schlug das Buch vor sich mit einem dumpfen Knall auf.

Ich schätzte, dann würde ich dem Kunden wohl helfen. Ich drehte mich um, um zu sehen, wer durch die Tür gekommen war.

»Oh, hallo, Frau Ellis!« Frau Ellis war die urkomische alte Schachtel, die früher meine Lehrerin gewesen war. Sie hatte meine Liebe zum Lesen gefördert, indem sie mir immer Bücher geschenkt hatte, die weit über meinem Niveau gelegen hatten und auf deren Titelseiten meist muskulöse Männer und schwitzende Frauen in verschiedenen Stadien der Nacktheit abgebildet waren. Sie war schon vor Jahren in den Ruhestand getreten. Jetzt wohnte sie in einer kleinen Wohnung über der Frittenbude auf der anderen Straßenseite, was ihr sehr gelegen kam, da sie von dort aus die Gespräche auf der Straße belauschen und den ganzen Dorfklatsch mitbekommen konnte.

»Hallo, Mina, Liebes.« Frau Ellis schlang ihre Arme um mich und umarmte mich mütterlich. Ich atmete einen Schluck Hyazinthenparfüm ein und versuchte, nicht zu würgen. Als ich mich von ihr löste, blickten mich zwei graue Augen über Frau Ellis' Schulter an.

Die Augen gehörten einer mürrischen Frau in einem purpurroten Anzug, mit passender Handtasche und Hut. Sie schaute durch eine Hornbrille auf mich herab.

»Das ist kein angemessenes Outfit für einen Job im

Einzelhandel«, sagte sie stirnrunzelnd und ließ ihren urteilenden Blick über meinen Körper gleiten.

Ich strich die Vorderseite des T-Shirts glatt, das ich am Abend zuvor im Siebdruckverfahren bedruckt hatte. Darauf stand: »I like big books and I can not lie«, wobei die OOs in dem Wort BOOKS strategisch über meinen Brüsten angeordnet waren. Morrie und Quoth fanden es witzig, während Heathcliff es noch nicht bemerkt zu haben schien. »Was meinen Sie denn?«, fragte ich voller Sonnenschein und Unschuld. »Ich erkläre damit meine Liebe zum geschriebenen Wort.«

»Das impliziert, dass Sie von Büchern sexuell erregt werden, wie eine Art perverse *Lesbe*.« Sie schnaubte verächtlich.

»Oh nein«, rief Morrie vom oberen Ende der Treppe. »Ich kann Ihnen versichern, dass sie ein großer Fan von Schwänzen ist.«

Frau Ellis kicherte und drückte meine Hand. »Ich wusste, dass du dir einen dieser hübschen Kerle angeln würdest, Liebes. Erzähl mir, ist er lang und schlank an den richtigen Stellen?«

Mein Gesicht glühte vor Hitze. *Konnte mich der Boden einfach verschlucken?*

Das Gesicht der Frau wurde knallrot. Sie rief die Treppe hinauf. »Junger Mann, das ist eine unangemessene Ausdrucksweise in Gegenwart der Älteren und Sie ...«

Da ich spürte, dass sich eine Belehrung anbahnte und wie Heathcliffs Wut im Hintergrund brodelte, schaltete ich mich ein. »Es tut mir leid wegen meines Freundes und meines T-Shirts. Ich freue mich, dass ich zwei so reizenden jungen Damen beim Bücherkauf helfen kann.«

Frau Ellis kicherte. Ihre Begleiterin sah nicht annähernd so amüsiert aus, obwohl sie sich einen unsichtbaren Fussel von der Schulter strich.

»Ach du liebe Zeit, wo bleiben meine Manieren. Mina, das ist meine liebe Freundin, Gladys Scarlett.« Frau Ellis strahlte und drückte Gladys' Hand. »Wir sind zusammen im Spendenausschuss der Kirche.«

»Ich bin *Vorsitzende* des Ausschusses, vielen Dank auch«, korrigierte Gladys Scarlett sie.

»Ja, natürlich. Gladys ist sehr engagiert in der Gemeinde. Sie ist in allen möglichen Ausschüssen. Ich habe vergessen, welche es alle sind.«

»Schön, Sie kennenzulernen, Gladys«, sagte ich und schüttelte der alten Frau die Hand. Sie hatte einen festen Griff. »Ich bin Wilhelmina Wilde. Ich bin eine von Frau Ellis' ehemaligen Schülerinnen ...«

»Wilde?« Frau Scarletts Augen leuchteten auf. »Sind Sie etwa mit unserem Oscar verwandt?«

»Ähm, ich glaube nicht.« Mein Herz setzte einen Schlag aus. Meine Mama war mit sechzehn von zu Hause weggelaufen, um mit meinem Vater zusammen zu sein. Kurz nachdem sie mit mir schwanger geworden war, hatte er sie verlassen. Sie sprach immer noch mit niemandem in ihrer Familie, und ich hatte noch nie Verwandte kennengelernt. »Ich kenne niemanden, der so heißt.«

»Nein, nein, nein, *Oscar Wilde*, der große viktorianische Schriftsteller und Provokateur. Wir haben letzten Monat im Buchclub *Das Bildnis des Dorian Grey* behandelt, nicht wahr, Mabel?«

»Ja, das haben wir. Obwohl ich zugeben muss, dass es nicht so vulgär war, wie ich erwartet hatte.«

»Das Buch, das wir diesen Monat ausgesucht haben, dürfte eher nach deinem Geschmack sein«, erklärte Frau Scarlett. »Es ist eines der meistverbotenen Bücher in Amerika, seit es 1962 veröffentlicht wurde, wegen seiner Vulgarität und Sprache.«

»Sie sind beide in einem Buchclub?«, fragte ich interessiert.

»Aber natürlich! Es wundert mich, dass Heathcliff dir nichts davon erzählt hat«, sagte Frau Ellis, die gerade die Bücher auf dem Regal durchstöberte, wahrscheinlich auf der Suche nach weiterer ihrer geliebten Groschenromane. »Gladys leitet seit fünfzehn Jahren den Argleton Club der verbotenen Bücher.«

»Club der verbotenen Bücher? Ihr lest also nur verbotene Bücher?« Die Idee faszinierte mich. Heathcliff stampfte mit dem Fuß auf, um mich zur Eile zu bewegen, aber ich ignorierte ihn.

»Ja. Es war meine Idee. Wir halten es für wichtig, dass die Zensur weiterhin infrage gestellt wird«, sagte Frau Scarlett. »Jeden Monat wählen wir ein anderes Buch aus, das auf irgendeine Weise verboten wurde, und wir lesen und diskutieren seine Vorzüge und Charaktere bei einer Tasse Tee.«

»Wir kommen jeden Monat hierher, um die Bücher für unsere Mitglieder zu holen.« Frau Ellis winkte Heathcliff zu. »Herr Earnshaw ist so gut und legt unsere Wünsche für uns beiseite. Deshalb sind wir heute hier. Wegen unserer sechs Exemplare von *Von Mäusen und Menschen*.«

»Sprecht nicht von Mäusen!«, brüllte Morrie von oben.

»Er ist im Moment etwas empfindlich«, flüsterte ich laut genug, dass Morrie es hören konnte. »Eine kleine Maus ist ihm in die Hose gerannt und seitdem ist er nicht mehr derselbe.«

»Es war keine kleine Maus. Sie war riesig, wie alle Dinge in meiner Hose!«

»Ich verstehe, warum du dich in diesem Laden so wohlfühlst, Mabel«, empörte Frau Scarlett sich. »Junge Dame, bitte sagen Sie mir, dass Sie alle sechs Exemplare haben. Ich kann nicht zulassen, dass noch etwas schiefgeht.«

Heathcliff knallte einen Stapel Bücher auf den Schreibtisch. »Hier. Sechs Exemplare in nahezu perfektem Zustand. Wenn Sie Mäusekot finden, können Sie sie zum halben Preis haben. Können wir jetzt weitermachen? Das hier ist eine Buchhandlung und keine verdammte Kaffeeklatschrunde.«

»Was ist sonst noch schiefgelaufen?«, fragte ich, als ich

Heathcliff mit dem Ellbogen aus dem Weg schob, um die Kasse zu bedienen.

»Sonst treffen wir uns immer in der Dorfhalle, aber ein paar Arbeiter haben bei der Erschließung von King's Copse die Kontrolle über ihren Bagger verloren und sie direkt durch die Wand gefahren.« Frau Ellis' Gesicht leuchtete vor Freude. »Natürlich ist der Ort in einem schlimmen Zustand und die Sicherheitsvorschriften erlauben uns nicht mehr, uns dort zu treffen.«

»Wir haben gefragt, ob wir den Raum der Sonntagsschule benutzen dürfen, aber einige Mitglieder des Kirchenvorstandes waren dagegen«, erklärte Frau Scarlett. »Anscheinend hat unser Buchclub einen schlechten Einfluss auf die Gemeinde. Ich persönlich halte das für einen Versuch, mich von meinem Platz zu verdrängen und durch diese miese Helen Ingram zu ersetzen.«

»Nun ja, wir *lesen* Bücher, die die Kirche für verwerflich hält«, gluckste Frau Ellis. »Aber wie jemand etwas gegen Harry Potter haben kann, ist mir schleierhaft. Der junge Harry kommt einfach nicht zum Zug.«

»Ja, und wie man gegen gute Literatur sein kann und trotzdem dieses abscheuliche Bauvorhaben unterstützt, ist mir unbegreiflich!«

»Bauvorhaben?«, fragte ich. In New York City war ich nicht auf dem Laufenden geblieben, was Argleton anging. Ich wusste nichts von einem Bauvorhaben.

»Ein großes Bauunternehmen hat den alten King's Copse Wald gekauft. Sie bauen ein riesiges Neubaugebiet hinter Argleton.« Frau Ellis verzog das Gesicht. »Auf dem Streifen zwischen dem Wald und dem Dorf stehen schon einige Häuser. So wurde das Gemeindehaus beschädigt.«

»Ich wette, das haben sie mit Absicht gemacht. Das ist ein schreckliches Geschäft, dieses Bauvorhaben.« Frau Scarlett schnalzte mit der Zunge. Sie lehnte sich näher heran und flüsterte verschwörerisch, wobei ihr Atem einen Hauch von Knoblauch verströmte: »Aber wir werden dem bald ein Ende setzen.«

»Wie das?« Ich versuchte, mir vorzustellen, wie Frau Scarlett und eine Horde furchterregender alter Weiber sich an Bäume ketten.

»Das Land gehört zwar den Bauherren, aber wenn sie etwas darauf bauen wollen, müssen sie das Bebauungsplanverfahren durchlaufen, so wie alle anderen auch«, erklärte Frau Scarlett und reckte das Kinn. »Als Vorsitzende des Planungsausschusses werde ich nicht zulassen, dass ihre modernen Monstrositäten unser malerisches Ortsbild verschandeln. Argleton ist ein beliebtes Ziel für Touristen und Einheimische, weil es den Charme der alten Welt versprüht, und dieses Projekt bedroht ihn. Ich bin überrascht, dass Sie sich nicht mehr Gedanken darüber machen«, sagte sie zu Heathcliff. »Sie werden Ihnen die Kunden vertreiben!«

»Gut«, murmelte Heathcliff. »Ich hoffe, sie beginnen morgen mit dem Bau.«

»Gladys hat eine Petition mit Unterstützern aus der Gemeinde gestartet, um die Pläne zu blockieren, bis ein Entwurf vorgelegt wird, der besser zu unserem Erbe passt. Sie ist wirklich sehr klug«, fügte Frau Ellis hinzu. »Ich freue mich schon auf die Versammlung nächste Woche, bei der sie den Entwurf vorstellen wird. Dieser Bauleiter, Edward Lachlan, ist ziemlich gutaussehend.«

»Er ist ein *Schurke*«, zischte Frau Scarlett. »Wenn seine Frau nicht im Buchclub wäre, würde ich ihn aus dem Dorf vertreiben lassen. Aber das löst nicht die Frage nach einem Treffpunkt für unseren Buchclub. Weiß jemand von Ihnen zufällig, ob es im Dorf einen Raum zu mieten gibt? Wenn wir nichts finden, müssen wir uns im Haus von Lachlan treffen, und das will ich auf keinen Fall.«

»Warum treffen Sie sich nicht hier?«, fragte ich.

Heathcliffs Stiefel knallte neben meinen Fuß. Ich tat so, als würde ich es nicht bemerken.

»Oh, das wäre wunderbar!« Frau Ellis klatschte in die Hände. »Wie passend, wenn wir unseren Buchclub in einer echten Buchhandlung abhalten!«

Frau Scarlett schnaubte, als sie die mit Büchern gefüllten Regalreihen, den zerschlissenen Ledersessel neben dem Fenster und das ausgestopfte Gürteltier in der Mitte des Ausstellungstisches betrachtete. »Es ist ziemlich dunkel hier drin. Man muss *Von Mäusen und Menschen* lesen können, um darüber diskutieren zu können.«

Da stimmte ich ihr zu. Ich hatte nach und nach Lampen in den oberen Stockwerken angebracht, um die Räume zu erhellen, damit ich etwas sehen konnte, aber das hatte ich Heathcliff noch nicht gestanden.

Stattdessen sagte ich. »Wie viele sind denn in Ihrem Buchclub? Sie würden alle in den Raum für Weltgeschichte passen.« Der Nevermore Bookshop war in mehrere kleine Räume und verwinkelte Gänge unterteilt. Der Weltgeschichtssaal war der größte Raum im Erdgeschoss und wurde von einem Erker dominiert, der Teil eines fünfeckigen Türmchens an der westlichen Ecke des Gebäudes war. Die raumhohen Fenster und die pastellgelbe Tapete verliehen dem Raum eine fröhliche Atmosphäre. »Da drin ist es schön hell.«

»Mal sehen.« Frau Scarlett begann, an ihren Fingern abzuzählen. »Da wären wir beide und Sylvia Blume, sie ist das örtliche Medium, eine etwas verrückte Dame, aber sie bringt die leckerste Teeauswahl mit. Frau Lachlan natürlich, die Frau des verhassten Bauunternehmers. Sie leben in dem großen

Haus auf dem Hügel und tun so, als wären sie reich, obwohl sie in Wirklichkeit nur ein paar Penner aus dem East End sind. Dann gibt es noch die junge Ginny Button und meine liebe Freundin Brenda Winstone, sie ist Mabels Cousine, nicht wahr?«

»Das ist sie. Eine reizende Dame, obwohl sie diesen Trottel Harold geheiratet hat. Ich bin froh, dass er nicht in unserem Club ist.« Frau Ellis zog die Stirn in Falten. »Wir würden gerne den Club der verbotenen Bücher im Laden veranstalten und ich hoffe, dass du und der hübsche Herr Earnshaw uns Gesellschaft leisten werdet.«

»Daraus wird nichts«, knurrte Heathcliff und knallte einen staubigen Bücherstapel auf den Tresen.

»Ich würde mich riesig darüber freuen.« Ich strahlte.

»Oh, wie wunderbar.« Frau Ellis klatschte in die Hände. »Wir lassen unsere Treffen immer von Greta aus der Bäckerei beliefern. Sie macht die tollsten Krapfen mit Sahne. Gladys und ich essen jeden Morgen nach unserem Spaziergang einen, nicht wahr? Wir gehen rüber, nachdem wir unsere Bücher bezahlt haben und sorgen dafür, dass sie genug für alle bereithält.«

»Ihr müsst das Buch bis Mittwoch lesen, aaaaaaahhhh!« Frau Scarlett fasste sich an die Brust. Ihr Gesicht schwoll an und ihre ohnehin schon roten Wangen wurden noch dunkler. »Eine Maus!«

Ich wirbelte herum und sah gerade noch rechtzeitig, wie ein weißer Streifen über den Boden flog und hinter Heathcliffs Schreibtisch verschwand. Er sprang fluchend auf. Quoth stürzte vom Kronleuchter herab und sprang dem Nagetier hinterher. Die Maus verschwand zwischen den Bücherstapeln, aber Quoth war nicht klein genug, um in die Lücke zu passen, und er konnte nicht mehr rechtzeitig stoppen. Er prallte gegen das Regal und purzelte in einem Wirbel aus Federn über den Boden.

»Quoth!« Ich hob ihn auf und wiegte ihn in meinen Armen, während ich seinen Körper nach gebrochenen Knochen abtastete.

Er blinzelte mich an und plusterte sich auf, als ich ihm über den Kopf streichelte.

Das war geplant, hörte ich seine Stimme in meinem Schädel. Ich hatte mich immer noch nicht an Quoths gelegentliche telepathische Einwürfe gewöhnt, wenn er in seiner Rabengestalt war.

Ich lächelte. »Dir geht es gut.«

»Hilfe! Gladys!«, schrie Frau Ellis.

Ich wirbelte herum. Frau Scarlett war auf die Knie gesunken. Mit einer Hand hielt sie sich an der Kante von Heathcliffs Schreibtisch fest, mit der anderen umklammerte sie ihren Bauch. Sie legte ihren Kopf zur Seite und atmete tief ein.

»Mir geht es gut«, keuchte sie. »Gib mir einen Moment.«

»Gladys geht es nicht gut«, gurrte Frau Ellis und streichelte die Schulter ihrer Freundin. »Die Ärzte glauben, es ist ihr Herz. Sie bekommt diese Schwindelanfälle und ...«

»Macht Platz, der Arzt kommt.« Morrie polterte die Treppe hinunter. Er ließ sich neben der alten Dame auf die Knie fallen und überprüfte ihre Augen, schnupperte an ihrem knoblauchhaltigen Atem, kniff in ihre Ohrläppchen und klatschte ihr auf die Wangen.

»Mir geht es gut, machen Sie doch kein Aufheben.« Frau Scarlett packte Morrie an der Schulter und rappelte sich auf. »Ich habe mich nur erschrocken.«

»Diese verdammte Maus«, fluchte Morrie. »Sie haben sie gesehen, nicht wahr? Es war weniger eine Maus als vielmehr ein bösartiger *Hund* ...«

»Ja, nun.« Frau Scarlett tupfte sich mit ihrem Taschentuch die Wangen ab. »Ich glaube, wir gehen jetzt. Seien Sie so gut und kümmern Sie sich um die Maus, bevor wir uns treffen.«

»Hast du das gehört?«, knurrte Heathcliff Quoth an, der oben auf der Kasse hockte.

»Krächz!«

2

»**D**u bist heute schon wieder so spät dran«, beschwerte sich Mama, als ich durch die Tür kam und meine Tasche auf dem Sofa abstellte.

»Tut mir leid. Die Witwe von Herrn Dennison hat eine riesige Kiste mit Eisenbahnbüchern gebracht und Heathcliff wollte sie so schnell wie möglich einräumen.« Dazu hatten wir eine Flasche Wein getrunken und Morrie und ich hatten eine ziemlich heiße Knutschsession, aber das beschloss ich nicht zu erwähnen. »Wusstest du, dass Eisenbahnbücher im Grunde dafür sorgen, dass Antiquariate geöffnet bleiben? Ishtar segne diese Züge ...«

»Es gefällt mir nicht, dass du nachts durch diese Gegend läufst.« Mama wohnte immer noch in der gleichen Sozialwohnung, in der ich aufgewachsen war, am Rande der Siedlung. Unsere Nachbarn waren Bandenmitglieder, und letztes Jahr war ein Haus am Ende der Straße explodiert, nachdem eine Meth-Kochaktion schiefgegangen war. Diese Art von Gegend war es. Aber da unser Auto nur an jedem zweiten Dienstag funktionierte, war ich, solange ich denken konnte, rund um die Uhr zu Fuß unterwegs und sie hatte sich noch nie dazu geäußert.

»Ich war nicht allein.« Ich ging zum Kühlschrank und holte ein Stück Käse heraus. »Quoth hat mich nach Hause begleitet.«

»Einer deiner neuen Freunde?« Mama rannte zur Tür und spähte hinaus in die Dunkelheit. »Ich kann ihn nicht sehen. Ist er *wieder* gegangen, ohne reinzukommen?«

Er ist weggeflogen. »Ja, tut mir leid, Mama. Er ist wirklich schüchtern. Willst du einen Käsetoast?«

Sie folgte mir in die Küche. »Das gefällt mir nicht, Mina. Du verbringst jede freie Minute mit diesen Männern und ich habe sie noch nie getroffen.«

»Du kennst Heathcliff Earnshaw.«

»Ja, und das beunruhigt mich. Er ist ein Zigeuner. Du weißt doch, wie die sind.«

»Mama, das ist rassistisch, und ich werde jetzt nicht darüber reden ...« Mein Messer schwebte über dem Käse, als ich ein paar verdächtig aussehende Schachteln entdeckte, die vor den Fernseher geschoben waren. »Was sind das für Kisten?«

»Oh!« Mama hüpfte hinüber, öffnete die Klappen und hielt ein kleines Buch hoch. »Das wollte ich dir schon die ganze Zeit sagen. Das ist mein neues Geschäft.«

»Was ist mit den Wobbleators passiert?« Meine Mama war davon überzeugt, dass sie dazu bestimmt war, Millionärin zu werden, und dass der Weg zur Verwirklichung ihres Traums darin bestand, nutzlosen Mist an ahnungslose Menschen zu verkaufen. Im Laufe der Jahre hatte sie jeden Trick ausprobiert, um reich zu werden. Ihr letzter Versuch waren wackelnde Power-Plates-Fitnessgeräte gewesen.

»Sie waren einfach so *schwer*. Und ich konnte nicht mit den jungen, fitten Verkäufern mithalten. Aber ich glaube, mit denen hier endlich meine Berufung gefunden zu haben. Du musst zugeben, dass ich dieses Mal etwas Besonderes entdeckt habe.«

Sie warf ein kleines Buch auf den Tisch. Ich hob es auf und starrte auf den Titel.

Katzensprache – ein Wörterbuch von Katze zu Mensch.

Ich klappte das Buch auf. Es war in der Tat ein Wörterbuch. Und es übersetzte die Sprache der Katzen ins Englische. Anscheinend bedeutete »miu-miu« »ich bin hungrig« und »miiiiiaaaaaau« »füttere mich jetzt, oder ich kratze dir die Augen aus«.

Ich verkniff mir ein Lachen. »Mama, die sind ..., ähm ...«

»Ich weiß, sie sind genial! Jeder hat ein Haustier, das er verstehen will. Und mit all den Katzenvideos im Internet kann ich *Suchmaschinenmarketing* betreiben. Außerdem hat der Verhaltensforscher, der sie zusammengestellt hat, keine Ahnung, wie man ein erfolgreiches Unternehmen führt, also gab es sie zum absoluten Schnäppchenpreis. Ich bin nicht daran gebunden, eine bestimmte Anzahl von Büchern zu kaufen. Ich habe die Rechte an der Wörterbuchdatei gepachtet, lasse die Kopien von der örtlichen Druckerei anfertigen und darf dann den *ganzen* Gewinn behalten.« Sie kippte eine Kiste auf den Tisch. Ich zuckte zusammen, als Hunderte von Büchern herausquollen – nicht nur Katzenwörterbücher, sondern auch Hunde, Hamster, Mäuse und Goldfische. *Goldfische? Welche Geräusche machten Goldfische überhaupt?* »Ich dachte, du könntest im Nevermore Bookshop eine Auslage auf den Tresen stellen und sie vielleicht jedem andrehen, der Tierbücher kauft.«

»Mama, *nein.*«

»Aber du arbeitest doch in einer Buchhandlung. Mina, das ist perfekt.«

»Ich bringe sie nicht zu Heathcliff. Niemand wird sie kaufen.«

»Ich habe auch welche für Hunde, Wüstenrennmäuse und Ratten ...«

»Ich sagte *nein*. Können wir das bitte vergessen?« Ich schob zwei Stücke Brot in den Ofen und schaltete den Grill ein. »Ich habe heute Abend viel zu lesen. Ich bin Gastgeberin eines Buchclubs im Laden und muss das Buch, das sie gerade abhandeln, zu Ende lesen. Wenn du mich brauchst, ich bin in meinem Zimmer.«

Mama runzelte die Stirn und blätterte in dem Katzenlexikon. Mir war klar, dass ich nicht das letzte Mal davon hören würde.

ICH SCHAFFTE ES, zu duschen und ins Bett zu kriechen, ohne mich wieder mit Mama zu streiten. Unsere Wohnung hatte eigentlich nur ein Schlafzimmer, aber wir hatten die Fenster im winzigen Wintergarten neben dem Wohnzimmer verdunkelt und einen billigen Kleiderschrank aufgestellt, den Mama am Straßenrand gefunden hatte. Das Zimmer war kaum groß genug für mein Bett und meine Klamotten. Aber ich hatte es geschafft, jede freie Fläche mit Bandpostern, Ticketabschnitten und Polaroid-Fotos von Ashley und mir als rebellische Teenager zu bedecken, die schmollten und unhöfliche Gesten in die Kamera machten. Mama hatte sich nicht verändert, seit ich nach New York City gegangen war. Wenn ich mir die Wände jetzt ansah, bekam ich ein komisches Gefühl im Bauch. Ich hatte das Gefühl, dass ich die Person, die mir entgegenstarrte, kaum kannte. Sie war eine andere Mina, aus einer anderen Welt.

Ich stöpselte mir die Kopfhörer in die Ohren, drehte eine Playlist mit Nick Cave und The Sisters of Mercy auf und schlug *Von Mäusen und Menschen* auf. Draußen schlugen die Käfer gegen die Fenster, angezogen von der zu hellen Glühbirne über dem Bett.

Nach der Hälfte des ersten Kapitels verlor ich jeglichen

Kontakt zur Außenwelt. Die Worte und die Musik trugen mich fort und ich vergaß, dass ich Mina Wilde war, gescheiterte Modedesignerin und bald blinde Buchhändlerin, die in ihrem alten Kinderzimmer in der schmuddeligen Wohnung schlief, in die sie geschworen hatte, nie wieder zurückzukehren. Stattdessen war ich auf den Baumwollfeldern im Süden Amerikas bei den eingewanderten Arbeitern George und Lennie, die sich abmühten und von einer Zukunft träumten, in der sie ihr eigenes Stück Land besitzen würden. Ein Traum, der so fern und unmöglich war, dass er sich wie ein Leichentuch um sie legte.

Ich wusste, wie das war.

Eine Sache, die mir in dem Buch auffiel, war, wie sehr die Einsamkeit viele der Interaktionen zwischen den Figuren prägte. Die Freundschaft von George und Lennie war aus der Einsamkeit entstanden. Candy hatte seinen Hund verloren. Jeder hatte Bestrebungen, die ihn von einer echten menschlichen Verbindung abhielten. Sogar die nahe gelegene Stadt in der Geschichte hieß Soledad, was, wie eine kurze Google-Suche ergab, »Einsamkeit« auf Spanisch bedeutete.

All diese Einsamkeit erinnerte mich an mich selbst und die Jungs. Ich hatte mein ganzes Leben lang die Einsamkeit mit mir herumgetragen. Ich dachte, ich hätte in Ashley eine echte Freundin gefunden, aber New York City, ihre eigene Gier und ein Messer im Herzen hatten das zunichtegemacht. Wie ich lebten auch Heathcliff, Morrie und Quoth mit ihrer eigenen Einsamkeit. Heathcliff trug seine Einsamkeit wie ein Ehrenabzeichen, Morrie vergrub sie tief und überdeckte sie mit großspurigen Witzen und Machtspielen, und Quoth ..., Quoth benutzte seine Einsamkeit wie ein Leichentuch.

Einsamkeit ... und Ohnmacht. Jede Figur in *Von Mäusen und Menschen* litt unter einem gewissen Mangel an Macht, und jede hatte einen Plan, wie sie mehr Macht und Status erlangen konnte. Am Ende des Buches wurde jeder dieser Pläne über den Haufen geworfen und zerschmettert. Sogar Lennie, der körperlich stärkste Charakter des Buches, wurde durch seine geistige Behinderung seiner Kraft beraubt. Es gab keine Möglichkeit, den Lauf der Zeit oder die Unausweichlichkeit der natürlichen Ordnung aufzuhalten.

Ich beendete *Von Mäusen und Menschen* gegen Mitternacht und mir liefen die Tränen über die Wangen, als (Spoiler-Alarm) George der Sinnlosigkeit seiner Machtlosigkeit nachgab und Lennie tötete. Der Fernseher dröhnte immer noch im Wohnzimmer. Ich musste dringend pinkeln, aber ich wollte keine weitere Konfrontation mit Mama, also machte ich das Licht aus, legte mich zurück aufs Kissen und starrte an die Decke.

ICH MUSSTE EINGESCHLAFEN SEIN, denn im nächsten Moment strömte graues Licht durch die Löcher in meinen schimmeligen Vorhängen. Der Regen prasselte gegen das Glas und ein kalter Schauer überzog meine nackte Haut. Ich kroch aus dem Bett, schlich auf Zehenspitzen ins Bad, um meine platzende Blase zu entleeren, zog mir etwas an und schlich aus dem Haus, bevor Mama mich wieder mit Wörterbüchern in Katzensprache nerven konnte. Als ich meine Tasche öffnete, um mein Handy hineinzuwerfen, stellte ich fest, dass sie drei Wörterbücher hineingestopft hatte. Ich warf sie auf das Sofa, wo sie sie mit Sicherheit sehen würde, und ging.

Ich eilte durch die leeren Straßen. Die frühen Morgenstunden gehörten zu den angenehmsten in der Siedlung. Wenn ich die Augen zusammenkniff, konnte ich so tun, als ob ich die ausgehöhlten Autos auf dem Rasen des Nachbarn oder die mit Bettlaken bedeckten Fenster im Haus des Dealers nicht bemerken würde. Als wenn ich wirklich in einem malerischen amerikanischen Vorort lebte.

Nicht, dass ich die Augen noch lange zusammenkneifen müsste.

Und schon überkamen mich Trauer und Panik, die wie eine Welle durch meinen Körper rollte. Wie lange würde ich noch in der Lage sein, die Welt zu sehen? Wie viele Tage würde ich noch in der Lage sein, ein tolles Outfit zusammenzustellen, wie die rote Schottenhose mit den Manschetten, das weiße, ärmellose Hemd und die Hosenträger aus Leder, die ich jetzt trug? Wie viele Nächte würde ich noch abends aufbleiben können, um zu lesen? Wie oft würde ich noch in die eisigen Tiefen von Morries Augen starren können und sehen, wie er zurückstarrte?

Ich öffnete meine Augen so weit wie möglich und nahm jedes Detail der Wohnungen auf, an denen ich vorbeikam. Würde ich ihre triste, abblätternde Farbe und die überquellenden Mülltonnen auf dem Fußweg vermissen? Ich wollte es nicht herausfinden.

Aber früher oder später würde es passieren, und ich war noch nicht bereit. Ich hatte das Gefühl, dass ich mir in der Buchhandlung eine kleine Welt geschaffen hatte. Die Art von Familie, die ich nie gehabt hatte, als es nur meine Mama und mich gab, die Freunde, die ich in der Oberschule so dringend gebraucht hatte. Aber dann erinnerte ich mich daran, warum ich überhaupt wieder in Argleton war, und das Grauen machte sich in mir breit und nahm mir die ganze Freude, an die ich mich geklammert hatte.

Und dann waren da noch die verwirrenden Gefühle, die ich für die Jungs hatte. Für Morrie, dessen Berührungen meinen Körper zum Singen brachten, dessen kriminelle Eskapaden mir aber Angst machten. Für Heathcliff, dessen dunkles Herz mich anflehte, ihn zu retten, von dessen Geschichte ich aber wusste, dass er eine andere hatte, die er immer lieben würde. Für

Quoth, dessen gütiges Herz meins zum Schmelzen brachte, der jedoch nie ein normales Leben führen konnte.

Alles perfekte Typen, und jede Beziehung, die ich mit ihnen hatte, war zum Scheitern verurteilt. Die Unausweichlichkeit dieses Scheiterns schwebte in der Luft zwischen uns, unausgesprochen, wie bei den Figuren in *Von Mäusen und Menschen*. So blieb es bei dem, was Morrie und ich hatten, eine Fickbekanntschaft, Freundschaft Plus. Es machte Spaß, den meisten Spaß, den ich je in meinem *Leben* hatte. Aber wie lange sollte das noch so weitergehen, bevor es unsere Freundschaften zerstörte?

Was zum Teufel machte ich da?

Du könntest einfach mit keinem von ihnen schlafen, erinnerte mich eine Stimme in meinem Kopf.

Ich hätte fast gelacht. Ja, weil das natürlich eine Möglichkeit war. Offensichtlich schloss mein Gewissen die Augen, sobald ich den Laden betrat, denn verdammt, ich würde zu keinem von ihnen Nein sagen.

Du könntest mit ihnen allen zusammen sein, bot die Stimme an. *Quoth hatte gesagt ...*

Auch keine Option. Das würde einfach nicht funktionieren.

Nicht? Warum nicht?

Ich erreichte das Dorf und überquerte die Wiese in Richtung der Geschäfte. Quoths Worte von vor einem Monat hallten in meinem Kopf wider. Das war, nachdem er Morrie und mich zusammen gesehen hatte. Er war mir gefolgt und hatte mir erzählt, dass sie alle wollten, dass ich glücklich und sicher war, und dass keiner von ihnen um mich konkurrieren wollte. Als ob sie es besprochen hätten, als ob sie damit einverstanden wären.

Offensichtlich wusste Quoth von Morrie und mir, und ich musste annehmen, dass Heathcliff auch davon wusste. Wir waren im letzten Monat nicht gerade unauffällig gewesen. Aber keiner der beiden hatte etwas darüber gesagt. Neulich hat

Quoth sogar mit mir geflirtet. Heathcliff war ein großer Miesepeter, aber das war sein Normalzustand. Letzte Woche war er sogar aus eigenem Antrieb losgezogen und hatte mir Mittagessen mitgebracht. Vielleicht wollten sie mich also wirklich teilen. Vielleicht könnte es wirklich funktionieren.

Das war Wahnsinn. Ich musste aufhören, darüber nachzudenken, als ob es eine echte Option wäre.

Die Bäckerei auf der anderen Straßenseite des Ladens war noch nicht geöffnet. Ich konnte Greta, die deutsche Bäckereibesitzerin, durch das Fenster sehen, wie sie Bleche mit Kuchen in die Öfen schob und ihre Sahnekrapfen mit Puderzucker bestäubte. Ich winkte ihr zu und sie winkte zurück. Ich konnte mir ein Grinsen nicht verkneifen. Damals in New York City hatte man weder Ladenbesitzern noch Bäckerinnen zugewinkt, da jeder ein Fremder war.

Ich steckte meinen Schlüssel in die Eingangstür und schob sie auf. Die Dielen knarrten unter meinen Füßen, als ich den dunklen Laden betrat. Ich tastete nach dem Regal und knipste die kleine Lampe an, die ich neulich neben der Eingangstür angebracht hatte. Sie war wie ein altes, gebogenes Rohr geformt und hatte eine funzelige Edison-Glühbirne, die einen kleinen Kreis um meine Füße beleuchtete. Heathcliff hatte sie nicht bemerkt.

»Miau?«

»Hey, Grimalkin.« Ich beugte mich herunter und strich mit meiner Hand über ihr weiches Fell. Sie sprang in meine Arme und stieß ihren Kopf gegen mein Kinn.

»Na schön«, lachte ich und streichelte sie unter dem Kinn, bis ihr Körper vom Schnurren vibrierte. »Wie ich sehe, ist noch niemand aufgestanden. Ich werde dir etwas zu essen holen.«

Ich ging in den Hauptraum und schaltete das Licht auf dem Weg dorthin an. Hinter Heathcliffs Schreibtisch stand ein Napf für Grimalkin und einer für Quoth, der tagsüber gerne Beeren naschte, wenn er in seiner Rabengestalt war. Ich füllte Grimalkins Schüssel mit einer Packung Nassfutter und sie verschlang sie hungrig.

»Hast du die Maus schon gefangen, Mädchen?«, fragte ich sie, während ich die Papiere auf Heathcliffs Schreibtisch sortierte und einen neuen Eintrag in den Ordner für den Tagesumsatz machte.

Grimalkin sah von ihrer Schüssel auf und warf mir einen gequälten Blick zu. *Frag mich nicht nach dieser verdammten Maus,* schien sie zu sagen.

»Na ja. Ich konnte sie auch nicht fangen. Beim nächsten Mal haben wir mehr Glück.« Ich streichelte ihren Kopf. Sie schnurrte gegen meine Hand. »Siehst du? Ich brauche kein Katzenwörterbuch. Wir verstehen uns perfekt.«

Der Raum für Weltgeschichte befand sich hinter dem Hauptraum. Wahrscheinlich war er während der viktorianischen Periode des Hauses der Ballsaal gewesen. Zumindest, wenn man die teuren Flocktapeten und das mit Büchern vollgestopfte Klavier neben dem imposanten Kamin betrachtete. Oder die beiden Kronleuchter, die von der hohen Decke hingen, die schmale Tür, die zur ehemaligen Küche führte, und die originale Chaiselongue und den chinesischen Teetisch in der fünfeckigen Nische. Zwei Regalreihen in der Mitte des Raumes enthielten Bände über Archäologie, Militärgeschichte und britische, schottische und walisische Geschichte. Ein kleines Regal in der Ecke enthielt populäre Bücher über Verschwörungstheorien, Heathcliffs Vorstellung von einem Scherz. Wahllos aufgestellte Stühle und Bücherstapel säumten die Wände.

Wenn wir die Regale in die entgegengesetzte Richtung stellen würden, hätten wir im Fünfeck mehr Platz für ein paar zusätzliche Stühle und einen Tisch für den Club der verbotenen Bücher. Mir schwirrte der Kopf angesichts der Möglichkeiten. Tatsächlich war der Raum viel großzügiger bemessen, als ich es in Erinnerung hatte. *Wenn wir die Regale an die Wände schieben würden, könnten wir hier auch andere Veranstaltungen abhalten, Lesungen, Ausstellungen, sogar eine Galerieeröffnung für Quoth.*

»Weißt du, dafür, dass du mit dem weltbesten Verbrechergeist schläfst, bist du eine lausige Einbrecherin.«

Ich wirbelte herum. Quoth hockte auf der Kante der Chaiselongue und drückte seine Beine an seine Brust. Ein paar schwarze Federn klebten an seinen obsidianfarbenen Haaren, die das durch die Fenster einfallende Licht auffingen und in farbige Strähnen umwandelten.

»Eigentlich bin ich gar nicht *eingebrochen*«, sagte ich und hielt meinen Schlüssel hoch. »Ich habe dich gar nicht nach unten kommen hören.«

»Du musst in Gedanken versunken gewesen sein, denn es gab schon eine ganze Weile an der Tür ein leises Hallen, gleich ob's ein Klopfen wär'.« Er klopfte mit den Fingerknöcheln gegen den Türrahmen.

»Du bist so witzig. Hey, musst du jetzt auf dich selbst kacken, weil du das Gedicht zitiert hast?«

»Nö.« Quoth betrat den Raum und stellte sich neben mich. Heute trug er ein schwarzes Unterhemd, das mit Farbe bespritzt war, und eine schwarze Cargohose, die ebenfalls mit Farbe bespritzt war. An jedem anderen Typen hätte das ungepflegt ausgesehen, aber Quoth ließ es dunkel und geheimnisvoll erscheinen. »Was machst du hier?«

»Ich wollte den Raum für den Club der verbotenen Bücher morgen vorbereiten. Ich weiß, Heathcliff will nicht, dass es ein Erfolg wird, aber ich denke, wir sollten es trotzdem versuchen. Dieser Buchladen könnte ein wirklich toller Treffpunkt für die Gemeinschaft sein. Mit deinen Kunstwerken an den Wänden ist er schon viel heller. Stell dir vor, wir würden auch Buchclubs, Autorenlesungen und Kunstausstellungen veranstalten.«

Quoth schenkte mir ein trauriges Lächeln, das mir das Herz brach. »Ich bin sicher, Heathcliff wird das alles lieben.«

»Ich hoffe, ich kann ihn überzeugen.« Ich griff nach der Seite eines der Bücherregale. »Der erste Schritt ist, dass dieser Buchclub reibungslos abläuft. Kannst du die andere Seite übernehmen?«

»Nur wenn du mir sagst, warum du *wirklich* hier bist.«

»Ich habe es dir gesagt. Ich möchte, dass das Treffen ...«

»*Mina.*«

Ich stöhnte auf. »Na gut. Ich wollte meiner Mama entkommen.«

Quoth neigte seinen Kopf zur Seite. Er forderte mich nicht auf, mehr zu sagen, aber die Art und Weise, wie sein Schweigen den Raum zwischen uns ausfüllte, brachte mich dazu, ihn verzweifelt zu füllen.

»Meine Mama ist ...« Ich versuchte, die richtigen Worte zu finden. »Du müsstest sie kennen, um es zu verstehen.«

»Das würde ich gerne.«

Ich schüttelte den Kopf. »Daraus wird *nichts*. Ich muss mein Leben zu Hause und mein Leben in der Buchhandlung getrennt halten. Mama ist ..., sie ist unglaublich und so selbstlos. Sie hat wirklich alles für mich getan, damit ich ein besseres Leben führen kann und Chancen bekomme, die sie nie hatte. Aber ich glaube, tief im Inneren glaubt sie, dass sie versagt hat. Ich glaube, sie fühlt sich für mein Augenlicht verantwortlich. Es ist schwer, denn ich möchte, dass sie sich besser fühlt, weil es nicht ihre Schuld ist, aber manchmal habe ich das Gefühl, dass sich alles um sie dreht. Ich kann mich in ihrer Gegenwart nicht darüber aufregen, weil sie sich dann schlecht fühlt, und im Moment bin ich so aufgebracht, dass ich die ganze Zeit schreien möchte.«

Quoth sagte nichts. Wir schoben das Bücherregal gegen die Wand und begannen mit dem anderen. Stille breitete sich zwischen uns aus, und weitere Worte purzelten aus mir heraus, bevor ich sie aufhalten konnte. »Mama ist in Liverpool aufgewachsen, in dem schlimmsten Haus in der ärmsten Gegend. Ihr Vater hat immer wieder wegen schwerer Körperverletzung und Drogenhandel im Gefängnis gesessen. Ihre Mama war ein Junkie. Mit fünfzehn hat sie die Schule abgebrochen und ein Jahr später wurde sie schwanger. Mama beschloss, dass sie das Leben ihrer Eltern nicht für uns wollte, also ist sie weggelaufen, meinem Vater nach Argleton gefolgt und hat sich komplett von ihren Eltern abgenabelt. Mein Vater verließ sie kurz darauf, aber sie ist nie zu ihnen zurückgegangen. Sie sagte, meine Großmutter sei einmal vorbeigekommen, aber sie habe ihr gesagt, sie solle sich verpissen.«

»Das tut mir leid«, sagte Quoth.

»Das muss es nicht. Wenigstens hatte ich eine Familie. Ich hatte Mama, und sie war immer für mich da und hat immer das Beste für mich getan, aber sie hat es nicht geschafft, ihre Vergangenheit loszuwerden. Sie ist ungebildet. Sie schafft es nicht, einen richtigen Job zu finden. Stattdessen liest sie Tarotkarten für die reichen Damen auf dem Hügel, die mehr Geld als Verstand haben. Sie ist besessen von der Idee, reich zu werden, aber sie denkt, dass sie ein Anrecht auf die Vorteile eines Firmenchefs hat, ohne dafür arbeiten zu müssen. Sie hat mich dazu ermutigt, auf die Modeschule zu gehen, weil sie davon überzeugt war, dass ich uns zu Millionären machen würde. Was das komplette Gegenteil von dem ist, was die meisten Eltern getan hätten, vor allem, da ich auch Stipendienangebote von Oxford und Cambridge für Englisch hatte.«

»Deine Mama klingt faszinierend«, sagte Quoth lachend.

»Sie hat einen neuen Plan, um schnell reich zu werden. Sie verkauft Wörterbücher für Katzen- und Hundesprache, kannst du dir das vorstellen? Sie sind total lächerlich. Das Dumme ist, ich glaube, sie hat sich das nur ausgesucht, weil ich in der Buchhandlung arbeite. Sie denkt wohl, dass diese blöden Bücher, die sie in der örtlichen Druckerei herstellen lässt, dasselbe sind wie das hier.« Ich hielt *Von Mäusen und Menschen* hoch.

Quoth sagte nichts.

»Wahrscheinlich liegt es daran, dass ich zu alt bin, um noch zu Hause zu wohnen, aber sie nervt mich in letzter Zeit immer mehr. Sie hat ein Problem mit meinem Job und mit euch. Sie versucht ständig, einen Blick auf dich zu erhaschen, wenn du mich absetzt, und stellt mir hunderte von Fragen. Ich wette, sie wird bald im Laden vorbeischauen, nur weil sie 'in der Nähe' ist.« Ich machte ein paar Gänsefüßchen in der Luft. »Warum kann sie mich nicht einfach in Ruhe lassen?«

»Soll ich mit reinkommen und sie treffen?«

»Nein.« Das Wort kam schärfer heraus, als ich beabsichtigt hatte. Ich stellte mir vor, wie meine drei intelligenten Jungs auf meine dusselige, von Reichtum besessene Mutter trafen, und eine alte, tiefe Scham flammte in meinen Wangen auf. »Ich meine, danke für das Angebot, aber es hat keinen Sinn.«

»Wir könnten sie treffen, weißt du. Wenn es helfen würde.«

Ich schnaubte. »Ja, klar. 'Hey Mama, hier sind meine Freunde, der mürrische Antiheld, der Superschurke und der Vogel.'«

Quoth sah zur Seite. Bedauern schwoll in meiner Brust an.

»Quoth, es tut mir leid. So habe ich das nicht gemeint.«

»Doch, das hast du.« Seine Stimme war leise.

Ich seufzte. »Hör mal, es ist nicht so, ...«

»Lass uns einfach das Zimmer sauber machen.« Quoth wich meinem Blick aus, während er nach den Regalen griff. Als er seine Hand auf das oberste Regal legte, schoss ein weißer Streifen seinen Arm hinunter, sprang in die Luft, vollführte ein paar perfekte Saltos, bevor er auf allen Vieren landete und in den Bücherstapeln verschwand.

»Verdammte Scheiße!« Quoth sprang zurück, wobei ihm die Federn aus den Wangen schossen.

»Du hast dich noch nicht um die Maus gekümmert!«, jammerte ich.

»Morrie hat ein paar Fallen aufgestellt«, murmelte er und versuchte, seinen sich bildenden Schnabel zu zügeln. »Aber anscheinend hat unsere Maus nicht den nötigen Geschmack, um einen guten französischen *Bleu d'Auvergne* zu schätzen.«

Ich stöhnte auf. Natürlich würde Morrie teuren Käse für eine verdammte Mausefalle wählen. Ich war überrascht, dass er der Maus keine kleinen Weingläser und Cracker hingestellt hatte.

»Entspann dich.« Quoth renkte seinen Kiefer wieder in die richtige Position. Er grinste mich an, aber das Lächeln spiegelte sich nicht in seinen Augen wider. »Grimalkin und ich werden dafür sorgen, dass sie nicht in die Nähe dieses Zimmers kommt. Hilfst du mir jetzt mit dem Bücherregal?«

3

»Guten Morgen, Schlafmütze.« Ich rutschte auf Morries Bett und stellte eine dampfende Tasse Kaffee auf seinen Nachttisch.

Eine Falte des Kissens verlief als Abdruck entlang Morries Wangenknochen und betonte seine markanten Züge. Er öffnete ein Auge und eine eisblaue Pupille drehte sich mit einem Hunger zu mir, der nichts mit der Vorfreude auf Koffein zu tun hatte. »Mmmm, jetzt ist er es.«

Morrie legte seinen Arm um mich und zog mich an sich, warf die Bettdecke über uns und hüllte mich in seine Wärme ein. Seine nackte Brust schmiegte sich an mich, und seine Härte drückte gegen meinen Oberschenkel.

»Ich muss in fünfzehn Minuten bei der Arbeit sein«, warnte ich ihn und schmiegte mich an seinen Körper.

»Ich kenne den Chef«, murmelte Morrie und küsste eine feurige Spur meinen Hals entlang. »Ich wette, er wird es verstehen.«

»Ich kenne den Chef auch, und ich wette, er wird es nicht verstehen.«

»Dann sollten wir uns beeilen.« Innerhalb von Sekunden

war ich untenrum nackt, er rollte mich unter sich und schnappte sich ein Kondom von seinem Nachttisch. Seine andere Hand umfasste meine Wange und zeichnete die Linie meines Kiefers nach, während seine Lippen die meinen verschlangen.

Morries Küsse rissen mich mit – alle Gedanken, Sorgen und Ängste, die ich hatte, verschwanden in dem Moment, in dem seine vollen Lippen meine trafen. Deshalb hatte ich es bisher auch nicht geschafft, ihn nach seinen kriminellen Geschäften zu fragen, um meine moralischen Bedenken zu zerstreuen.

Und das würde auch heute Morgen nicht passieren. Nicht mit seinen Fingern, die über meinen Bauch tanzten und nach *unten* griffen. Ich öffnete meine Beine und Morrie rollte sich das Kondom über und glitt in mich hinein.

Ich keuchte, als er mich ausfüllte. Jeder Zentimeter von ihm berührte lange schlafende Teile von mir, weckte meinen ganzen Körper und erweckte mich zum Leben. Ich klammerte mich an seine sehnige Gestalt und bewegte mich mit ihm. Ich ließ mich auf seinen Rhythmus ein und versuchte, nicht vorzupreschen und ihm zu zeigen, wie sehr ich wollte, dass er die Kontrolle verlor. Das würde nur dazu führen, dass er sich verkrampfte und noch fester um seine Kontrolle rang.

Obwohl die Zeit drängte, behielt Morrie sein langsames, gleichmäßiges Tempo bei. Alles an ihm war ein Kampf zwischen seinen beiden Naturen – dem kühlen, berechnenden Mathematiker, der die totale Kontrolle anstrebte, und dem Kriminellen, der das Chaos auf Schritt und Tritt begrüßte.

Mein Körper verriet mich. Ich krümmte mich unter ihm, drückte mich gegen ihn und flehte ihn an, schneller und härter zuzustoßen. Morrie behielt sein entspanntes Tempo bei, als hätte er es überhaupt nicht eilig, als wäre er genau da, wo er sein wollte. Ich stemmte meine Hüften gegen ihn und trieb ihn tiefer.

»Na, na, meine Hübsche, es brennt nicht.«

Es brannte in meinen Adern, in meinem Herzen, in all den verborgenen Teilen von mir, die er zum Leben erweckt hatte.

Morrie verschränkte seine Finger mit meinen und drückte meine Hand in das Kissen über meinem Kopf. Diese Geste war zugleich intim und kontrollierend. Mein Blick wanderte zu dem Haken an Morries Decke und ich stellte mir sein freches Grinsen vor, wenn er mich dort befestigte, und was er mit mir machen würde, wenn ich es wagen würde, die Kontrolle abzugeben ...

Ein Orgasmus überkam mich so plötzlich, dass ich schockiert war. Ich lehnte mich in die Kissen, klammerte mich an Morrie und ließ zu, dass die Wellen der Lust mich überrollten. Sein Körper versteifte sich, und mit einem letzten Schaudern kam auch er und drückte sich an mich, wobei sich sein Kiefer verkrampfte.

Ich liebte das Verkrampfen seines Kiefers, die kleinste Unregelmäßigkeit, die für den Bruchteil einer Sekunde den Verlust der Kontrolle andeutete. Dann war mein Morrie wieder da und grinste mich böse an, wie die Katze, die den Rahm bekommen hatte.

Morrie rollte sich von mir herunter und seine Finger strichen über meine Haut. Er griff über mich hinweg und drehte sein Handy-Display zu sich. »Guck auf die Uhr, du hast noch drei Minuten Zeit.«

»Da ist ein Haken an deiner Decke«, murmelte ich.

»Ich weiß nicht, wovon dein Arzt redet, deine Augen funktionieren einwandfrei.«

»*Warum* hast du einen Haken an deiner Decke?«

Morries Augen bohrten sich in meine und seine Mundwinkel verzogen sich zu diesem fiesen Grinsen. »Willst du es herausfinden?«

Mein Magen sackte in die Knie. Mein Blick wanderte zu den Leder- und Stahlvorrichtungen, die neben seinem Bett hingen.

Ich hatte nicht unter einem Stein gelebt. Ashley und ich hatten uns kichernd durch den Film *50 Shades of Grey* gekämpft. Ich wusste, dass Morrie pansexuell war und einige schräge Neigungen hatte. Wollte ich dazugehören? War ich so ein Mädchen? Und vor allem: Traute ich *James Moriarty* genug, damit er mich an seine Decke fesselte?

Seine Finger strichen über meine Klitoris und mein Körper antwortete mir. *Ja, ja, ja.*

»Ja«, flüsterte ich.

»Ich konnte dich nicht richtig hören, Liebes.« Morrie strich mit seinen Zähnen über mein Ohrläppchen.

Scheiße, ich muss ... Es gab etwas, das zuerst passieren musste. Ich musste die Kontrolle über meinen Körper zurückgewinnen. Mein Gehirn hatte einige Fragen, die zuerst beantwortet werden mussten.

Ich zwang mich, mich von Morries Berührung zu lösen und ihn anzusehen. »Was sind wir eigentlich?«

»*Homo sapiens*«, antwortete er, ohne eine Sekunde zu verlieren, und seine Hände wanderten über mein Hemd. *Bei Astarte. Sei stark, Mina.*

»Nein«, schlug ich seine Hand weg. »Ich meine, du und ich, was machen wir hier eigentlich?«

»Im Moment versuche ich, dich in eineinhalb Minuten zum Kommen zu bringen.« Morries Hand grub sich wieder zwischen meine Beine.

»Morrie«, warnte ich.

Er hörte nicht auf, mich zu streicheln. »Mina, ich werde nicht dein Freund sein.«

»Oh.« Enttäuschung machte sich in mir breit. *Warum nicht? Warum wolltest du mich nicht? Ich dachte, es würde hier um mehr als nur Sex gehen, aber vielleicht hatte ich das falsch verstanden? Bei Aphrodite, ich war hoffnungslos.*

Morrie lachte. »Wenn du dein Gesicht sehen könntest. Du

siehst aus, als hätte ich dir gerade erzählt, dass sich die Sex Pistols aufgelöst haben.«

»Sie *haben* sich aufgelöst.« Ich schlug seine Hand wieder weg, aber er war unnachgiebig, und sein Finger ... *oh, oh ...*

»Ich will damit sagen, dass ich nicht dein Freund sein werde, weil es nicht das ist, was du willst.«

»Du weißt doch gar nicht, was ich will.«

»Ich weiß, dass du mit Quoth flirtest. Ich weiß, dass du Heathcliff mit deinen großen Rehaugen anschmachtest, wenn er dir den Rücken zuwendet. Ich kann in dir lesen wie in einem Buch.« Morrie küsste eine Spur an meinem Hals entlang. »Ein gutes Buch, mit vielen unanständigen Seiten.«

»Ich schlafe mit keinem von beiden.«

»Warum nicht?«

Er steckte einen Finger in mich hinein. Ich stöhnte und biss die Zähne zusammen. *Konzentriere dich.* »Weil ich keine Schlampe bin.«

»Schlampe ist so ein geladenes Wort, Mina. Geht es in all den Punkrocksongs, die du liebst, nicht um Sex und Rebellion?«

»Ja, aber ...« Morries Finger trommelte gegen meine Klitoris. Mein Körper explodierte mit einem zweiten Orgasmus. Ich krümmte mich mit dem Rücken gegen das Kissen und ließ mich von der Lust übermannen. Morrie zog seine Hand zurück und fasste mir an die Wange, sein eisiger Blick hielt mich fest.

»Genau.« Morries verruchtes Lächeln erhellte sein ganzes Gesicht. »Du musst keine Kompromisse eingehen, indem du dich für einen von uns entscheidest. Ich habe das nie getan. Ehrlich gesagt, könnte Quoth eine Frau gebrauchen, mit der er seine tiefen und bedeutungsvollen Gefühle teilen kann, denn weder Heathcliff noch ich sind daran interessiert. Und vielleicht könntest du etwas Lebensfreude in den mürrischen McGriesgram ficken.«

»Ich will nicht ...«

»Tut mir leid, Liebes, ich habe beschlossen, dass dies meine Bedingungen sind«, sagte Morrie grinsend. »Ich werde mich nicht binden, bevor du nicht wenigstens weißt, was du verpasst. Probiere die Waren. Mach es wie die Kunden, die alle wichtigen Stellen lesen, bevor sie sich für ein Buch entscheiden.«

»Das verstehe ich nicht. Du willst, dass ich ...«

»Ich will, dass du Heathcliff und Quoth fickst. Ich bestehe sogar darauf. Jetzt ...«, er schob seine Hand zurück unter die Laken. »Ich habe nur noch fünfunddreißig Sekunden, aber ich glaube, ich kann ein Wunder bewirken.«

»Schon gut.« Ich schlüpfte aus dem Bett und kramte nach meinen Klamotten. Meine Wangen brannten. Ich zog mich mit dem Gesicht zur Wand an, unfähig, Morrie in die Augen zu sehen. Er kicherte hinter mir, und sein Blick brannte in meinem Nacken.

Ich konnte es nicht glauben. Wer bat das Mädchen, mit dem er schlief, seine beiden besten Freunde zu vögeln?

James Moriarty, anscheinend.

Und was war ich denn für eine, dass ich überhaupt noch hier war? Warum wollte ich es unbedingt?

Großartig. Einfach toll. Ich hatte versucht, mir Klarheit zu verschaffen, und jetzt war ich verwirrter denn je.

4

»Du verwerfliche Missgeburt! Du wimmernde Töle! Ich zerquetsche dich wie eine faulige Haselnuss.«

Ich rannte gerade noch rechtzeitig die Treppe hinunter, um zu sehen, wie Heathcliff den Monitor vom Schreibtisch riss und ihn über die Schulter hob, als wolle er ihn auf dem Boden zerschmettern. »Nein!« Ich sprang quer durch den Raum, warf mich vor ihn und erwischte die Ecke des Monitors. Heathcliff stolperte überrascht zurück. Ich riss ihm den Monitor aus den Händen, bevor er protestieren konnte, und stellte ihn zurück auf den Schreibtisch.

»Was hast du jetzt schon wieder angestellt?« Ich schloss den Bildschirm wieder an und rettete die Computermaus vom Schwanz des Gürteltiers.

»Ich habe nichts angestellt!«

»Warum wolltest du dann den Computer auf dem Boden zertrümmern?«

»Der Laden-Dessen-Name-Nicht-Genannt-Werden-Darf hat mir mitgeteilt, dass unsere Kundenbewertung von gut auf schlecht herabgestuft wurde«, rief Heathcliff. »Und das nur, weil sich ein umherziehender Wichtigtuer darüber beschwert hat, dass die sechshundert Jahre alte Bibel, die er gekauft hat, in *verdammtem Latein* geschrieben ist. Jetzt muss ich also nicht nur nett zu den Kunden sein, sondern auch noch ihre Händchen halten, ihre Rotznasen abwischen und sie zum Bäuerchen bringen?«

»Ja, ja, der Laden-Dessen-Name-Nicht-Genannt-Werden-Darf ist böse, und die Kunden sind dumm. Ich verstehe schon. Kannst du nicht auf mich warten, bevor du teure Geräte durch den Raum wirfst?«

»Ich hasse Computer! Die Welt war besser, als wir noch keine Computer und Apps hatten.« Heathcliff sagte den letzten Teil, als wäre es ein Schimpfwort.

»Nein, war sie nicht. Die Welt war auch damals schon beschissen, nur ohne Uber Eats.« Ich schaltete den Monitor wieder ein. Unser Online-Buchkatalog blinkte vor dem Bildschirm auf und die Nachricht des Ladens-Dessen-Name-Nicht-Genannt-Werden-Darf flackerte über den Bildschirm. Als ich den Text überflog, stellte ich fest, dass wir nur zwei positive Bewertungen brauchten, um die Bewertung wieder nach oben zu bringen, was natürlich passieren würde, sobald wir unsere nächste Online-Bestellung abschickten. Heathcliff sah jedoch immer die negative Seite. »Außerdem, wenn wir keine Apps hätten, hätte ich deine Stellenanzeige vielleicht nie gesehen. Stell dir vor, wie langweilig dein Leben ohne mich wäre.«

»Dein Hemd ist falsch rum«, murmelte er, ohne von seinem Buch aufzuschauen.

»Scheiße!« Ich flitzte in den Raum für Weltgeschichte, riss mir das Hemd vom Leib und zog es wieder richtig herum an. Heathcliff blickte auf, als ich wieder hereinkam. Seine Augen trafen meine und mir stockte der Atem. Ich erinnerte mich an den heftigen Kuss an dem Tag, als er mich im Okkultismusraum gefunden hatte. Wie er mich gepackt hatte, als könnte er sich nicht beherrschen. Die Art und Weise, wie er mich mit all der wilden Leidenschaft verschlungen hatte, die die heiße Romanze von *Sturmhöhe* angeheizt und ihn zu einem so beliebten Antihelden gemacht hatte.

Mein Herz klopfte schneller. Morries verrückte Herausforderung ging mir immer wieder durch den Kopf. So oder so musste ich die Sache mit Heathcliff aus der Welt schaffen. *Ich musste herausfinden, ob ich hier und jetzt für diesen Heathcliff Gefühle hatte oder ob ich der Figur nachjagte, in die ich mich als Teenager verliebt hatte.*

Ich straffte meine Schultern und holte tief Luft. Los geht's.

»Heathcliff, ähm ...«

»Was?« Sein Kopf hob sich wieder und seine schwarzen Augen starrten mir direkt in die Seele.

»Können wir ... kann ich ... dich am Freitagabend zum Essen einladen?«

»Warum?«

Warum? Was für eine Antwort war bitte schön warum? »Weil ... du nie den Laden verlässt. Ich mache mir Sorgen, dass du nicht genug Spaß hast. Oder genug Nährstoffe.«

»Ich habe Spaß.« Heathcliff klopfte auf den Bücherstapel auf seinem Schreibtisch. »Ich setze immerhin die Preise für den Bestand fest, nicht wahr?«

»Das ist nicht genau das, was ich im Sinn hatte. Ich dachte eher an die Art von Spaß, bei der du mit einer Person, die du magst, abhängst und sie ein bisschen besser kennenlernst. Es muss nicht einmal verrückt sein. Ich rede nicht davon, Fallschirmspringen zu gehen oder Freundschatstattoos machen zu lassen. Nur ein Abendessen. Vielleicht ein Drink. Willst du mitkommen oder nicht?«

Heathcliffs schwarze Augen musterten mich. Nach einer langen Zeit sagte er. »Solange ich nichts Ausgefallenes anziehen muss.«

Ich warf einen Blick auf sein zerknittertes weißes Hemd,

seine Weste und seine altmodischen Hosen. Mit seinen schweren Stiefeln und dem langen, zerzausten Haar sah er bereits aus, als wäre er der Leadsänger der angesagtesten Rockband der Welt. »Ich glaube, das geht schon so.«

Ich wollte noch etwas anderes sagen, aber die Glocke bimmelte. Ich steckte meinen Kopf in den Gemeinschaftsraum. »Willkommen im Nevermore Book ...«

Meine Worte gingen in Freudenschreien unter. Die Eingangstür knallte auf und eine Flut schreiender, lachender und kindlicher Stimmen strömte in den Laden. Ich blickte gerade noch rechtzeitig auf, um zu sehen, wie eine Welle von jungen Gesichtern in alle Richtungen rannte und zwischen den Regalen verschwand. Ihr freudiges Kreischen hallte von den hohen Decken und den dunklen Ecken wider.

»Was zum Teufel?«, knurrte Heathcliff. »Es ist, als ob die Mongolen einmarschieren würden.«

»Vorsicht, Kinder, benehmt euch«, rief eine matronenhafte Stimme hinter ihnen her. Da es Kinder waren, ignorierten sie sie völlig.

Ich drehte meinen Kopf, als zwei Jungen an mir vorbeirauschten und mit fuchtelnden Armen einen Fußball zwischen sich hin und her kickten. Heathcliff stand auf und nahm die Bücher in seine Arme. »Du kümmerst dich um dieses Chaos. Ich gehe nach oben, um etwas Ruhe zu haben.«

»Aber ...«

»Der Grund, warum ich eine Assistentin eingestellt habe, ist, dass ich mich nicht mit Kunden herumschlagen muss. *Vor allem* nicht mit denen, die rotzige Nasen und klebrige Hände haben.« Heathcliff nahm sein Buch in die Hand und verschwand in den Lagerraum hinter dem Schreibtisch. »Viel Spaß.«

»Warte ...«

Er knallte die Tür hinter sich zu. Ich hörte, wie ein Riegel ins Schloss fiel.

»Du Mistkerl«, zischte ich der Tür zu und drehte mich gerade noch rechtzeitig um, um zu sehen, wie ein junges Mädchen auf den Tisch kletterte, um sich das ausgestopfte Gürteltier zu schnappen.

»Nicht darauf klettern!«, rief ich, eilte herbei und hob das Kind vom Tisch, bevor es fiel und sich den Kopf aufschlug.

»Ich will aber!«

»Komm schon, Trudy.« Ein älteres Mädchen, etwa vierzehn, stürmte herein und nahm das Kind an die Hand. »Lass uns in der Kinderabteilung nachsehen. Ich wette, wir finden da ein paar schöne illustrierte biblische Geschichten für dich.«

Sie rannten los und streiften dabei eine rundliche Frau, die in der Tür stand. Sie duckte sich, als ein Papierflugzeug über ihren Kopf flog. Ihr Gesicht verzog sich entschuldigend und ihre rosigen Wangen röteten sich, als sie mir die Hand hinhielt. »Hallo, meine Liebe. Es tut mir so leid wegen des ganzen Lärms. Die Kinder sind sehr aufgeregt, eine Buchhandlung zu besuchen. Viele von ihnen haben zu Hause keine Bücher, wissen Sie. Ich finde Lesen einfach so wichtig, deshalb dachte ich, ich bringe sie mal mit.«

»Das ist in Ordnung«, sagte ich, richtete das Gürteltier auf und schüttelte ihre Hand. »Solange Sie sie daran erinnern, dass dies eine Buchhandlung und kein Klettergerüst ist, wird alles gutgehen.«

»Ich werde mein Bestes tun, auch wenn ich fürchte, dass sie oft die Oberhand über mich gewinnen.« Sie klopfte sich auf den Oberschenkel. »Diese alten Knochen sind nicht mehr so schnell wie früher. Sie sind ein ungestümer Haufen, aber sie sind gute Seelen. Es ist schön, zu sehen, wie sie lernen und etwas Neues erleben. Wenn ich nur einen von ihnen zum Leser machen kann, dann habe ich schon etwas erreicht.«

»Ich war als Kind auch eine Leserin«, sagte ich und lächelte sie an. »Ich habe nie das Gefühl vergessen, wie es war, in ein Buch einzutauchen und in eine andere Welt zu entfliehen. Ist das eine Schulgruppe?« Die Kinder waren in verschiedenen Altersstufen und es waren viel zu viele, um ihre Kinder zu sein.

»Um Himmels willen, nein. Das ist meine Jugendgruppe. Ich bin Brenda Winstone und leite die Jugendgruppe in der Argleton Presbyterian Church«, sagte die Frau und runzelte die Stirn. Ihr rosiges Gesicht wurde augenblicklich älter und ihre freundlichen grünen Augen nahmen einen traurigen Ausdruck an. »Ich habe keine eigenen Kinder, wissen Sie. Mein Mann ist Harold Winstone, Sie kennen ihn vielleicht, er ist ein sehr berühmter Historiker. Er reist durch die ganze Welt und schreibt Bücher über interessante Gebäude und ihre Geschichte. Im Moment schreibt er die Geschichte des alten Argleton-Krankenhauses, das sie gerade abreißen. Mein Harold ist ein liebenswerter Mann, aber er hat sein Leben der Forschung gewidmet und wollte nicht, dass Kinder ihn ablenken. Deshalb widme ich meine Zeit jungen Menschen in Not.«

»Es ist schön, Sie kennenzulernen, Brenda. Frau Scarlett hat neulich von Ihnen gesprochen. Sie sind im Club der verbotenen Bücher.«

Frau Winstone verdrehte die Augen. »Bitte, sagen Sie das nicht so laut.«

»Oh, das tut mir leid. Ich wusste nicht, dass es ein Geheimnis ist.«

Frau Winstone öffnete den Mund, um noch mehr zu sagen, aber das ältere Mädchen steckte ihren Kopf ins Zimmer und sagte, dass ein Junge namens Thomas auf einen George Eliot gekotzt hatte. Frau Winstone eilte davon, um sich um das Unglück zu kümmern, während ich eine verängstigte Grimalkin aus der Ecke rettete, in der sie auf einem Bücherregal festsaß, weil ein paar Jungs sie eingekreist hatten.

Während sich Grimalkins Krallen in meine Schulter gruben, beobachtete ich, wie Frau Winstone den Kindern hinterherlief, die um sie herumrannten. *Was für eine merkwürdige Frau.*

Eine halbe Stunde, einen kaputten Stuhl, eine zugeschlagene Tür und drei gequetschte Finger später hatte Brenda Winstone einen riesigen Stapel Kinderbücher bezahlt und die Jugendgruppe nach nebenan gejagt, um Greta in der Bäckerei zu terrorisieren. Ich ging durch den Gemeinschaftsraum, um den Belletristikraum aufzuräumen, und entdeckte, dass die Teenager alle unsere Exemplare von Darwins *Über die Entstehung der Arten* in die Abteilung für allgemeine Belletristik verschoben hatten.

Wer sagte denn, dass religiöse Menschen keinen Sinn für Humor hatten?

Ich war fast fertig mit dem Neueinordnen der Bücher, als Heathcliff aus seinem Versteck auftauchte. »Was haben sie kaputt gemacht?«

»Nichts.«

»Und?«

»Da ist *vielleicht* ein kleiner Kratzer auf einem Stuhl im Kinderzimmer.«

»Und?«

Ich seufzte. »Der Stuhl ist kaputt. Ein Junge hat seinem Freund die Finger in der Tür eingeklemmt, aber ich glaube, sie sind nur geprellt.«

»Warte nur ab, bis zum Ende des Tages habe ich einen Beamten der Gesundheitsbehörde und den Anwalt der Eltern hier.« Heathcliff bemerkte den Stapel von Darwin-Büchern neben meinen Füßen. »Eine Kirchengruppe, oder? Die haben alle Darwins in die Belletristikregale gesteckt, stimmts? Wenn sich einer von den kleinen Mistkerlen auf meinen Stuhl gesetzt hat, sind seine Finger wirklich gebrochen.«

Ich warf ein Darwin-Buch nach ihm. Er duckte sich und schlüpfte davon, wobei er leise vor sich hin brummte.

Er war bemerkenswert gut gelaunt, wenn man bedachte, dass eine Horde marodierender Kinder gerade seinen Laden zerstört hatte und wir morgen einen Buchclub veranstalteten. Es war nicht ..., nicht die Aussicht auf unser Date, die ihn so fröhlich machte, oder?

Nein.

Das konnte es nicht sein.

Aber vielleicht ...

Ein breites Lächeln zog sich über mein Gesicht. Nach einem wackeligen Start in Argleton ging es jetzt endlich wieder aufwärts. Ich hatte ein Date mit Heathcliff, Morrie bereitete mir Vergnügen, seit über einem Monat war niemand mehr im Laden ermordet worden und wir standen kurz davor, die erste von hoffentlich vielen Veranstaltungen zu organisieren.

Ich dachte an den ganzen Klatsch über die Entwicklung von King's Copse und an Frau Winstones Widerwillen, über den Buchclub zu sprechen. Frau Scarlett schien eine harmlose alte Frau zu sein, aber je mehr ich von ihr und ihrem Buchclub hörte, desto mehr fragte ich mich, ob ich nicht mit den knallharten alten Weibern von Argleton verkehren würde. *Es war nur eine Gruppe von Frauen, die sich beim Tee über Bücher unterhielten, der Club der verbotenen Bücher war doch nicht gefährlich, oder?*

5

»Oh, das ist ein herrlicher Raum«, sagte Frau Ellis und klatschte vor Freude in die Hände. »Das hast du wunderbar gemacht, Mina.«

Ich musste ihr zustimmen. Nachdem er gestern verlegen aus seinem Versteck gekrochen war und mir verziehen hatte, hatten Quoth und ich die Bücherregale umgestellt, um mehr Platz zu schaffen, und die bequemen Stühle in einem Halbkreis im Erker aufgestellt. Auf einem Tisch mit verschnörkelten Beinen standen ein Tablett und ein Wasserkocher. In der Wohnung der Jungs hatte ich genügend Teetassen und Untertassen auftreiben können, die nicht angeschlagen waren, um alle zu versorgen. Und ich hatte sogar ein Regal mit verbotenen Büchern aufgestellt, das einige andere zensierte Titel enthielt, die wir auf Lager hatten – *Das Bildnis des Dorian Gray*, *Wer die Nachtigall stört*, *Der Report der Magd* und *Harry Potter*. Daneben hatte ich zwei von Quoths kleineren Gemälden und eine Auswahl meiner Buchkunst ausgestellt – Origamifiguren und ausgehöhlte Bücher, die ich aus ausrangierten Büchern gemacht hatte und die Heathcliff mir widerwillig erlaubte, im Laden zu verkaufen.

Frau Ellis bewunderte eines meiner ausgehöhlten Bücher und versuchte herauszufinden, ob ihr Flachmann in das mit Samt ausgekleidete Fach passen würde, als Greta mit Platten voller belegter Brötchen und Gebäck hereinstürmte. Sie ordnete sie auf dem Tisch an und stellte einen einzelnen Teller vor den Ohrensessel.

»Frau Scarlett hat bestimmte Essgewohnheiten«, erklärte Greta, als ich nach dem Grund für den einzelnen Teller fragte. »Sie war in letzter Zeit sehr krank und hatte eine Magenverstimmung, deshalb macht sie eine Entgiftungskur. Glutenfrei, eifrei, milchfrei. Ich habe alle Leckereien hier speziell für sie zubereitet.«

»Vielen Dank, Greta. Du bist ein Genie. Hey.« Ich hatte eine Idee. »Bist du sicher, dass du nicht zum Buchclub bleiben willst?«

Greta schüttelte den Kopf. »Nein, nein, ich habe noch viel zu tun in der Bäckerei. Und mein Englisch ist nicht gut genug, um die Bücher so schnell zu lesen. Aber danke, vielleicht ein anderes Mal.«

Sie eilte davon. Ich sah ihr nach und hatte das Gefühl, dass ich ihr nachgehen und noch etwas sagen sollte. Sie war ungefähr in meinem Alter und wie alle Deutschen, die ich kannte, war ihr Englisch einwandfrei, sogar besser als meins. Den ganzen Tag und die ganze Nacht in der Bäckerei zu arbeiten ... *Ich hatte Greta nie mit einer Assistentin gesehen. Sie musste einsam sein, zumal die Leute im Dorf Fremden gegenüber unfreundlich sein konnten.*

Schritte knarrten über die Dielen und Brenda Winstone trat ein. Sie trug eine lange geblümte Strickjacke über einer hellbraunen Hose. »Ist das der Ort? Oh, sieh dir diese leckeren Brötchen an!«

Frau Ellis eilte herbei, um uns vorzustellen. »Mina, das ist meine Cousine, Frau Brenda Winstone.«

»Wir haben uns gestern kennengelernt«, lächelte ich. »Hallo noch mal. Wie gefallen Ihren Schützlingen die Bücher?«

Frau Winstones freundliches Gesicht verfinsterte sich. »Ich fürchte, ich werde keine Gelegenheit haben, sie zu fragen. Ich wurde als Jugendgruppenleiterin abgesetzt.«

Frau Ellis starrte sie schockiert an. »Aber warum? Du bist doch das Beste, was den Kindern je passiert ist.«

Frau Winstone schniefte. »Einer der Lieben hat der fiesen Dorothy Ingram erzählt, dass ich im Club der verbotenen Bücher sei und die Jugendgruppe in diesen Laden mitgenommen habe. Und der kleine Billy Bartlett hat sich die Finger eingeklemmt und die Eltern haben Ärger gemacht. Dorothy hat den Kirchenausschuss hinter sich und sie haben mich gezwungen, als Jugendgruppenleiterin zurückzutreten.«

»Das tut mir so leid!«, rief ich und vermutete, dass eines der Kinder meine Worte mitgehört hatte. »Ich wollte nicht, dass Sie gefeuert werden!«

»Um Himmels willen, nein, Wilhelmina, Liebes. Es ist nicht Ihre Schuld.« Frau Winstone nahm sich ein Sandwich und biss herzhaft hinein. »Dorothy wollte mich schon seit Jahren loswerden. Endlich hatte sie die perfekte Ausrede. Ich versuche, mir darüber nicht den Kopf zu zerbrechen, aber ich bin mir sicher, dass wir das Treffen nicht mit meiner traurigen Nachricht ruinieren wollen. Vielen Dank, dass wir Ihren Laden benutzen durften. Der Raum ist wunderschön.«

»Eigentlich bin ich Mina und duzen Sie mich ruhig«, lächelte ich. »Und mir gehört der Laden nicht. Ich arbeite hier nur. Mir gefiel die Idee eines Clubs der verbotenen Bücher, also habe ich meinen Chef davon überzeugt, dass wir die Veranstaltung ausrichten dürfen. Ihr könnt den Raum so oft nutzen, wie ihr wollt.«

»Nun, er ist wundervoll. Einfach ein magischer Ort. Sag mal, gibt es bei euch auch eine Vorlesestunde für Kinder?« Frau

Winstone strahlte und ihre rosigen Wangen leuchteten noch tiefer rot. »Ich liebe es, Kindern beim Lesen zu helfen, und ich bin mir sicher, dass ich eine schöne Geschichte finden könnte, die auch den Eltern gefallen würde.«

»Nachdem deine Fahrlässigkeit den armen Billy fast seine Finger gekostet hätte, gibt es in diesem Dorf kein einzigen Elternteil mehr, das seine Kinder dir anvertraut«, sagte eine kalte Stimme hinter ihr.

Ich blickte zu der eleganten Frau auf, die gerade den Raum betreten hatte. Ihr blondes Haar war perfekt frisiert und eine Nerzstola hing um ihre schmalen Schultern, gerade tief genug, um eine beeindruckende Halskette aus Diamanten und Rubinen um ihren Hals zu offenbaren. Sie fegte in einer Wolke aus süßlichem Parfüm an uns vorbei und ließ sich am Ende der Chaiselongue nieder, wobei sie beide Hände auf ihren runden Bauch legte und Frau Winstone mit einem selbstgefälligen Blick anschaute.

»Hallo, Brenda, Mabel«, säuselte sie.

»Ginny«, sagte Frau Winstone mit belegter Stimme.

»Hallo, Liebes. Wie geht es dem Baby?« Frau Ellis setzte sich neben den Neuankömmling, Ginny, und berührte ihren Bauch.

»Ihm geht es ausgezeichnet. Wir hatten gerade den letzten Ultraschall und der Arzt sagt, er wird stark und gesund sein, genau wie sein Vater.« Ginny nahm eine der Teetassen in die Hand, hielt sie gegen das Licht und betrachtete stirnrunzelnd das Muster.

Sie schürzte die Lippen. »Die sind nicht von Royal Doulton.«

»Nein«, sagte ich und fand diese vornehme Schlampe schon jetzt unsympathisch. Ich hob ein Törtchen hoch und nahm einen großen, wenig damenhaften Bissen. »Aber sie fassen Flüssigkeit, und das ist das Wichtigste, finden Sie nicht auch?«

»Ich ... ich glaube, ich werde mir einen Platz suchen«,

flüsterte Frau Winstone. Sie beeilte sich und stapelte Sandwiches und Kuchen auf ihren Teller, bevor sie auf einem der Sessel Platz nahm, so weit weg von Ginny, wie es möglich war, ohne die Runde zu verlassen.

»Was läuft da zwischen den beiden?«, flüsterte ich Frau Ellis zu, während Ginny und Frau Winstone sich über den Kuchenteller hinweg anfunkelten.

»Das ist Ginny Button«, flüsterte Frau Ellis. »Sie ist unverheiratet und hat eine lange Reihe von Liebhabern. Sie liebt es, Brenda unter die Nase zu reiben, dass sie schwanger ist.«

»Oh, nein.«

Frau Ellis nickte und ihr Gesicht erhellte sich bei der Gelegenheit, ein wenig Klatsch und Tratsch zu verbreiten. »Ginny ist wirklich ein Miststück, so etwas zu sagen. Die arme Brenda hat für diese Kinder gelebt. Sie will unbedingt ein eigenes Kind, aber ihr Mann Harold hat in dieser Sache ein Machtwort gesprochen. Ginny lässt Brenda natürlich bei jedem Treffen wissen, was für ein Duckmäuschen sie ist. Ah, ich glaube, ich kann Sylvia riechen.«

Ich schnupperte, als ein Hauch von Moschusparfüm in den Raum wehte. Kurz darauf folgte eine Frau mittleren Alters mit klirrendem Schmuck und voluminösen schwarzen Bauernröcken. Eine riesige, batikgefärbte Tragetasche klatschte gegen ihre Seite. »Bin ich zu spät?«, keuchte sie und steckte sich eine Strähne ihres krausen Haars hinters Ohr. Die Geste war wenig hilfreich, denn der Rest ihrer Haare stand in alle Richtungen ab, als hätte sie gerade ihren Finger in eine Steckdose gesteckt. Irgendetwas an ihren wilden Augen und den Millionen von Perlenarmbändern, die sich um ihre Arme stapelten, kam mir bekannt vor, aber ich konnte sie nicht einordnen.

»Ganz ruhig, Sylvia. Du bist pünktlich. Gladys ist noch gar

nicht da.« Frau Ellis klopfte ihr auf den Arm. »Die liebe Sylvia kommt immer zu spät.«

»Ich komme nie zu spät!«, protestierte die Frau. »Die moderne Gesellschaft misst dem willkürlichen Verstreichen der Zeit zu viel Bedeutung bei. Wenn wir uns nach den Rhythmen und Zyklen der Natur richten würden, dann …«

»Man sollte meinen, dass du mit deinen Wahrsagefähigkeiten in der Lage wärst, vorherzusagen, wann du dein stinkendes Häuschen verlassen musst«, sagte Ginny lächelnd vom Sofa aus.

Das Gesicht der Frau rötete sich, aber sie sagte nichts. Genauso wenig wie die anderen Damen, wie ich feststellte. *Ginny Button musste eine Menge Macht im Dorf haben.*

»Mina, das ist Sylvia Blume. Sylvia, das ist Mina Wilde …«

»Du bist Helens Tochter«, entgegnete Sylvia Blume strahlend und schlang ihre Arme um mich, als wären wir alte Freundinnen. »Ich erinnere mich an dich, als du noch ein kleines Mädchen warst und in der Ecke meines Ladens Bücher gelesen hast. Sieh dich jetzt an, ganz erwachsen!«

Jetzt erinnerte ich mich, wo ich Sylvia schon einmal gesehen hatte. Ihr gehörte der Laden, in dem Mama ihre Tarot-Lesungen für Trottel durchführte, die sich gerne von ihrem Geld trennten. Ich hatte dort oft Zeit nach der Schule verbracht, bevor ich den Nevermore Bookshop entdeckt hatte. Ich erinnerte mich vage an den süßlichen Geruch von Weihrauch, der an allem haftete, und an eine kraushaarige Frau, die mich in die Wangen zwickte und mich mit Bonbons unter ihrem Wahrsagetisch fütterte.

»Ja, äh, hallo noch mal.«

»Es ist wirklich schade um dein Augenlicht. Helen hat mir erzählt, dass du deinen Modejob aufgeben musstest.«

Meine Wangen erröten. »Nein, so ist es nicht.«

Aber es war so. Das war genau das, was passiert war. Ich meinte, ja, ich hatte vorgehabt, mich so gut wie möglich durchzuschlagen, bis mein Augenlicht schlechter wurde, was Jahre oder sogar Jahrzehnte hätte dauern können, aber Ashley hatte es in der ganzen Modewelt ausgeplaudert. Als Sylvia Blume darüber sprach, fühlte ich mich peinlich berührt, und das gefiel mir nicht.

»Ich weiß. Ich kann eine Auraheilung für dich machen!« Sylvia packte mich an den Schultern und riss meinen Nacken nach vorne. »Ich bin eine erfahrene Heilerin. Ich kann eine Reinigung durchführen, die die bösen Energien, die in deinem Körper Krieg führen, vertreibt und dein Augenlicht wiederherstellt!«

Das gab es doch gar nicht. »Ich denke, wenn die moderne Medizin nichts für mich tun kann, dann werden Sie wahrscheinlich auch nicht viel Glück haben.«

»Blödsinn.« Sylvia ließ ihre Tragetasche mit einem Knall auf den Boden fallen, packte meine Handgelenke und riss sie über meinen Kopf. Ihre Ohrringe klapperten, während sie ihren Kopf hin und her schüttelte und zu singen begann.

Quoth, falls du mich gehört hast, hole mich hier raus.

Ich blickte mich panisch im Raum um. Eine andere Frau kam herein und beugte ihren Kopf, um mit Frau Winstone zu sprechen. Ihrer teuren Kleidung und ihrem vornehmen Akzent nach zu urteilen, nahm ich an, dass es sich um Cynthia Lachlan, die Frau des Bauunternehmers, handelte. Ich zuckte zusammen, als ich bemerkte, dass Quoth immer noch in seiner menschlichen Gestalt herumhing. Er hatte sich in der Ecke bei Frau Ellis versteckt, die damit beschäftigt war, seine Haare zu flechten.

»Oooooooooohm«, stöhnte Sylvia und schwang meine Arme herum. »Geister, entfesselt die Dämonen in diesem Mädchen ...«

Vor dem Fenster entdeckte ich eine Gestalt, die die Butcher Street hinunterhumpelte. »Oh, da ist Gladys.« Ich schaffte es, meine Handgelenke aus Sylvias Griff zu reißen. »Ich schaue besser nach, ob sie Hilfe braucht.«

Ich war noch nie in meinem Leben so dankbar, eine alte Dame zu sehen. Ich stürzte auf Frau Scarlett zu, als sie ins Zimmer eilte. Sie sah noch schlimmer aus als am Vortag. Ihre Wangen waren gerötet, ihre Augen unkonzentriert und ihr Haar hing ihr schlaff in die Stirn. Sie klammerte sich an die Kante des Türrahmens und schwang ihre Krücke vor sich her.

Frau Ellis eilte herbei. »Gladys, Liebes, du siehst schlecht aus. Bist du sicher, dass du dem Treffen gewachsen bist?«

»Mir geht es gut, Mabel. Ich habe immer noch Magenbeschwerden. Hör auf, so viel Aufhebens zu machen.« Frau Scarlett beugte sich über ihre Krücke und hievte sich ins Zimmer. Frau Ellis eilte an ihre andere Seite und nach ein paar schwankenden Schritten nahm Frau Scarlett ihren Arm. Quoth eilte herbei und führte ihren anderen Arm. Schließlich ließ sie sich in den Ohrensessel sinken, lehnte ihren Gehstock an die Wand und betrachtete den Raum mit zusammengepressten Lippen. Sie nahm ein belegtes Brötchen von ihrem Teller mit den Spezialitäten und schnupperte misstrauisch daran, bevor sie einen winzigen Bissen von der Ecke nahm. »Warum ist der Tee noch nicht aufgegossen?«

»Oh, ich habe ein paar von meinen Kräutermischungen mitgebracht.« Sylvia kramte in ihrer Tasche und reichte mir zwei Gläser mit getrocknetem Tee.

»Kommt sofort.« Ich goss den Tee auf und stellte die Tassen und Untertassen bereit. Die Damen kramten in ihren Handtaschen und holten ihre Exemplare des Buches heraus. Frau Scarlett klappte ein Brillenetui mit Leopardenmuster auf. Während ich den Tee einschenkte, lehnte sich Quoth gegen die Stuhllehne und schaute mir über die Schulter. Sein Arm streifte meinen und sein Duft nach Erde, Schokolade und frisch gemähtem Gras, drang in meine Nase und ließ meinen Magen ganz schwummrig werden.

Ich hatte mich mit Heathcliff verabredet, aber ich hatte noch nicht herausgefunden, wie ich Quoth ansprechen sollte. Ich wusste, dass ich den richtigen Moment erwischen musste, sonst würde er sich erschrecken. Ich blickte zu ihm auf und bemerkte seine freundlichen braunen Augen, wie ihr Blick über meinen Körper schwebte. Meine Haut kribbelte. Unter seinem Blick war ich nackt und entblößt, selbst inmitten des Buchclubs.

Ich wagte es, ihm zuzulächeln, während mein Herz pochte. Quoth lächelte zurück, und in seinen Augenwinkeln loderte es. Die Tatsache, dass er bei dem Treffen geblieben war, und das Risiko einging, sich zu verwandeln, erfüllte mich mit Dankbarkeit, Hoffnung und Verlangen.

Frau Scarletts scharfe Stimme rüttelte mich zurück in die Realität.

»Willkommen, meine Damen, zum Dezembertreffen des Clubs der verbotenen Bücher in Argleton. Der liebe Gott hat uns einen neuen Veranstaltungsort zur Verfügung gestellt. Auch wenn es ein bisschen staubig ist.« Sie schnüffelte missbilligend an den Regalen, die Quoth und ich mühselig umgeräumt hatten. Ich setzte mich und rutschte unbehaglich auf meinem Sitz hin und her. »Es hat einen gewissen Charme. Ich hoffe, dass der Buchclub auch weiterhin darin untergebracht werden kann, während unser geliebter Gemeinschaftsraum renoviert wird.«

»Bist du sicher, dass dieser Ort den Vorschriften entspricht, Gladys?«, fragte Frau Lachlan und betrachtete stirnrunzelnd einen Spalt über dem Fenster. Neben mir zuckte Frau Ellis zusammen.

Aber Gladys Scarlett schien die Frage nicht gehört zu haben.

Sie stellte ihre Teetasse ab und rieb sich die Finger an der Handfläche.

»Geht es dir gut, Gladys?«

»Natürlich. Ich habe nur ein Kribbeln in der Hand. Es geht gleich wieder.« Frau Scarlett aß ein Brötchen und einen Sahnekrapfen von ihrem Teller, dann tastete sie nach ihrer Teetasse und schloss die Augen, als sie an der heißen Flüssigkeit nippte. »Genug von mir, lass uns mit unserer Arbeit weitermachen. *Von Mäusen und Menschen* handelt von der intimen Reise zweier Männer, die sich in Einsamkeit und Isolation aneinanderklammern. Der Titel stammt natürlich aus Robert Burns Gedicht »An eine Maus«, das sinngemäß sagt »Der beste Plan von Maus und Mann gelingt oft nicht«. Es bezieht sich auf die Ambitionen der Hauptfiguren des Buches, die durchkreuzt werden von ihren eigenen *M-M-Mäusen!*«

»Genau, Gladys«, rief Sylvia Blume aus. »Die Symbolik der Maus war sehr interessant, da ...«

»Nein, eine *Maus!*« Frau Scarlett streckte einen schwankenden Finger aus.

Während ich entsetzt zusah, schoss ein winziger weißer Klecks mit einem braunen Fleck an der Ecke des Bücherregals hoch und huschte an den Oberseiten der Bücher entlang. Die Maus reckte die rosafarbene Nase in die Höhe, schnupperte an der Luft und verschwand dann mit einem Schwanzschnippen hinter dem Regal.

Frau Scarletts Gesicht verzog sich. Sie umklammerte ihren Bauch. Ein erstickter Schluchzer entrang sich ihrer Kehle.

»Iiih!«, schrie Frau Lachlan, sprang von ihrem eigenen Stuhl auf und ließ einen Red Velvet Cupcake auf den Boden fallen. »Jemand muss dieses dreckige Nagetier fangen, bevor es das Essen verunreinigt!«

Ich packte Quoths Oberschenkel und sah, wie sich sein Gesicht verzerrte, als sein Raubtierinstinkt die Oberhand gewann. Federn schossen durch seine Haut. Zum Glück waren die anderen Damen zu abgelenkt, um es zu bemerken. Er ließ seine Tasse fallen, wobei das Porzellan zerbrach und heißer Tee auf den Teppich spritzte und sprang hinter die Regale.

»Au, Sie haben mich verbrannt!«, fauchte Ginny und rieb sich ihr Bein.

KRACH! KNALL!

Bücher stürzten auf den Boden. Die Maus huschte hinter den Regalen hervor und flitzte über den Boden, verschwand im Sofa und kletterte den Vorhang über Frau Scarletts Kopf hoch. Ihr Gesicht erstarrte in rötlichem Entsetzen und ihr ganzer Körper schüttelte sich, als ob sie nach Atem rang.

»Krächz!« Quoth flog hinter den Regalen hervor und stürzte sich auf das Fenster. Teekuchen und alte Damen wurden in alle Richtungen verstreut. Quoths Krallen kratzten am Glas, als er nach den Vorhängen schnappte. Die Maus steckte ihren Kopf am anderen Ende der Gardinenstange heraus, zuckte mit der Nase und verschwand durch den anderen Vorhang wieder in den Regalen.

Ich sprang auf die Füße und winkte dem Vogel zu. »Da drüben! Versuch, sie in die Ecke zu jagen. Ich hole den Besen und ...«

»G-g-g-geeeeee ...«

Ich wirbelte herum. Alle Gedanken an die Maus verschwanden aus meinem Kopf, als ich Frau Scarletts Gesicht erblickte. Irgendetwas stimmte nicht.

Ihre Augen waren aufgequollen wie die eines Frosches. Eine Seite ihres Gesichts zuckte unkontrolliert, während die andere Seite in einem Ausdruck des Entsetzens verharrte. Ihre Haut glühte rot. Galle und Spucke tropften aus ihrem Mund. Sie fasste sich an den Bauch, kippte um und schlug mit dem Knie gegen den Tisch, als sie zusammenbrach.

»Gladys, was ist los?« Frau Ellis beugte sich über ihre Freundin.

»Ich rufe den Notdienst«, sagte Frau Winstone und zückte ihr Handy.

Mit einem letzten keuchenden Schrei sackte Frau Scarlett nach vorne und landete mit dem Gesicht auf der Viktoriabiskuittorte. Ginny schrie auf, als die Sahne auf ihre Seidenbluse spritzte.

»Frau Scarlett? Gladys?« Mein Herz pochte. Ich rüttelte an ihrer Schulter, aber sie bewegte sich nicht und reagierte nicht.

Nein, nein, nein, nein. Das durfte nicht wahr sein. Ich hob ihr Handgelenk an und tastete nach dem Puls. Es war keiner da.

Sie war tot.

6

»Gerade als ich dachte, ich hätte diesen Buchladen zum letzten Mal gesehen, stapelt ihr die Leichen wie ungelesene Dan Brown-Bücher«, scherzte Jo, als sie den Flur hinunterpolterte und sich ihre Gummihandschuhe anzog. Ihr Medizinkoffer klatschte gegen ihren Oberschenkel.

Ich schenkte meiner neuen Freundin ein schwaches Lächeln. Als örtliche Gerichtsmedizinerin hatte Jo einen richtigen Galgenhumor, wenn es um Leichen und grausame Morde ging. Ich war nicht annähernd so desensibilisiert. Bis vor einem Monat, als meine ehemalige beste Freundin ermordet im Laden aufgefunden worden war, hatte ich noch nie eine Leiche gesehen. In meinen Albträumen sah ich immer noch Ashleys Gestalt mit dem Messer in ihrem Rücken im Laden liegen.

»Wenigstens ist es dieses Mal kein Mord. Hier drin?« Jo deutete auf den Eingang zum Raum für Weltgeschichte, wo die Sanitäter mit der Trage warteten, um die Leiche abzutransportieren, nachdem Jo den Tod bestätigt und den Tatort untersucht hatte.

Ich nickte. Jo verschwand drinnen. Ich lehnte mich gegen ein Bücherregal und versuchte, meine wackeligen Beine aufrecht zu halten. Eine weitere Leiche im Nevermore Bookshop. Wie war das überhaupt möglich?

Jo hatte recht. Dieses Mal war es anders als das letzte Mal. Es war kein Mord. Es war alles nur ein schrecklicher Unfall. So etwas passierte, wenn man Buchclubtreffen für Achtzigjährige veranstaltete.

Aber egal, was ich mir einredete, meine Beine zitterten weiter und mein Herz pochte schnell in meiner Brust. Ich wusste, dass hier etwas nicht stimmte.

Aber natürlich. Irgendetwas stimmte nicht mit dem Nevermore Bookshop. Er erweckte fiktive Charaktere zum Leben. Ich war so abgelenkt von Ashleys Mord und Morries Schwanz, dass ich mich nicht auf das größte Geheimnis von allen konzentriert hatte. Und jetzt hatte der Laden ein weiteres Opfer gefordert. Vielleicht war er zu gefährlich, um zugänglich für die Öffentlichkeit zu sein. Vielleicht war seine Magie außer Kontrolle geraten. Vielleicht ...

Eine kräftige Hand legte sich auf meine Schulter. »Mina«, dröhnte Heathcliffs Stimme in mein Ohr.

»Es geht mir gut«, flüsterte ich. »Es war nur ein Schock.«

»Du bist eine beschissene Lügnerin. Quoth bringt dir einen Tee.« Heathcliff drehte mich zu sich um und seine dunklen Augen bohrten sich in meine. Einen Moment lang lenkte mich sein Blick von meinen Gedanken ab. Heathcliff kannte nur zwei Gefühlszustände, mürrisch und mürrischer. Im Moment war er weder das eine noch das andere. Seine Mundwinkel bebten, seine Augen weiteten sich, und seine dunkle Haut hing blass und schlaff herunter. Ich studierte seine Gesichtszüge und versuchte herauszufinden, was diese Veränderung verursacht hatte. Er sah fast ... besorgt aus. Ich wusste, dass es nicht wegen Frau Scarlett sein konnte. War es etwa meinetwegen?

Der Gedanke, dass ich das Ziel von Heathcliffs Mitgefühl sein könnte, dass ich ein tief verwurzeltes, lange vergrabenes, zartes Gefühl zum Vorschein gebracht hatte, ließ mein Herz noch schneller schlagen. Mein Blick flog zu seinen Lippen, den Lippen, die vor einem Monat die meinen in einem heftigen Kuss berührt und seitdem kaum mit mir gesprochen hatten. Ein Schauer durchlief meinen Körper, der nichts mit der Kälte im Laden zu tun hatte.

»Dir geht es gut«, murmelte er und seine rauen Finger streichelten meine Wange. »Du bist nicht in Gefahr.«

Ich schüttelte den Kopf, unfähig zu sprechen, unfähig, ihm zu sagen, dass ich in diesem Moment in Gefahr war, mein Herz an ihn zu verlieren.

»Mina.«

Ich zuckte zusammen. Mein Herz schlug mir bis zum Hals. Meine Augen huschten zu der Stelle, von der die Stimme gekommen war. Es dauerte einen Moment, bis ich in der Dunkelheit die Gestalt von Quoth erkannte, der in seine menschliche Form zurückgewandelt war und mit einem Teetablett in der Hand in der Tür stand.

Der Bann war gebrochen. Heathcliffs Gesicht verzog sich zu seinem üblichen finsteren Ausdruck. Quoth starrte auf den Boden. »Ich habe Tee mitgebracht«, murmelte er.

»Ausgezeichnet!«, erklärte Frau Ellis von ihrem Platz unter dem Fenster. »Wir können alle eine schöne Tasse Tee gebrauchen. Sei ein guter Junge und bediene uns alte Damen. Ist sein Haar nicht schön, Sylvia?«

Quoth reichte mir eine Tasse. Seine Hand zitterte, als ich sie ihm aus den Fingern nahm. »Es tut mir leid«, flüsterte er.

»Es muss dir nicht leidtun«, flüsterte ich zurück. Heathcliff grunzte und schlüpfte in den Schatten.

Quoths Blick folgte dem Rücken seines Freundes und eine

Million unausgesprochener Gefühle zogen über sein Gesicht. Er drehte sich um. Diesmal schweifte sein Blick zur gegenüberliegenden Ecke, wo sich die Mitglieder des Clubs der verbotenen Bücher weinend und wispernd aneinanderklammerten. »Wenn ich mich nicht verwandelt hätte, wäre die Maus vielleicht ...«

»Es ist nicht deine Schuld. Sie war eine alte Frau mit einem kranken Herz. Ich mache dir keine Vorwürfe.« Ich nippte an meinem Tee und merkte, dass meine Hand ein wenig zitterte. »Ich wünschte nur, ich könnte aufhören, zu denken, dass dies ein Zeichen dafür ist, dass mir oder Menschen in meiner Umgebung schlechte Dinge passieren werden.«

»Nichts ist schlimm, wenn du in der Nähe bist«, flüsterte Quoth und wich zurück. »Und du brauchst keine Angst zu haben. Ich werde immer auf dich aufpassen.«

Quoth huschte hinüber, um den alten Damen Tee zu servieren. Während ich an meinem Getränk nippte, brachten die Sanitäter die Leiche in einem weißen Sack weg. Jo folgte, zog ihre Handschuhe aus und ließ sich in den Ledersessel auf der anderen Seite des Tisches fallen. Ich warf einen Blick über meine Schulter. Heathcliff war nirgends zu sehen. Ich ließ mich in seinen Stuhl gleiten und war dankbar für den Duft von Torf und Zigaretten, der von dem abgenutzten Leder aufstieg. Er beruhigte mich.

»Ich hatte recht. Es sieht nach einem natürlichen Tod aus.« Jo nahm eine Tasse von Quoths Tablett entgegen und legte ihre langen Finger um den Becher. »Wahrscheinlich ein Herzinfarkt, nach der Autopsie weiß ich mehr. Hat sie etwas erschreckt, bevor sie starb?«

»Sie hat eine Maus gesehen.« Ich schauderte ich bei der Erinnerung. »Sie hat geschrien, dann fing sie an zu würgen, ihr Gesicht wurde ganz rot und sie fiel um.«

»Das könnte es gewesen sein.« Jo nahm mein Exemplar von *Von Mäusen und Menschen* in die Hand und blätterte es durch. »Sag mal, das war doch nicht die berühmte Maus, oder?«

»Berühmte Maus?«

»Liest du denn keine Zeitung?« Jo legte das Buch und ihre Tasche ab und zog eine Ausgabe der Morgenzeitung heraus. Quer über die ganze Seite stand die Schlagzeile »250 PFUND BELOHNUNG FÜR DEN KOPF DES SCHRECKENS VON ARGLETON« und das Bild einer kleinen weißen Maus mit einem braunen Fleck.

»Anscheinend ist die kleine Maus in allen Geschäften in der High Street und der Butcher Street aufgekreuzt. Greta von der Bäckerei sagt, dass sie sich durch einen Sack Mehl gefressen hat. Charles vom Kiosk meinte, sie hätte die Ecken einer Postkartenschachtel abgeknabbert. Beim indischen Buffet ist sie sogar unter einer Wärmeplatte aufgetaucht.«

Ich schielte auf das Bild, es war eine Grafik einer kleinen weißen Maus mit einer rosa Nase und einem braunen Fleck auf dem Hinterbein. »Ja, das ist unsere kleine Freundin.«

»Anscheinend ist Frau Scarlett nur die letzte in einer langen Liste ihrer Opfer«, sagte Jo grinsend. »Ihr habt einen Vogel und eine Katze hier drin, ihr solltet keine Probleme haben, die Belohnung zu bekommen.«

»Ich werde sie der Rechnung im Pub zugutekommen lassen.«

»Klingt nach einem guten Plan. Hey, hast du Lust, heute Abend etwas trinken zu gehen?«

»Auf jeden Fall.« Wenn ich meine Angst nicht in den Griff bekommen würde, würde ich den Drink brauchen. Außerdem würde ich nach ein paar Drinks vielleicht mutig genug sein, Jo zu fragen, was ich wegen Morries Herausforderung und meinem Date mit Heathcliff tun sollte.

»Ausgezeichnet. Ich treffe dich im Pub zur Happy Hour.« Jo trank ihren Tee aus und machte sich auf den Weg zur Leichenhalle. Die anderen Damen des Buchclubs schauten blass und verloren umher. Quoth füllte ihre Tassen mit Tee nach, wobei sein Blick konzentriert auf die Teekanne gerichtet war, als würde sie ihm die Antworten auf das Universum geben. Ich bewunderte, dass er sich bemüht hatte, die Treppe herunterzukommen und sich wie ein normaler Mensch zu verhalten. Ich hoffte nur, dass es ihn nicht in den Hintern beißen würde.

»Ich kann es einfach nicht glauben«, schluchzte Frau Winstone. »Eben haben wir noch über unser Buch gesprochen und im nächsten Moment ist sie tot.«

»Gut, das wir sie los sind«, meldete sich Frau Lachlan zu Wort. Ich wurde hellhörig.

»Cynthia, wie kannst du so etwas sagen?«, ermahnte sie Frau Ellis. »Gladys war unsere liebe Freundin.«

»Sie war eine boshafte alte Hexe, die sich *bei allem* durchsetzen musste«, fauchte Frau Lachlan. »Sieh dir an, was für eine Farce sie aus dem Planungsausschuss gemacht hat. Die Natur hat ihre böse Zunge zum Schweigen gebracht, bevor jemand auf die Idee gekommen ist, die Sache selbst in die Hand zu nehmen.«

Ich erschauderte bei Frau Lachlans grausamen Worten. Frau Ellis versteifte sich. »Nun, ich werde nicht erwarten, dass du bei den Vorbereitungen zur Beerdigung hilfst.«

»Unwahrscheinlich«, sagte Frau Lachlan, stellte ihre Teetasse ab und stand auf. »Ich glaube, ich bin hier fertig. Meine Damen, wenn ihr mich entschuldigt, mein Mann braucht mich.«

»Er wird dich zum Planen der Feier benötigen«, murmelte Frau Ellis, als Frau Lachlan davoneilte.

Die anderen Damen tranken ihren Tee aus und machten

sich ebenfalls auf den Weg. Frau Ellis war die Letzte, die ging. Sie beugte sich über den Schreibtisch und nahm meine Hände in ihre. »Es tut mir schrecklich leid, dass du das heute erleben musstest, Mina. Das ist der Preis, den man zahlt, wenn man sich mit alten Weibern wie Gladys und mir anfreundet. Ich möchte, dass du weißt, dass du mit ihrem Tod nichts zu tun hattest. Es war einfach ein schrecklicher Unfall. Erst gestern hat mir Gladys erzählt, wie sehr sie sich gefreut hat, dich kennenzulernen und wie sehr sie sich darauf freut, junges Blut im Buchclub zu haben.«

»Frau Lachlan scheint sie wirklich zu hassen.«

»Oh ja«, sagte Frau Ellis tadelnd. »Das ist so schade. Vor der Sache mit dem King's Copse-Projekt waren sie gute Freundinnen gewesen.«

»Was genau hat Frau Scarlett denn verhindert?« King's Copse war ein Teil des alten Waldes außerhalb von Argleton. Ein Großteil des ursprünglichen Waldes wurde vor dreißig Jahren für die Forstwirtschaft gerodet. Nur wenige Hektar des ursprünglichen Waldes waren zurückgeblieben. Es war ein beliebter Treffpunkt für die Jugend von Argleton, um Gras zu rauchen und Blödsinn zu machen. Wenn ich keine Lust zum Lesen hatte oder Herr Simson den Laden früher geschlossen hatte, war ich oft in den Wald gegangen und hatte mich an den Bach gesetzt.

»Vor ein paar Jahren hat Cynthias Mann Grey King's Copse mit der Idee gekauft, aus den gerodeten Flächen ein Wohngebiet zu machen. Wie du weißt, leitete Gladys den Stadtplanungsausschuss. Sie war sehr engagiert, was die Stadt anging. Sie saß im Spendenausschuss für die Reparatur des Gemeindezentrums, im Stadtverschönerungsverein, in der Gartengesellschaft und in unserem Buchclub. Sie hat es sich zur Aufgabe gemacht, alles über jeden im Dorf zu wissen. Jedenfalls hat Grey eine Baugenehmigung für den Bau von vierhundert

Häusern auf dem Gelände beantragt. Alles moderne Häuser, die überhaupt nicht der traditionellen Bauweise des Dorfes entsprechen. Der Ausschuss war natürlich nicht glücklich darüber. Sie haben viele Beschwerden über den Entwurf eingereicht. Grey musste den Bauplan schon dreimal ändern, aber er lässt nicht von seinem hässlichen modernen Entwurf ab.« Sie rümpfte die Nase. »Frau Lachlan ist nicht erfreut, dass der Antrag immer wieder abgelehnt wird, aber das war ja nicht Gladys' Schuld. Gladys sah es als ihre Pflicht an, den Ausschuss über Greys ausstehende Schulden aus einem gescheiterten Projekt in London zu informieren. Jetzt will der Ausschuss ihn rundheraus ablehnen. Die Sache ist die, Cynthia hat uns von den Schulden bei einem Treffen des Buchclubs im Vertrauen erzählt. Es könnte etwas Champagner im Spiel gewesen sein.« Frau Ellis lächelte süßlich. »Sie war jedenfalls sehr verärgert, als sie herausfand, dass Gladys es an den Ausschuss weitergeleitet hatte. Seitdem gab es schreckliche Spannungen zwischen den beiden.«

»Oh, das ist eine Schande.« Ich fragte mich, ob dieser Planungsausschuss vielleicht der Grund dafür war, dass Argleton so in der Zeit stehengeblieben war. Das Dorf mit seinen Häusern aus Lehm und Lehmziegeln und dem Tudor-Pub war wunderschön, aber das hieß nicht, dass modernes Design nicht auch schön aussehen und angenehm sein konnte. Man konnte nicht sein ganzes Leben damit verbringen, auf die Vergangenheit zurückzublicken.

Das musst du gerade sagen, erinnerte ich mich und dachte daran, wie sehr ich mir immer noch wünschte, in die Vergangenheit zurückzukehren, in die Zeit vor meiner Diagnose, als ich noch Modedesignerin in New York werden wollte.

»Nimm dir, was Cynthia gesagt hat, nicht zu herzen. Ich bin sicher, sie steht nur unter Schock, wie wir anderen auch. Sie wird schon wieder zu sich kommen. Schließlich leben die Lachlans in einem prächtigen georgianischen Herrenhaus auf der Spitze des Hügels. Sie können nicht behaupten, dass sie das traditionelle Design nicht lieben.« Frau Ellis zwinkerte mir zu, während sie sich ihre Tasche über die Schulter hängte. »Ich hoffe, du wirst weiterhin Teil unseres Buchclubs sein, Mina. Vielleicht kannst du uns helfen, *schärferen* Lesestoff auszuwählen. Ehrlich gesagt, weiß ich nicht, warum die Hälfte dieser Bücher verboten wurde!«

Frau Ellis zwinkerte mir noch einmal zu, als sie ging. Kaum war die Tür zu, tauchte Quoth hinter dem Schreibtisch auf. Er musste sich gerade von seiner Rabengestalt verwandelt haben, denn er war nackt. Meine Wangen glühten vor Hitze, während ich versuchte, nicht hinzusehen.

»Das ist also deine alte Lehrerin?« Seine Augen weiteten sich.

»Sie ist schon was Besonderes. Anscheinend hat sie sich bis zu ihrer Pensionierung immer noch freiwillig gemeldet, um Aufklärungsunterricht zu geben.« Ich öffnete Heathcliffs Snack-Schublade, kramte darin herum und holte ein Wagon Wheel heraus, das nur leicht zerdrückt war. Ich packte die Schokolade aus und bot Quoth die Hälfte an. Er schüttelte den Kopf. »Nicht fruchtig genug für dich?«

»Ich will mir mein Abendessen nicht verderben. Morrie kocht heute Abend.«

»Er kann in dieser Bombenbude, die ihr Küche nennt, kochen?«

Morrie steckte seinen Kopf durch die Tür. »Ich habe meinen Namen gehört.«

»Hey!« Ich stürzte zu ihm und umarmte ihn, wobei seine Umarmung den letzten Rest von Angst und Unruhe aus meinem Körper zog. »Womit hast du heute den Tag verbracht?«

»Ein bisschen Beratungsarbeit für einen Privatkunden.«

Morrie schob sein maßgeschneidertes Jackett von den Schultern und enthüllte ein knackiges weißes Hemd, das seine Größe und seine schlanken Muskeln betonte. Mit seinem guten Aussehen und seiner Vorliebe für feine Mode hätte Morrie auch auf einem Pariser Laufsteg eine gute Figur gemacht.

»Geldfälscher oder Geldwäscher?«

Morrie zog eine Augenbraue hoch. »Willst du das wirklich wissen?«

»Nein.«

»Dann frag auch nicht. Wie war der Buchclub?«

Quoth zuckte zusammen, aber mit Morries Arm um meine Taille schaffte ich es, die Worte herauszubekommen. »Es fing ganz gut an, aber dann tauchte der Schrecken von Argleton auf und hat allen Angst eingejagt, woraufhin Frau Scarlett einen Herzinfarkt bekam und verstarb.«

Morrie erschauderte. »Die Maus war wieder da? Wir müssen einen Kammerjäger anrufen. Oder die Schädlingsbekämpfung. Das ist nicht akzeptabel.«

»Hast du nicht gehört, was ich gesagt habe? Frau Scarlett ist mit dem Gesicht voran in einer Victoriabiskuittorte *gestorben*. Es war furchtbar.«

»Das ist furchtbar.« Morrie küsste mich auf die Stirn. »Ich hatte mich auf ein Stückchen davon gefreut.«

Ich schlug ihm auf den Arm. »Geh nach oben und fang mit dem Abendessen an. Was kochst du eigentlich?«

»Etwas Französisches und Leckeres. Willst du bleiben? Wir könnten eine Flasche Wein aufmachen und ich kann deinen ganzen Körper lecken, während du mir schaurige Geschichten über alte Weiber erzählst, die in Kuchen fallen.«

»Nicht heute Abend. Ich gehe mit Jo etwas trinken.«

»Schade.« Morrie führte mich an der Hand durch den Korridor hinter dem Hauptraum in das Zimmer mit den

Kinderbüchern, wo er seinen Körper an meinen schmiegte und meinen Lippen einen leidenschaftlichen Kuss gab.

»Wir können das nicht im Zimmer für Kinderbücher machen«, keuchte ich atemlos und versuchte, ihn wegzuschieben. »Wir werden die Bücher verderben.«

»Gut.« Morrie presste seine Lippen auf meine, und ich gab den Kampf auf. James Moriarty war unerbittlich, wenn er etwas wollte, und in diesem Moment wollte er mich. Sein harter Schwanz drückte gegen meinen Oberschenkel und meine Finger juckten danach, ihn zu berühren, ihn zu streicheln und ihn dazu zu bringen, wieder die Kontrolle zu verlieren.

Aber es gab etwas, das ich zuerst tun musste. Ich flüsterte: »Ich gehe am Freitagabend zu einem Date mit Heathcliff.«

»Du bist aber schnell. Weiß Heathcliff, dass es ein Date ist?«

»Bin mir nicht sicher.«

»Dann zieh dein sexy Jersey-Kleid an. Auf diese Weise wird er keine Zweifel mehr haben.«

»Bist du sicher, dass das eine gute Idee ist? Findest du es nicht seltsam, dass ich mit Heathcliff ausgehe?«

»Ich würde mich eher wundern, wenn du *nicht* mit ihm ausgehen wolltest.« Morries Hand wanderte unter meine Bluse und rollte meine Brustwarze zwischen seinen Fingern, während ich aufstöhnte. »Ich habe online genug Fanfiction gelesen, um zu wissen, dass er der ursprüngliche grüblerische Badboy ist. Ich sage ihm immer wieder, dass er ein Motorrad braucht.«

»Tu das nicht. Wenn er ein Motorrad hat, wird man ihm nicht widerstehen können.«

»Bist du sicher, dass du nicht bleiben willst?«, knurrte Morrie mit einer Wildheit in seinen Augen, die ich noch nie zuvor gesehen hatte. Die Bestie in seinem Inneren drohte, die Oberhand zu gewinnen.

»Verlockend.« Mein Körper zitterte, als seine Zähne an

meinem Schlüsselbein entlang kratzten. »Aber ich will alles über die Autopsie von Frau Scarlett hören.«

»Du ziehst ein fesselndes Gespräch über die Leber einer toten alten Schachtel, einem hausgemachten Essen und einer Nacht voller ungezügelter Leidenschaft mit mir vor?« Morrie küsste mich auf die Wange und trat zurück, obwohl er aussah, als würde ihn das seine ganze Selbstbeherrschung kosten. »Hervorragender Zug, meine Hübsche. Du bist wirklich mein Mädchen.«

»Vielleicht nicht mehr nach Freitag, wenn Heathcliff mich um den Finger wickelt.«

»Da mache ich mir keine Sorgen.« Morrie flitzte aus dem Zimmer und nahm die Treppe hinauf immer zwei Stufen auf einmal. Ich fragte mich, ob er das mit Absicht getan hatte, nur um mich atemlos und bedürftig zurückzulassen. Ich holte tief Luft, richtete meinen Rock und versuchte, meinen Herzschlag unter Kontrolle zu bringen.

»Mina.«

Ich wirbelte herum. Quoth stand unter dem Bogen, der in den Hauptraum führte. Er war immer noch völlig nackt. Ich öffnete den Mund, um ihm zu sagen, dass er sich etwas anziehen sollte, dass jeden Moment ein Kunde durch die Tür kommen könnte, aber seine Schönheit schnürte mir die Kehle zu. Seine blasse Haut hob sich von der Düsternis des Buchladens ab und ließ ihn mit einer schwachen Aura leuchten. Schwarzes Haar hing in seidenen Strähnen über seine Brust und reichte bis zum Rand seines Beckens und *oh …*

Er war halb steif. *Meinetwegen.* Braune, feurige Augen betrachteten mich mit raubtierhafter Intensität. Ich schluckte.

»Mina, du solltest zum Abendessen bleiben«, flüsterte er. Seine samtige Stimme umschmeichelte meine Haut.

Ich öffnete meinen Mund, schloss ihn und öffnete ihn wieder und versuchte, die richtigen Worte zu finden, um zu sagen, was ich fühlte und welche verruchten Gedanken mir durch den Kopf gingen, als mein Blick über seinen perfekten Körper wanderte. Aber alles, was herauskam, war ein erstickter Schrei.

Quoth machte mich nervös, nicht weil ich Angst vor ihm hatte, sondern weil sich mein eigener Schmerz in seinen Augen widerspiegelte. Ich musste in seiner Nähe vorsichtig sein, sehr vorsichtig, denn ich könnte mich völlig in ihn verlieben, in meinen süßen, gebrochenen Jungen, und ich könnte ihn zerstören, und er könnte mich zerstören.

Stattdessen trat ich einen Schritt zurück und sagte das Einzige, was mir einfiel, um ihn zu vertreiben. »Ich wollte, dass du das von mir hörst. Ich gehe am Freitagabend mit Heathcliff aus.«

»Oh.« Seine Gesichtszüge bewegten sich nicht. Sein halbsteifer Schwanz wippte zwischen uns. Meine Finger sehnten sich danach, ihn zu berühren, diesen perfekten Körper an meinem zu spüren.

»Quoth, ich möchte, dass du weißt, dass ich dich nicht ...«

Er schüttelte den Kopf. »Ich verstehe, Mina. Das akzeptiere ich. Heathcliff und Morrie können mit dir auf Dates gehen. Ich nicht.«

»Das habe ich nicht gemeint. Ich ...«

Quoths Körper explodierte in Federn. Seine Lippen spitzten sich und formten einen harten, gebogenen Schnabel. Das Letzte, was ich sah, war sein vor Schmerz verzerrtes Gesicht, als seine Gliedmaßen einknickten. Meine Brust verkrampfte sich. Wurde der Schmerz durch seine Verwandlung oder durch mich verursacht? Ich wollte ihm keine Schmerzen zufügen.

Er entfaltete seine Flügel, flog über meinen Kopf hinweg die Treppe hinauf und verschwand in den Schatten.

»Krächz«, rief er mit trauriger Stimme nach unten.

»So habe ich das nicht gemeint.« Tränen stachen mir in die

Augen. Ich wandte mich ab und sammelte meine Sachen ein, während mein Herz raste. Als ich das GEÖFFNET-Schild auf GESCHLOSSEN umdrehte und die Tür der Buchhandlung hinter mir schloss, drehte sich mir der Magen um. Morries Herausforderung mochte ihn vielleicht amüsieren; es mochte genau das sein, was die Jungs wollten, aber ich war mir nicht sicher, ob ich die emotionale Stärke besaß, mit allen dreien und ihren Problemen umzugehen.

7

»Ich bin überrascht, dass du überhaupt noch mit mir ausgehst, jetzt, wo Morrie die ganze Zeit in der Wohnung ist«, meinte Jo.

Ich nippte an meinem Drink. Vor einer Woche war ich eingeknickt und hatte Jo erzählt, dass Morrie und ich miteinander schliefen. Ich hatte keine andere Wahl. Morrie und Jo waren befreundet und er hatte es bereits ausgeplaudert, sodass sie schon seit Wochen subtile Andeutungen darüber gemacht hatte.

Als ich es ihr erzählt hatte, hatte Jo mir einen weiteren Gin Tonic spendiert und mich gezwungen, ihr alle schmutzigen Details zu erzählen. Mein Herz hatte höhergeschlagen, denn meine einzige Freundin auf der Welt war brutal ermordet worden, nachdem wir uns zerstritten hatten, und jetzt hatte ich eine andere, die genau zu wissen schien, was ich brauchte.

Seit Jo von Morrie wusste, war eine Last von meinen Schultern gefallen. Nur eine kleine Last, denn ich hatte kaum an der Oberfläche meiner Geheimnisse gekratzt, die ich hatte. Ich hatte Jo nicht erzählt, dass die Jungs zum Leben erweckte Romanfiguren waren, dass ein Raum im Laden durch die Zeit sprang oder dass sie dabei halfen, den verschiedensten Charakteren auf der ganzen Welt einen festen Arbeitsplatz zu geben. Ich hatte ihr nichts von meiner Sehkraft erzählt, aber ich vermutete, dass sie es wusste, da sie uns immer zum Tisch mit dem hellsten Licht führte und die Speisekarte laut vorlas. Und ich hatte es versäumt, den Kuss zu erwähnen, den ich vor ein paar Wochen mit Heathcliff geteilt hatte. Und die Tatsache, dass Quoth einige seltsame Dinge gesagt hatte, wie dass sie mich alle mochten oder dass sie mich gerne ... teilen würden.

Ich meinte, das war doch verrückt, oder? Wer tat so etwas überhaupt?

Viele Menschen lebten nicht in monogamen Beziehungen, sagte die nagende Punkrockstimme in meinem Kopf. Das wusste ich. Ich hatte es gegoogelt. Es hieß Polyamorie oder Polyandrie, und es gab ganze Gemeinschaften von Menschen, die glaubten, dass man mehr als einen Partner haben konnte und es trotzdem funktionierte.

Aber war ich einer von ihnen?

Punkrock-Mina schrie, ich sollte aufhören, ein Weichei zu sein und sie alle nehmen. Die Büchernärrin-Mina wollte vorsichtig sein, denn drei Schwänze bedeuteten dreifachen Herzschmerz, vor allem, wenn deine Freunde fiktive Charaktere mit einer eigenen, schwierigen Geschichte waren.

Ich spielte mit meiner Serviette, aber der Drang zu reden übermannte mich. »Hat Morrie dir jemals etwas über Polyamorie erzählt?«

Jo beugte sich vor und witterte guten Klatsch. »Nicht wirklich. Er hat ein paar Bemerkungen darüber gemacht, dass er dankbar ist, frei von repressiven, viktorianischen, puritanischen Zwängen zu sein. Warum? Sind er und du ...«

»Ich habe am Freitagabend ein Date mit Heathcliff«, sagte ich.

Jos Augenbraue ging hoch. »Ist Morrie damit einverstanden?«

»Es war seine Idee.«

»Ah. Durchtrieben.« Jo beugte sich vor und ihre Augen funkelten. »Morrie will, dass du mit seinem engsten Freund ausgehst?«

»Du scheinst nicht überrascht zu sein.«

»Ich weiß. Seltsam, oder?« Jo nippte an ihrem Wein. »Ich kenne Morrie schon lange genug, um zu wissen, dass er ziemlich versaut ist. Er fährt regelmäßig nach London zu Sexpartys in einem exklusiven Club. Er lädt mich immer wieder ein, aber ehrlich gesagt finde ich nackte Männer inzwischen ziemlich eklig.«

Nachdem ich letzte Woche mein Geheimnis über Morrie ausgeplaudert hatte, hatte Jo ihr eigenes Geheimnis gelüftet. Sie bevorzugte es, mit Frauen auszugehen. Jetzt, wo ich sie besser kannte, war das kein Schock mehr, und ich versprach, im Laden nach heißen und leicht morbiden Frauen Ausschau zu halten.

»Sexpartys?« Ich schluckte.

Jo grinste und spielte mit ihrem Strohhalm. »Hat er schon mal seine Bondage-Ausrüstung an dir ausprobiert?«

Meine Wangen erröteten. »Nein.«

»Aber du willst, dass er es tut?«

»... vielleicht?«

Wir lachten. Mein ganzes Gesicht glühte vor Hitze. Ich warf meinen Kopf zurück und leerte meinen Drink in einem Zug. Gin war die einzig vernünftige Art, mit so einem Gespräch umzugehen.

Jo stimmte mir zu und kippte ihr eigenes Getränk hinunter. »Willst du meinen Rat?«

»Ja, bitte.«

»Ich sage, mach es einfach. Sicher, verschließ dein Herz ein wenig, wenn du dich schützen willst, aber schau nicht zwei geschenkten Gäulen ins Maul. Man lebt nur einmal. Die meisten von uns träumen davon, zwei heiße und interessante Menschen zu haben, die jede unserer Launen erfüllen.«

»Drei.«

»Drei was?«

»Drei heiße, interessante Menschen«, murmelte ich.

»Der komische Typ, der den Tee verteilt hat? Okay, mach es auf jeden Fall. Er ist verdammt gutaussehend und ich mag eigentlich keine Kerle. Wer ist er überhaupt? Ich habe ihn noch nie gesehen, dabei würde ich mir so ein Gesicht merken. Er ist einfach wunderschön. Was für ein Name ist Quoth?«

»Er sagt, seine Eltern seien Gruftis aus den Siebzigern«, erzählte ich die Geschichte, die ich für Quoth erfunden hatte. Jo schnaubte. »Ist nicht wahr? Er ist ein Freund von Morrie. Er wohnt für eine Weile bei ihnen in der Wohnung. Er ist ein Künstler, und zwar ein sehr guter.«

»Er hat die Bilder gemalt, die im Laden hängen?«

Ich nickte.

»Okay, du *musst* dich mit ihm treffen. Künstler sind immer gut mit ihren Händen.«

Die Hitze kroch mir in den Nacken. »Das ist doch Wahnsinn.«

»Ganz und gar nicht. Kannst du mir einen Rabatt verschaffen, sobald du mit ihm schläfst? Ich habe ein Auge auf das Gemälde über Heathcliffs Schreibtisch geworfen.«

»Ich kann dir wahrscheinlich einen Rabatt verschaffen.«

»Und ich will alle blutigen Details. Ich hatte bisher nur einen Dreier mit meiner letzten Freundin, Dr. Adele Martinez, und ihrem jungen Techniker, Michael Rousseau, auf dem jährlichen Symposium für digitale Pathologie. Nachdem wir beim Konferenzdinner zu viele Gin Tonic getrunken hatten, beschlossen wir, uns für unsere Tändelei in die Leichenhalle zu schleichen. Rousseau hat sich so erschrocken, als wir ihm sagten, er solle sich auf den Autopsietisch legen, dass er weggelaufen ist und ich und Adele allein weitergemacht haben. Ich schätze, es war also gar kein richtiger Dreier. Ich möchte wissen, wie es ist, wenn all diese Schwänze herumfliegen ...«

»Können wir über etwas anderes reden als über mein Sexleben, Dreier oder fliegende Schwänze? Du hast heute die Autopsie von Gladys Scarlett durchgeführt. War es ein Herzinfarkt?«

»Nein.« Jo klopfte mit ihren Fingernägeln gegen den Stiel ihres Glases. »Es hat sich herausgestellt, dass Frau Scarlett nicht eines natürlichen Todes gestorben ist.«

»Nein?« Meine Brust zog sich zusammen.

»Ich habe hohe Arsenkonzentrationen in ihrem Blut gefunden. Sie ist vergiftet worden.«

8

»Vergiftet? Aber ... wie?«

»Ich werde mehr wissen, wenn ich die toxikologischen Ergebnisse aus dem Labor zurückbekomme, aber eine tödliche Dosis Arsen wird normalerweise über das Essen oder Trinken verabreicht, weil es sich leicht in Flüssigkeit auflöst und nicht besonders gut schmeckt.«

Mein Herz pochte. »Aber wir haben bei dem Treffen alle etwas gegessen. Könnten wir alle ...«

Jo hielt meine Hand fest. »Entspann dich, Mina. Ich hätte dich sofort benachrichtigt, wenn das der Fall wäre. Wenn du Arsen zu dir genommen hättest, hättest du schon längst Symptome verspürt. Der Körper versucht, das Gift durch Erbrechen und Durchfall auszuscheiden. Hat Gladys wegen ihrer Unverträglichkeiten nicht auch nur ganz bestimmte Lebensmittel gegessen?«

»Ja, das ist richtig. Wir haben alle aus der gleichen Teekanne getrunken, aber sie hatte ihren eigenen Teller mit Sandwiches und Leckereien. Aber das bedeutet ...«

Nachdem das Essen geliefert worden war, waren nur ich, Quoth und die alten Damen in der Nähe des Essens gewesen. Jemand aus dem Club der verbotenen Bücher muss ihr das Gift verabreicht haben.

Jo nickte. »Ich sehe deinem Gesicht genau an, was du denkst, und du hast recht. Es bedeutet, dass eine dieser netten alten Schachteln eine kaltblütige Mörderin ist. Kann ich dir noch einen Drink spendieren?«

Ich schob mein leeres Glas weg. »Ich bin nicht mehr durstig.«

»Wirklich? Ich bin ausgedörrt. Mordfälle sind eine durstmachende Arbeit.« Jo winkte dem Wirt zu, der mit zwei weiteren Gläsern auf unsere Rechnung herbeischlenderte. »Dieser Fall ist faszinierend. Arsen war im Laufe der Geschichte eine der am häufigsten verwendeten Giftarten. Mörder lieben es, weil es keinen erkennbaren Geschmack hat und die Symptome ähnlich wie bei Ruhr oder Cholera auftreten können, die sehr verbreitet waren.«

»Es ist also nicht schwer herzustellen?«

»Oh nein. Es ist ein einfaches chemisches Verfahren, das Giftmördern schon seit dem alten Ägypten bekannt ist, und es war eine besonders beliebte Mordmethode der Familie Borgia. Anscheinend bestrichen sie damit die Eingeweide eines Schweins, ließen sie verrotten, trockneten die Überreste und zermahlten sie zu einem Pulver namens *la cantarella*, das sie dem Essen oder Trinken ihrer Feinde beifügten.«

»Du weißt wirklich viel darüber, wie man Menschen tötet«, merkte ich an.

»Hallo, ich bin forensische Pathologin«, grinste Jo und zeigte auf ihre Brust. »Ich habe noch mehr Geschichten auf Lager, wenn du sie hören willst, aber du könntest Schwierigkeiten haben, dein Essen bei dir zu behalten. Das ist eigentlich meine erste Arsenvergiftung. Es wird nicht mehr oft verwendet. Während der industriellen Revolution war Arsen wegen der großen Nachfrage nach Eisen und Blei so verbreitet wie Schlamm. Das abgebaute Erz enthielt Arsen, und bei der Verhüttung kondensierte das Arsen in den Schornsteinen als weißer Feststoff, den man abkratzen und verkaufen konnte. Jeder Haushalt hatte Arsen, um Ratten, Mäuse und anderes Ungeziefer zu töten. Heute brauchst du natürlich eine spezielle Lizenz, um es zu kaufen, oder Zugang zu einer Industrieanlage, in der es gelagert wird. Es ist kein weit verbreitetes Gift mehr, also sollte es einfach sein, herauszufinden, wer Zugang dazu hat.«

»Die Polizei ermittelt also bereits in dem Fall?«

»Ja. Hayes und Wilson nehmen Aussagen von allen Mitgliedern des Clubs der verbotenen Bücher auf. Hayes sagte, dass er morgen früh vorbeikommt, um deine und die von deinem Freund, dem schönen Quoth, aufzunehmen.«

Mist. Wenn die Polizei mit Quoth sprechen wollte, war das ein großes Problem. Weil er sich so unregelmäßig verwandelte und die meiste Zeit in seiner Vogelgestalt verbrachte, war Quoth unauffindbar. Wenn die Polizei einen Grund hätte, seinen Hintergrund zu untersuchen, würde sie herausfinden, dass er eigentlich gar nicht existierte, und das könnte zu allen möglichen Problemen führen. Nach all den Anstrengungen, die wir nach Ashleys Tod unternommen hatten, um ihn aus allem herauszuhalten, würde er trotzdem bei der Polizei landen, und das nur, weil ich ihn dazu ermutigt hatte, aus seinem Schneckenhaus herauszukommen.

Dieses Schneckenhaus hatte ihn geschützt, und ich hatte es in Stücke gerissen.

Ich entschuldigte mich, ging auf die Toilette und rief Morrie an. »Wir haben ein Problem.« Ich informierte ihn über den Mord an Frau Scarlett und die Ermittlungen der Polizei.

»Arsen?« Morries Stimme wurde hellhörig. »Das ist

heutzutage kein gewöhnliches Gift mehr. Es ist auch nicht schnell und schmerzlos. Ich bevorzuge Zyanid.«

»Das interessiert mich nicht. Was machen wir jetzt mit Quoth? Er hat mir geholfen, das Treffen des Buchclubs vorzubereiten, und er ist geblieben, um den Damen Tee zu servieren. Sie werden ihn alle in ihren Aussagen erwähnen, was bedeutet, dass die Polizei ihn befragen will. Das ist alles meine Schuld! Ich hätte ihm nie erlauben sollen, beim Treffen zu bleiben.«

»Entspann dich, meine Schöne. Wir werden schon damit fertig. In dem Moment, als du deine verrückte Kampagne gestartet hast, damit Quoth als künstlerisches Genie anerkannt wird, habe ich ihm ein paar Papiere organisiert. Was die Polizei angeht, so wird sie morgen Herrn Allan Poe befragen, einen umherziehenden Maler aus Norwich mit einem Reisepass, ein paar toten Eltern und einem eigenen Facebook-Profil. Solange Quoth seine Federn in der Haut behalten kann, wird er es schon schaffen.«

Ich ließ den Atem los, von dem ich gar nicht wusste, dass ich ihn angehalten hatte. »Danke, Morrie.«

»Ich weiß. Ich bin ein Genie. Ich plane schon genau, wie du dich bei mir bedanken kannst. Dazu gehören eine Augenbinde und eine Riemenpeitsche.«

Schmerz breitete sich zwischen meinen Beinen aus. »Was ist eine Riemenpeitsche?«

»Eines Tages wirst du es herausfinden. Schon bald.«

Ich legte auf, während mein Herz aus einem ganz anderen Grund hämmerte.

Nachdem wir unsere Drinks geleert hatten, bot Jo mir an, mich nach Hause zu fahren. Sie stand vor ihrem schicken neuen Auto, einem Nissan Leaf, und klirrte mit den Schlüsseln in ihrer Hand. Alte, vertraute Scham stieg in mir auf. »Ist schon in

Ordnung. Es ist ein schöner Abend. Ich würde lieber zu Fuß gehen.«

»Du wirst nicht allein im Dunkeln durch *diese* Gegend laufen. Ich nehme dich mit, und das ist ein Befehl.«

Mir stockte der Atem. »Woher weißt du, wo ich wohne?«

»Du warst Hauptverdächtige in einem Mordfall. Ich weiß viel zu viel über dich.« Jo riss die Tür auf. »Steig ein.«

Ich blickte auf. Ein schwarzer Rabe saß auf der Dachrinne gegenüber der Kneipe und hatte zwei glänzende braune Augen auf mich gerichtet. *Ich werde über dich wachen*, hallte eine seidige Stimme in meinem Kopf wider. Quoth nahm seine Pflichten ernst, aber das konnte ich Jo nicht sagen.

Jo seufzte. »Wenn du ins Auto steigst, sage ich dir, was ich über das Arsen herausgefunden habe, solange du versprichst, die Informationen, die ich dir sage, nicht weiterzugeben. Eigentlich darf ich dir keine Details über eine laufende Mordermittlung erzählen, aber wozu sind Freunde gut, wenn wir uns nicht gegenseitig die Wahrheit sagen können?«

Meine Hände zitterten, denn ich hatte Morrie bereits von dem Arsen erzählt. Aber ich rutschte neben sie und tat so, als würde ich meine Lippen wie einen Reißverschluss schließen. »Ganz genau. Deine Geheimnisse sind bei mir sicher.«

Jo grinste. »Gut. Und ich verspreche, niemandem zu erzählen, dass du eine dreckige polyamore Dirne bist.«

»Abgemacht.« Wir gaben uns die Hand darauf. Jo verließ den Bordstein und fuhr aus dem Dorf hinaus auf das Gelände der Sozialsiedlung. Die malerischen, strohgedeckten Häuschen und die unberührten Gärten wichen schäbigen Sandsteinhäusern, brutalistischen Betontürmen und Straßen, die mit Müll übersät waren. In der Ferne heulte eine Polizeisirene. Meine Finger gruben sich in die Armlehne.

»Es ist in Ordnung«, sagte Jo, während sie durch das Viertel brauste. »Es ist mir egal, woher du kommst, nur wer du bist. Also, welches ist dein Haus?«

Benommen wies ich auf die letzte Tür am Ende eines kleinen Wohnblocks. Ein Stapel zerknitterter Wobbleator-Kartons lehnte an der Seite des Zauns. Mamas Auto stand in der Einfahrt. Panik schoss mir den Rücken hinauf. *Bitte komm nicht raus und versuche, Jo Tierlexika zu verkaufen.*

»Nettes Haus«, sagte Jo. »Ich liebe den Wintergarten.«

»Das ist mein Schlafzimmer«, würgte ich hervor und schob die Tür auf, bevor Jo zum Stehen kam. »Du musst mich nicht hochbegleiten.«

»Mina ...«

»Wir sehen uns morgen.« Ich schlüpfte aus Jos Auto und sprintete die Treppe hinauf. Auf der Veranda fummelte ich an meinen Schlüsseln herum, schlüpfte durch die Tür und schlug sie hinter mir zu. Ich beobachtete durch den verblichenen Vorhang, wie Jo wegfuhr. Als ihre Rücklichter um die Ecke verschwanden, stieß ich den Atem aus, den ich angehalten hatte.

Mama stand im Flur, die Arme verschränkt, mit einem furchterregenden Gesichtsausdruck. »Weißt du, wie spät es ist?«

Ich blickte hinter ihr auf die Uhr an der Mikrowelle. »Mama, es ist 8:15 Uhr. *Eastenders* hat noch nicht einmal angefangen.«

»Du warst wieder die ganze Nacht mit diesem Zigeuner in der Buchhandlung.«

»Mama, zum letzten Mal, höre auf, *dieses Wort zu benutzen.* Es bedeutet nicht das, was du denkst, dass es bedeutet. Es ist ein Schimpfwort, das die Viktorianer erfunden haben, weil sie dachten, die Roma sähen aus wie Ägypter.«

»Ich brauche keine Linguistikstunde, Wilhelmina. Ich muss wissen, warum du dich mehr um diese

Buchhandelsdelinquenten kümmerst als um deine eigene Mutter.«

»Sei nicht so dramatisch. Du weißt, dass das nicht wahr ist.«

»Ich habe dich heute Abend gebraucht. Die örtliche Tierhandlung hat zugestimmt, einige meiner Bücher zu verkaufen, aber die Besitzerin hat das Katzenbuch durchgeblättert und sagt, es sei voller Rechtschreibfehler. Ich verstehe das nicht! Der Verkäufer hat gesagt, dass sie von einem Bestsellerautor durchgesehen wurden. Jetzt musst du alle Rechtschreibfehler überprüfen und sie in der Datei ändern ...«

»Mama, ich werde meine Abende nicht damit verbringen, dir zu helfen, ein Katzenwörterbuch zu bearbeiten. Ich habe einen Job. Ich finde Freunde. Richtige Freunde, die mir nicht in den Rücken fallen, wie Ashley es getan hat.« Ich zuckte über meine Wortwahl zusammen, als das Bild des blutigen Messers in Ashleys Rücken vor meinen Augen aufblitzte. »Und wenn du es unbedingt wissen willst, ich war nicht mit Heathcliff, Morrie und Quoth zusammen. Ich war mit meiner neuen Freundin Jo im Pub etwas trinken. Nicht, dass ich dich um Erlaubnis bitten müsste. Ich bin jetzt erwachsen. Ich habe vier Jahre lang allein in *New York City* gelebt. Ich kann ausgehen und meine Freunde treffen, wann ich will.«

»Das war, bevor du deine Diagnose bekommen hast. Mina, du wirst *blind*. Ich verstehe, dass du wütend bist und rebellieren willst, aber du musst vorsichtig sein, wem du jetzt vertraust, Schatz.« Mama schlang ihre Arme um mich. Ich versteifte mich unter ihrer Berührung. »Ich bin hier, um auf dich aufzupassen, aber du musst mich dir helfen lassen.«

»Sollte die Tatsache, dass ich Heathcliff, Morrie, Quoth und Jo vertraue, nicht genug für dich sein?«

»Nicht, wenn ich sie noch nicht einmal kennengelernt habe. Ich muss wissen, mit was für Leuten sich mein kleines Mädchen herumtreibt.« Mama wischte mir eine Haarsträhne aus dem Gesicht. Ihre Augen weiteten sich vor mütterlicher Sorge, und ein Kloß stieg in meinem Hals auf. *Vielleicht war ich zu hart zu ihr?* »Hast du Herrn Heathcliff Earnshaw überhaupt gefragt, ob er meine Wörterbücher aufnehmen kann?«

Ich seufzte und löste mich aus ihrem Griff. Nein, ich war definitiv nicht zu hart zu ihr. »Ich hatte heute ein paar andere Dinge im Kopf.« In der Küche füllte ich den Teekessel und stellte ihn auf den Herd. »Eine Frau ist im Laden gestorben.«

»Noch eine Leiche? Oh, Mina, dieser Ort ist gefährlich ...«

Ich seufzte. Ich konnte ihr nicht wirklich widersprechen. »Ich werde weder meinen Job noch meine Freunde aufgeben. Was kann ich tun, damit du dich besser fühlst?«

Sie tippte sich ans Kinn und ihre Augen funkelten. *Na toll, jetzt würde ich dafür bezahlen müssen.*

»Ich will ein Abendessen. Du wirst diese neuen Freunde zu einem schönen, selbstgemachten Essen einladen. Wir werden uns wie Erwachsene hinsetzen und sie können meine Ängste mit ihren eigenen Worten beruhigen.«

Ich sah mich in unserer winzigen Küche um, betrachtete das rissige Linoleum und die abblätternde Farbe auf den Schränken, die Möbel aus dem Sozialladen und die klapprigen Regale, die mit Mamas Gerümpel vollgestopft waren. Es war schon schlimm genug, dass Jo und Quoth das Äußere der Wohnung gesehen hatten. Schlimm genug, dass sie alle wussten, dass ich arm war und blind werden würde. Wenn die Jungs das Innere der Wohnung sehen würden, würden sie merken, dass ich nicht die interessante Person war, die sie zu mögen glaubten. Sie würden all die Geheimnisse sehen, die ich versucht hatte, vor ihnen zu verbergen. Ich wäre völlig offen, entblößt.

Und Jo? Sie war eine kluge, berufstätige Frau mit einem Hochschulabschluss, einer Hypothek und einem Elektroauto. Sie hatte sich so bemüht, mich zu beruhigen, als sie mich abgesetzt hatte, dass ich wusste, die ganze Sache musste sie erschreckt haben. Da war dieses vertraute Blinzeln in ihren Augen gewesen, als sie das baufällige Haus und unsere netten Nachbarn, die Drogendealer, betrachtet hatte und ihre Lippen zu einem mitleidigen Ausdruck verzogen waren.

Man konnte nicht mit Leuten befreundet sein, die man bemitleidete. Das brachte das Gleichgewicht durcheinander. Meine Hand zitterte, als ich das Wasser über meinen Tee goss. *Ich würde sie nicht zum Essen einladen. Ich würde nicht die besten Menschen verlieren, die mir je passiert waren.*

Aber wie überzeuge ich Mama davon, es sein zu lassen?

»Sie werden nicht alle an den Tisch passen. Wir könnten stattdessen in den Pub gehen. Ich lade ...«

»Nein, das funktioniert so nicht. Wenn du sie nicht zu uns einladen kannst, sind sie keine engen Freunde und du solltest nicht so viel Zeit mit ihnen verbringen.«

»Du kannst mir nicht sagen, was ich tun soll.«

»Mina, kannst du mich sie nicht einfach treffen lassen, damit ich mir keine Sorgen mehr um dich mache?« Mama rieb sich die Augen. »Diese ganze Sorge macht mich furchtbar alt.«

Ich wischte mir mit der Hand über die Augen und hoffte, dass Mama die Tränen, die sich in den Augenwinkeln sammelten, auf einen Drink zu viel zurückführte. »Gut. Ich werde sie einladen.«

»Ich nehme vier Cornish Pasties, danke, Greta, und meine übliche Kaffeebestellung.« Ich zwang mich zu einem Lächeln für die kleine Deutsche auf der anderen Seite der Theke.

Das Unvermeidliche wurde nur aufgeschoben. Ich sollte einfach in die Buchhandlung gehen und sie fragen. Es musste so furchtbar klingen, dass sie keine andere Wahl hatten, als abzulehnen.

»Gerne. Die Pasteten sind frisch aus dem Ofen.« Greta lief an der Auslage entlang und packte meine Einkäufe in Papiertüten. »Geht es dir gut? Du siehst etwas mitgenommen aus.«

Ich rieb mir die Augen. »Nur ... gestresst. Weißt du, ich bin von New York City hierher zurückgezogen. Ich dachte, in Argleton würde es ruhig zugehen, aber zwischen den Problemen mit den Jungs, den Leichen und dieser verdammten Maus habe ich das Gefühl, keine Ruhe mehr zu finden.«

»Fang bloß nicht von dieser Maus an.« Greta schüttelte den Kopf. »Sie hat eine ganze Ladung Pumpernickel ruiniert! Aber das ist nicht dein Problem. Ich habe gehört, dass Gladys Scarlett gestern in eurem Buchclub krank geworden ist.«

»Nicht erkrankt«, rief eine verzweifelte Stimme hinter mir. »Sie ist tot!«

Ich wirbelte herum. Frau Ellis stand in der Tür, ihr Gesicht fleckig und tränenverschmiert. Mit weißen Knöcheln umklammerte sie ihre Tasche.

Ich eilte zu ihr und führte sie zu einem der Tische am Fenster. Greta kam vorne um den Tresen herum und stellte eine Tasse Kaffee und eine Packung Taschentücher auf den Tisch. Ich nickte ihr dankbar zu. Sie verschwand wieder hinter dem Tresen und überließ uns das Reden.

»Die Polizei hat gestern mit mir gesprochen«, schluchzte Frau Ellis. »Sie haben mir all diese Fragen gestellt. Die arme Gladys wurde vergiftet.«

Gretas Kopf schnellte hoch. »Nein, nein. Mein Essen würde sie nicht krank machen. Ich verwende nur die frischesten Zutaten ...«

»Keine Lebensmittelvergiftung, Greta«, sagte ich. »Echtes Gift. Sie haben gesagt, sie hätte eine tödliche Dosis Arsen zu sich genommen.«

Kaum hatte ich es gesagt, bereute ich es auch schon. Jo hatte mir gesagt, ich dürfe es niemandem erzählen. Es waren kaum zwölf Stunden vergangen und ich hatte sie schon im Stich gelassen.

Frau Ellis schluchzte.

Greta wurde blass. »Das ist ja furchtbar. Wer würde so etwas tun?«

»Die Polizei glaubt, dass es jemand aus dem Club der verbotenen Bücher war.« Frau Ellis knetete mit den Händen ihre Tasche. »Aber ich kann es einfach nicht glauben. Ich kenne die meisten dieser Damen schon seit Jahrzehnten. Na ja, außer Ginny Button, aber sie ist ein reizendes Mädchen und in der Gemeinde sehr geachtet. Sie arbeitet bei der Stadtverwaltung.«

»Das muss sehr erschütternd sein«, sagte ich. Ich

überreichte Greta einen Zwanzig-Pfund-Schein. »Könntest du bitte einen von Frau Ellis' Lieblings-Creme-Doughnuts zu meiner Bestellung hinzufügen?«

»Ich hoffe, sie finden den Mörder bald«, sagte Greta und sprach langsam und vorsichtig, als würde sie versuchen, die richtigen Worte auf Englisch zu finden. »Die Leute werden denken, dass mein Essen vergiftet ist. Sie werden nicht mehr in der Bäckerei kaufen, und ich werde bankrottgehen und mein Bruder und ich werden unser Haus verlieren.«

»Das wird nicht passieren. Frau Ellis und ich werden jedem, den wir sehen, sagen, dass es nicht deine Schuld ist«, versicherte ich ihr. Frau Ellis nickte unglücklich.

Während Greta wieder hinter den Tresen ging, um meine Bestellung fertigzumachen, beugte ich mich über den Tisch und nahm Frau Ellis' zitternde Hände in meine. »Sie haben mir gestern erzählt, dass Cynthia Lachlan wütend auf Gladys war, weil sie die Erschließung von King's Copse verhindert hat.«

»Ich weiß nicht, ob Gladys den Antrag tatsächlich abgelehnt hat, aber sie hat Cynthias Geheimnisse ausgeplaudert. Das war falsch von ihr, aber sie hielt es für ihre moralische Pflicht, den Ausschuss wissen zu lassen, was für ein Mann in King's Copse bauen will.«

»Haben Sie das der Polizei erzählt?«

Frau Ellis schüttelte den Kopf.

»Ich weiß, dass Sie nicht schlecht über Ihre Freundin reden wollen, aber es könnte wichtig sein. Frau Lachlan könnte diejenige gewesen sein, die Gladys vergiftet hat, um sie aus dem Weg zu räumen!«

»Ich kann einfach nicht glauben, dass Cynthia so etwas tun würde. Sie und Gladys sind schon so lange befreundet. Gladys war ihre Brautjungfer, als sie Grey heiratete! Freundinnen bringen sich nicht gegenseitig um, nur weil sie sich gestritten haben.«

»Ich weiß, dass sie das nicht tun.« Genau das war mit Ashley und mir passiert. Als sie tot im Laden aufgefunden wurde, hatte die Polizei angenommen, ich wäre die Mörderin gewesen. »Aber die Polizei muss wirklich alle Informationen haben.«

Greta schob meine Kiste mit den Leckereien über den Tisch. Ich reichte Frau Ellis eine Tüte mit einem köstlich aussehenden, mit Puderzucker bestäubten Sahnekrapfen. Dankbar biss sie hinein und schmierte sich einen Klecks Sahne auf ihre Nasenspitze. »Du musst uns helfen, Mina. Du musst den wahren Mörder finden.«

Ich schob ihr eine Serviette hinüber. »Hm?«

Frau Ellis umklammerte mein Handgelenk, ihre Augen weit aufgerissen und ernst. »Du bist so ein kluges Mädchen. Du warst eine der klügsten Schülerinnen, die ich je unterrichtet habe. Und du hast herausgefunden, wer das Greer-Mädchen getötet hat, bevor die Polizei überhaupt eine Ahnung hatte. Ich könnte es nicht ertragen, wenn sie Cynthia festnehmen, ohne eine andere Theorie in Betracht zu ziehen. Bitte, hilf mir, herauszufinden, wer meine Freundin getötet hat!«

IO

Noch ganz aufgewühlt von meinem Gespräch mit Frau Ellis, hielt ich am Sozialladen an der Ecke an, um die Stehlampe zu holen, die ich gestern im Schaufenster gesehen hatte. Ein paar Minuten später war ich um drei Pfund ärmer, aber mit einem großen Eichenständer und einem Schirm aus cremefarbener Spitze unter dem Arm wieder da. Die Lampe würde perfekt in die dunkle Ecke im ersten Stock neben die Regale der Folio Society passen. Ich fragte mich, wie viele Lampen ich im Laden verstecken konnte, bevor Heathcliff es bemerkte.

Ich stellte die Lampe ab und öffnete die Eingangstür des Ladens, wobei ich das Schild umdrehte, damit es »GEÖFFNET« lautete. Anders als beim letzten Mord standen keine Schaulustigen vor der Tür. Anscheinend hatte sich die Nachricht von Frau Scarletts Tod noch nicht im Dorf herumgesprochen.

Ich stellte die Lampe im Flur ab und brachte Heathcliff sein Frühstück. »Der Kaffee ist kalt«, murmelte er, als ich ihm die Tasse über den Schreibtisch reichte.

»Tut mir leid. Ich habe mit Frau Ellis in der Bäckerei

geplaudert.« Schnell erzählte ich ihm, wie sie mich angefleht hatte, bei der Aufklärung des Mordes zu helfen.

»Ich habe dir doch gesagt, dass der Buchclub nichts als Ärger bringen wird«, knurrte Heathcliff. »Komm bloß nicht auf weitere glänzende Ideen, wie du den Laden verbessern kannst. Du ziehst Mörder an wie Grimalkin die Flöhe.«

Ich dachte an meine Lampe in der Diele und lächelte. »Es macht mir nichts aus. Ich werde ein bisschen für sie herumschnüffeln. Genau wie sie will ich, dass der Mörder zur Rechenschaft gezogen wird.« Ich erschauderte bei der Erinnerung an Frau Scarletts gerötetes Gesicht.

»Heißt das, dass die verdammte Polizei wieder in meinem Laden herumschnüffeln wird?«

»Das tut es in der Tat, Herr Earnshaw.«

Ich wirbelte herum. Kommissar Hayes und Wachtmeisterin Wilson standen mit einem Kaffee in der Hand in der Tür. Hinter ihnen zog ein kleines Team der Spurensicherung seine Schutzkleidung an.

»Ich habe heute Morgen Frau Ellis getroffen und sie hat mir erzählt, dass Frau Scarlett vergiftet wurde«, sagte ich schnell, um Jo nicht in Schwierigkeiten zu bringen. »Ich zeige Ihnen das Zimmer, aber ich fürchte, wir haben nach dem Treffen aufgeräumt, also wird es nicht viel nützen.«

»Danke, Frau Wilde. Es ist schön, Sie wiederzusehen«, sagte Wilson mit aufgeregter Miene. Sie war immer noch wütend, weil wir den letzten Mord vor ihr aufgeklärt hatten.

Ich stand in der Tür des Raums für Weltgeschichte, während Wilson und Hayes den Tatort begutachteten. »Sie saß in diesem roten Ohrensessel, als die Maus über den Boden huschte. Sie keuchte und röchelte und hielt sich den Bauch, und dann fiel sie in die Victoriabiskuittorte.«

Hayes untersuchte die Oberfläche des Tisches. »Wir werden

das Team bitten, den ganzen Bereich abzusuchen. Haben Sie den Teppich gesaugt?«

»Ja. Es tut mir leid.«

»Es ist nicht Ihre schuld. Wir sind alle schockiert, dass es ein Mord war.« Hayes untersuchte die Fensterbank, während Wilson in die Hocke ging, um unter den Tisch zu schauen.

»Ich kann nicht glauben, dass eine der Damen vom Buchclub so etwas Bösartiges tun würde«, sagte ich schnell. »Sie schienen so gute Freundinnen zu sein.«

»Meine Kollegin und ich werden dieses Mal die Ermittlungen übernehmen, Frau Wilde.«

»Ich habe eine Feder gefunden«, verkündete Wilson und hielt eine schwarze Feder mit einer Pinzette hoch.

»Die stammt von Heathcliffs Hausraben«, sagte ich. »Er hat das Treffen beobachtet, aber als die Maus durch den Raum lief, ist er ihr hinterher gesprungen. Dabei ist er gegen das Bücherregal geprallt. Also könnte es sein, dass Sie dort noch mehr Federn finden.«

Das Spurensicherungsteam sperrte die Tür mit Klebeband ab und begann, den Raum systematisch zu durchsuchen. Hayes zog seine Handschuhe aus. »Wo ist das Geschirr, das Sie für das Essen benutzt haben?«

»Ich zeige Ihnen die Teetassen im Obergeschoss. Wir haben sie aber abgewaschen. Die Teller gehörten Greta aus der Bäckerei. Ich kann Sie auch mit Allan bekannt machen. Er hat mir bei dem Treffen geholfen.«

Hayes und Wilson folgten mir die Treppe hinauf. Ich zeigte ihnen die Reihen von Teetassen und Untertassen, die auf dem Trockengestell aufgereiht waren. »Frau Scarlett hat diese hier genutzt«, sagte ich und zeigte auf die mit Hyazinthen gemusterte Tasse. Wilson steckte sie in eine Beweistasche.

Ich ging zur Treppe im Flur und rief nach oben. »Allan? Die

Polizei ist hier. Sie wollen mit dir über das Treffen des Clubs der verbotenen Bücher sprechen.«

Ein paar Augenblicke später rief eine gedämpfte Stimme zurück: »Ich bin gleich unten.«

»Er hat da oben sein Kunstatelier«, erklärte ich Wachtmeisterin Wilson, die stirnrunzelnd auf die steilen Stufen blickte. »Er mag die Einsamkeit.«

Quoth erschien am oberen Ende der Treppe. Sein Haar floss in herrlichen Wellen über seinen Rücken. Die Augen von Wachtmeisterin Wilson weiteten sich. Selbst sie war gegen seine Schönheit nicht immun. Im schummrigen Licht des Gemeinschaftsraums schien seine Haut zu schimmern. Die Farbspritzer auf seinen scharfen Wangenknochen verstärkten seine Anziehungskraft noch. Quoth lächelte schüchtern, aber ich wusste, dass seine Nerven blank lagen. Er musste das ganze Gespräch überstehen, ohne sich zu verwandeln.

»Wenn Sie bitte ins Wohnzimmer kommen, Herr Poe, können wir den Verkehr beenden. Ich meine, das Interview führen.« Wachtmeisterin Wilsons Haut brannte tief scharlachrot. Sie machte auf dem Absatz kehrt, und stakste hinaus. Quoth schenkte mir ein zittriges Lächeln und folgte ihr.

»Was ist in diesem Raum?«, fragte Hayes und rüttelte an der verschlossenen Tür am Ende des Flurs.

Mein Herz hämmerte. *Nur ein Wurmloch durch Raum und Zeit, keine große Sache.* »Das ist ein zusätzlicher Lagerraum für die Buchhandlung.«

»Darf ich mal sehen?«

Nein, nein, das konnten Sie nicht. Ich hatte keine Ahnung, was uns erwartete, wenn ich die Tür öffnete. Würde es der staubige, leere Raum aus unserer heutigen Zeit sein oder das viktorianische Schlafzimmer, das Lesezimmer aus der Tudorzeit oder eine der anderen Varianten aus der Geschichte des Ladens?

Ich schüttelte den Kopf. »Die Dielen sind verrottet. Heathcliff hat die strikte Anweisung vom Gesundheitsamt, niemanden dort hineinzulassen. Sie werden mit ihm darüber sprechen müssen.«

Hayes ließ den Türknauf los. »Herr Earnshaw kommt mir nicht wie ein gewissenhafter Mensch vor.«

Ich zuckte mit den Schultern. »Er ist ein guter Arbeitgeber. Ein bisschen mürrisch, aber völlig korrekt.«

Bis auf das eine Mal, als er mich geküsst hatte. Aber das brauchte Hayes nicht zu wissen.

»Wissen Sie etwas über die Vergangenheit von Herrn Earnshaw? Er war nicht sehr gesprächig.«

»Soweit ich weiß, war er ein Waisenkind, das auf den Straßen von Liverpool gefunden wurde und auf einem Bauernhof im Norden aufgewachsen ist. Er weiß nichts über seine Herkunft, außer, dass er aus Osteuropa stammt. Fragen Sie im Dorf herum, die Leute haben eine ganze Menge Lügenmärchen über ihn erfunden, die sie nur zu gerne weitergeben würden.« Ich zwang mich zu einem Lachen. »Ich habe sogar gehört, dass die Leute sagen, er sei der zum Leben erweckte Heathcliff aus *Sturmhöhe*.«

Hayes lächelte nicht einmal, während er sich Notizen machte. »Hat Herr Earnshaw den Raum für Weltgeschichte irgendwann betreten, während Sie das Treffen vorbereiteten oder während es im Gange war?«

Ich schüttelte den Kopf. »Nein. Heathcliff wollte nichts damit zu tun haben.«

»Warum nicht? Es ist eine Veranstaltung in seinem Laden. Ich hätte angenommen, er würde wollen, dass alles seine Ordnung hat.«

»Es war meine Idee, das Treffen hier zu veranstalten. Heathcliff war dagegen. Sie haben ihn kennengelernt. Er mag keine Kunden oder irgendetwas, das mehr von ihnen anlockt.«

»Haben Sie den Raum zu irgendeinem Zeitpunkt vor oder während des Treffens unbeaufsichtigt gelassen?«

»Nein. Quoth und ich haben die Möbel arrangiert, dann ist Greta mit dem Essen aufgetaucht und danach sind die Damen eingetroffen. Frau Ellis zuerst, dann Frau Winstone, gefolgt von Ginny Button, Sylvia Blume, und Cynthia Lachlan. Frau Scarlett war die Letzte.«

»Wer ist Quoth?«

Scheiße. »Oh, so nennen wir Allan. Das ist ein Spitzname, weil sein Nachname Poe ist und er so gruftig ist.«

Hayes machte sich weitere Notizen auf seinem Block. »Vielen Dank für Ihre Mitarbeit. Wir kommen vielleicht mit weiteren Fragen zurück. Wenn Sie sich in der Zwischenzeit an irgendetwas von dem Treffen erinnern, egal wie unwichtig es Ihnen erscheint, rufen Sie uns bitte an.«

Er traf Wilson im Wohnzimmer und sie gingen polternd die Treppe hinunter. Sobald sie außer Sichtweite waren, fiel mir Quoth in die Arme. »Das war beängstigend«, sagte er.

»Ich weiß. Das ist einer dieser Momente, in denen ich froh bin, dass Morrie so ist, wie er ist.« Ich wischte ihm eine Haarsträhne aus dem Gesicht. »Das hast du gut gemacht. Dir ist nicht einmal eine einzige Feder gewachsen.«

»Ich muss eine Weile Vogeldinge tun«, sagte Quoth und fuhr sich mit der Hand durch die Haare, die sich unter seiner Berührung in Federn verwandelten.

»Lass dich von mir nicht aufhalten. Geh. Tu, was du tun musst.«

Quoth stürzte sich auf den Gang. Er hielt sich am Geländer fest. Seine Knöchel waren weiß, als er halb krabbelnd, halb hüpfend die Treppe hinaufstieg.

»Quoth?«

Er erstarrte. Sein Körper versteifte sich. Er drehte sich

wieder zu mir um. Federn ragten aus seinen Wangen. Seine Nase war bereits mit seiner Oberlippe verschmolzen, um seinen Schnabel zu bilden.

»Es tut mir so leid, dass ich dich dazu gedrängt habe, deine Kunst zu zeigen und mit Menschen zu interagieren. Es ist meine Schuld, dass du das durchmachen musstest.«

»Es muss dir nicht leidtun.« Er räusperte sich, während sich seine Lippen zu einem Schnabel verzogen. »Du bist das Beste, was mir passiert ist, seit ich in dieser Welt angekommen bin.«

»Das ist nicht wahr.«

»Doch, ist es.« Quoth kam rückwärts die Treppe hinunter, bis er mich berühren konnte. Er schlang seine Finger um meinen Arm, seine Haut verhärtete sich, die Spitzen seiner Finger waren bereits zu Krallen geschärft. Traurige braune Augen bohrten sich in meine. Wie konnte er nur so perfekt und doch so kaputt sein? »Ich dachte, nur wenn ich mich verstecke, kann ich in dieser Welt überleben. Ich dachte, als Vogel hätte ich wenigstens einen Anschein von Freiheit. Aber jetzt, wo ich dich getroffen habe, will ich mich nicht länger verstecken.«

»Gut.« Ich schmiegte meinen Kopf an seine gefiederte Brust. »Ich will auch nicht, dass du dich versteckst.«

Quoth stieß ein trauriges Krächzen aus. Die Luft zwischen uns zischte. Ich lauschte durch seine Brust hindurch auf sein Herz, das immer schneller schlug. Seine Federn kitzelten meine Haut. Er hätte sich schon längst verwandeln müssen, aber irgendetwas hielt ihn in diesem halb menschlichen, halb vogelähnlichen Zustand fest.

Ich.

»Quoth.« Heathcliffs schwere Schritte klapperten auf der Treppe. »Da ist ein Kunde, der wissen will, ob ich Popupbücher zur Sexualkunde habe. Du musst ihm auf den Kopf kacken.«

Und schon war der Bann gebrochen. Quoth wich mit

traurigen Augen zurück. »Die Pflicht ruft«, sagte er, und *schwupps* fielen seine Kleider auf den Boden und ein Rabe verschwand die Treppe hinunter.

II

ie Spurensicherung beendete ihre Untersuchung um die Mittagszeit. Kommissar Hayes brachte sogar unseren Mülleimer zum Sortieren weg. Der Beamte, der diesen Job bekommen hatte, tat mir leid. Der Kommissar befragte mich noch einmal über die Position jeder der Frauen im Raum und ob ich noch etwas wüsste, das meiner Meinung nach wichtig sein könnte.

Ich zögerte und erinnerte mich an das entsetzte Gesicht von Frau Ellis, als ich erwähnte, der Polizei von Frau Lachlans Groll gegen Frau Scarlett wegen des verlorenen Entwicklungsvertrags zu erzählen. Aber wenn jemand in diesem Raum Frau Scarlett wirklich vergiftet *hatte*, musste die Polizei das wissen. Das hieß ja nicht, dass ich nicht weiter nach meiner eigenen Erklärung suchen konnte.

»Cynthia Lachlan und Gladys Scarlett hatten einen Streit«, platzte ich heraus. »Es ging um das Baugebiet King's Copse. Frau Scarlett hat dem Planungsausschuss der Stadt von den alten Schulden von Cynthias Mann erzählt, und sie war der Meinung, dass das die Entscheidung, seinen letzten Bauantrag abzulehnen, beeinflusst hat.«

Hayes kritzelte diese Information auf. »Danke, Mina.«

Sie gingen. Die Leute strömten in den Laden. Ein Mann in den Vierzigern mit einem schrecklichen Pullover kaufte Eisenbahnbücher im Wert von zweihundert Pfund. Eine Dame vergaß ihre Lesebrille und zwang mich, das erste Kapitel von *Die Früchte des Zorns* laut vorzulesen, um zu sehen, ob es ihr gefiel. Sie weigerte sich, zwei Pfund fünfzig dafür zu bezahlen, und holte es sich stattdessen direkt vor meinen Augen auf ihren E-Reader. Heathcliff geriet wieder in einen Streit mit dem Laden-Dessen-Name-Nicht-Genannt-Werden-Darf und verpasste dem Gürteltier einen Karateschlag, den es zum Glück überlebte. Morrie kam gegen drei Uhr nachmittags von einem weiteren mysteriösen Ausflug nach Hause und zog mich in den Lagerraum, beugte mich über eine Kiste mit Luftfahrtmagazinen und besorgte es mir richtig, richtig gut. Quoth kackte auf zwei Leute, die »Der Rabe« zitierten. Gegen Ende des Tages drängten sich die Dorfbewohner, um einen Blick über das Tatortband auf die Stelle zu werfen, an der Frau Scarlett gestorben war. Im Grunde war es ein typischer Tag.

Wir schlossen zur üblichen Zeit. Ich schrieb Jo eine SMS und sagte ihr, sie solle nach der Arbeit zum Abendessen und auf einen Drink vorbeikommen, dann ging ich zum Getränkemarkt und holte ein paar Flaschen Wein für 2,99 Pfund. Als ich das Wohnzimmer der oberen Wohnung betrat, war das Feuer schon angezündet, die Vorhänge zugezogen und das Licht gedimmt. Heathcliff hatte es sich in seinem Sessel gemütlich gemacht. Seine widerspenstigen Haare fielen ihm über die Augen, während er ein Buch verschlang. Grimalkin saß auf seinem Schoß, die Pfoten unter sich, war er zusammengerollt wie eine Sphinx. Quoth stellte eine Staffelei in der Ecke des Wohnzimmers auf und fügte sanfte Hügel zu einer Landschaft des Dorfes aus der Vogelperspektive hinzu.

Morrie runzelte die Stirn, als er die Flaschen aus der braunen Papiertüte holte und sie auf dem Kaminsims aufstellte.

»Kannst du nicht etwas *Französisches* aussuchen? Ich habe meine Zweifel an der Qualität der Trauben in der 'berühmten Weinregion von Suffolk'.«

»Ich kaufe den besten Wein, den sie im Angebot haben, wenn Heathcliff mir eine Gehaltserhöhung gibt.«

»Nein«, murmelte Heathcliff von seinem Stuhl aus, ohne von seinem Buch aufzusehen.

»Schau dir das an.« Morrie tippte mit dem Finger auf das Etikett. »'Bouquet' ist falsch geschrieben. Das war es, meine Hübsche. Von nun an darfst du offiziell keine Entscheidungen über Alkohol mehr treffen.«

Morrie warf meine ungeöffneten Flaschen in den Müll und verschwand in der Küche. Einen Moment später kam er mit einer staubigen Flasche zurück, auf deren Etikett etwas stand, das verdächtig nach mittelalterlichem Latein aussah.

»Das ist schon eher was«, grinste er, schenkte fünf Gläser ein und reichte sie herum.

»Das sieht alt aus.« Ich nippte an dem Wein. Karamell, Honig, Mandeln und Zitrusfruchtkompott vermischten sich zu einem süßen, berauschenden Geschmack, der mir im Hals hängen blieb. »Wow, das ist unglaublich. Möchte ich wissen, woher das kommt?«

»Willst du nicht.« Morrie hob sein Glas zu mir und zwinkerte mir zu.

»Es schmeckt wie ein alter, muffiger Stiefel«, sagte Heathcliff und starrte auf sein Glas.

Ich riss es ihm aus der Hand. »Dann nehme ich deins.«

Heathcliff grunzte, aber ich war schon neben Quoth gerutscht, nippte an dem köstlichen Wein und beobachtete seine feinen Pinselstriche. »Bist du sicher, dass du hier unten mit Jo zurechtkommst?«

»Ich werde es versuchen«, sagte er. »Ich kann mich auf das Malen konzentrieren und vielleicht geraten meine Gedanken nicht an die schlimmen Orte, an die sie gehen, bevor ich mich verwandle.«

»Welche schlimmen Orte?«

Quoths Finger umklammerten den Pinsel so fest, dass seine Knöchel weiß wurden. »Nicht jetzt. Sie wird jeden Moment hier sein. Später.«

Ich lehnte meinen Kopf an seine Schulter. Seine Haare fielen mir ins Gesicht, leuchtende Strähnen aus tiefstem Schwarz, gefärbt mit Indigo und Gold. *Quoth, was geht nur in deinem Kopf vor?*

Jos Gesicht tauchte in der Tür auf. »Hey. Ich hoffe, es macht euch nichts aus, aber ich habe auf dem Weg hierher ein paar Fish and Chips mitgebracht.«

Ich sprang auf und umarmte sie. Morrie schloss sich unserer Umarmung an und drückte ihr ein Weinglas in die Hand. Jo nickte Heathcliff zu, als sie das heiße Paket mit dem Essen abstellte, und ging auf Quoth zu, um ihm die Hand zu reichen.

Ich hielt den Atem an, als sie ihn ansprach. »Schön, dich kennenzulernen, ich bin Jo.«

Quoths Gesicht straffte sich vor Konzentration, als er Jo die Hand schüttelte. »Allan, aber alle nennen mich Quoth. Du bist die Gerichtsmedizinerin.«

»Und du bist der Künstler, der die tollen Bilder gemalt hat, die überall im Laden hängen. Ich möchte das Bild mit der *L'Inconnue de la Seine* kaufen, das unten hängt. Wenn du Bargeld nimmst, nehme ich es gleich heute Abend mit nach Hause.«

Quoths ganzes Gesicht erstrahlte. »Du willst wirklich mein Bild?«

Jo holte eine Ledertasche hervor und zählte einen Stapel Scheine ab. »Halt die Klappe und nimm mein Geld. Ich muss das Gemälde für mein Büro haben. Und ich werde allen meinen Kollegen von dir erzählen. Mal weiter morbide Szenen und du wirst in jeder Leichenhalle in Großbritannien zu sehen sein.«

Quoths Lächeln strahlte durch seinen ganzen Körper. Seine Zähne glühten und in seinen Augen tanzten orangefarbene Feuerflecken. Ich ließ mich wieder neben ihm nieder, und er griff hinter meinen Rücken und drückte meine Hand.

»Welches hässliche Gemälde ist *Die unbekannte Frau an der Seine?*«, fragte Morrie und übersetzte den französischen Satz, den Jo zuvor gesagt hatte, fehlerfrei.

»Es ist das, das hinter Heathcliffs Schreibtisch hängt und die Frau zeigt, die mit ruhigem Blick durch das dunkle Wasser starrt«, erinnerte ich mich.

»Sie war eine echte Person«, erklärte Jo. »Ein unbekanntes Ertrinkungsopfer, das in den 1800er Jahren im Pariser Fluss gefunden wurde. Ein Pathologe in der städtischen Leichenhalle war von ihren ruhigen Gesichtszügen und ihrer Schönheit so angetan, dass er eine Totenmaske aus Gips anfertigte, die dann kopiert wurde und ab 1900 ein beliebter Wandbehang in wohlhabenden Häusern wurde. Ihr Konterfei wurde 1958 sogar für das Gesicht der allerersten HLW-Puppe verwendet, auch heute noch wird sie auf allen HLW-Puppen verwendet.«

»Was für eine hübsche Gutenachtgeschichte.« Heathcliff klappte den Rand der Packung auf und nahm sich eine Handvoll heißer Fritten. Grimalkin sprang von seinem Schoß herunter und legte ihre Pfoten auf die Tischkante. Ihre kleine schwarze Nase zuckte in Erwartung eines fischigen Leckerbissens.

Jo ließ sich auf meinen Stuhl gegenüber von Heathcliff sinken. »Ich nehme an, du hast der Scooby Doo-Bande hier von dem Arsen erzählt?«, fragte sie. Ich nickte. »Das ist in Ordnung. Damit habe ich gerechnet, aber nichts, was ich sage, verlässt diesen Raum, richtig?«

Wir alle nickten energisch und stürzten uns auf das heiße

Essen. Ich riss ein Stück Fisch für Grimalkin ab, die es genüsslich verschlang und dabei Fischstücke in den Teppichfasern verteilte. Heathcliff steckte ein Lesezeichen in sein Buch und legte es beiseite.

Jo wandte sich an Quoth und mich. »Hayes sieht euch beide nicht ernsthaft als Verdächtige an. Er untersucht Heathcliffs Hintergrund, aber ich glaube, das ist eher Rassismus als ein ernsthafter Glaube an seine Schuld. Alle Zeugen haben berichtet, dass er nicht in der Nähe des Tatorts war.«

Ich schaute Morrie besorgt an. Würden seine gefälschten Unterlagen über Heathcliff einer polizeilichen Überprüfung standhalten? Aber Morrie schien nicht beunruhigt zu sein. »Wenn unser Antiheld einen besseren Kundenservice hätte, würde er vielleicht nicht ganz oben auf der Liste der Verdächtigen stehen.«

Heathcliff knurrte. Jo beugte sich vor und tätschelte seinen Arm. »Mir würde es genauso gehen, wenn ich den ganzen Tag mit Lebenden zu tun hätte. Sie werden dich von der Verdächtigenliste streichen, sobald sie feststellen, dass du Gladys Scarlett kaum kanntest. Diese Art der Vergiftung ist bösartig. Der Mörder wird jemand sein, der das Opfer kannte.«

»Die arme Greta in der Bäckerei ist völlig verzweifelt«, sagte ich. »Sie hat Angst, dass sie in den Ruf gerät, vergiftetes Gebäck zu verkaufen und niemand mehr bei ihr kaufen wird.«

»Da kann sie sich entspannen«, lächelte Jo und zog ihre Stiefel über die Stuhllehne. »Ich habe heute die Ergebnisse der Toxikologie bekommen. Es handelt sich um eine chronische Arsenvergiftung, das ändert alles.«

Morries Ohren spitzten sich zu. »Faszinierend.«

Ich beugte mich vor. »Was meinst du mit chronischer Vergiftung?«

»Es gibt zwei Möglichkeiten, einen Menschen mit Arsen zu töten«, erklärte Jo. »Die erste ist eine einzige, tödliche Dosis.

Wir sind davon ausgegangen, dass Frau Scarlett auf diese Weise ums Leben gekommen ist, weil wir das normalerweise bei einem modernen Arsenfall erwarten würden. Aber das war hier nicht der Fall. Ihr wurden über einen Zeitraum von Wochen oder Monaten immer wieder kleinere Dosen verabreicht. Im Laufe der Zeit leiden die Opfer einer chronischen Arsenvergiftung unter Übelkeit, Kopfschmerzen, Erbrechen und anderen Problemen, bis schließlich die Organe versagen.«

»Frau Ellis hat gesagt, dass es Gladys schon eine Zeit lang schlecht ging. Sie litt unter Schwindelgefühlen und Magenbeschwerden«, erinnerte ich mich.

»Genau. Frau Scarletts Arzt wäre nicht auf die Idee gekommen, nach Arsen zu suchen, also hat er wahrscheinlich einfach angenommen, dass es sich um die normalen Beschwerden handelt, die ältere Menschen regelmäßig haben. Leider bedeutet das, dass sich der Kreis der Verdächtigen nicht auf die Damen vom Club der verbotenen Bücher eingrenzen lässt. Im Moment könnte jeder der Mörder sein. Er müsste ihr nahe genug stehen, um ihr eine regelmäßige Dosis zu verabreichen, also wird Kommissar Hayes seine Bemühungen auf ihre Familie und Freunde konzentrieren.«

»Das werden eine Menge Leute sein. Laut Frau Ellis war sie in jedem Ausschuss des Dorfes!«

»Zum Glück ist das *sein* Job.« Jo nippte an ihrem Wein. »Außerdem hat heutzutage kaum noch jemand Zugang zu Arsen, also wird es einfach sein, den Kreis der Verdächtigen einzugrenzen.«

»Wofür wird Arsen verwendet?« Quoth schaffte es, zu fragen, während sein Pinsel in der Luft schwebte.

»Für bestimmte Herstellungs- und Landwirtschaftsprozesse. Insektizide und Pestizide. Holzschutzmittel. Eine Arsenverbindung wird in Laserdioden und LED-Leuchten verwendet.«

»Die Lachlans besitzen eine Grundstücksentwicklungsgesellschaft, also haben sie wahrscheinlich Zugang zu Herstellern, die Arsen verwenden«, sagte ich und ließ diese Information in meinem Kopf Revue passieren. »Und Frau Lachlan hätte reichlich Gelegenheit, Frau Scarlett bei all den Planungstreffen und Dorfveranstaltungen Gift unterzuschieben.«

»Ich glaube, sie wurde als Verdächtige eingestuft, aber es gibt noch andere Faktoren zu berücksichtigen. Schließlich kann man Arsen auch in einem Labor herstellen, wenn man weiß, was man tut. Die eigentliche Verbindung, die als Gift verwendet wird, heißt Arsentrioxid und sie ...« Jo hielt inne. »Tut mir leid, ich bin dabei, furchtbar langweilig zu werden.«

»Da bin ich anderer Meinung«, sagte Morrie. »Erzähl mir mehr darüber, wie man tödliche Gifte herstellt.«

Ich starrte ihn von der anderen Seite des Raumes an, aber sein Gesicht blieb engelsgleich.

»Wir beide können später über Chemie reden«, sagte Jo, leerte ihr Glas und biss in ein Stück Fisch, während Grimalkin sie mit großen Augen eifersüchtig ansah. »Ich habe Feierabend, also möchte ich wissen, wer etwas Gutes im Fernsehen gesehen hat?«

»Wir haben keinen Fernseher«, sagte Morrie. »Heathcliff ist mit dem Lärm nicht einverstanden.«

»Die Leute müssen mehr Bücher lesen«, knurrte Heathcliff.

»Wenn du so denkst, warum schnauzt du dann jeden Kunden an, der zur Tür hereinkommt?«

»Ich will nicht, dass sie *meine* Bücher lesen.«

»Miau«, stimmte Grimalkin zu und legte den Kopf auf ihre Pfoten.

»Okay, wenn also niemand mit mir die neueste *American Horror Story* Serie analysieren will, ist das in Ordnung. Hat jemand am Wochenende etwas Interessantes vor?«, fragte Jo und schaute dabei Heathcliff an. Ich starrte sie an. *Was macht sie denn da?*

»Nein«, knurrte Heathcliff.

»Du gehst nicht auf ein Date mit Mina?«

Heathcliff grunzte, antwortete aber nicht. Neben mir kratzte sich Quoth im Nacken. Eine schwarze Feder schwebte in meinen Schoß.

»Meine Mama möchte, dass ihr alle am Samstag zum Essen kommt«, platzte ich heraus, um das Thema zu wechseln.

Heathcliffs Kopf drehte sich zu mir. »Will sie das?«

»Ja. Ich kann mich nicht davor drücken, also lass es uns einfach hinter uns bringen.«

»Essen, das nicht aus einem Imbisscontainer kommt?« Morrie wurde hellhörig. »Ich bin dabei. Kann deine Mama *Coq au Vin* machen?«

»Freu dich nicht zu früh. Wir sind nicht ... wir leben in einer Sozialsiedlung. Auf dem Speiseplan stehen wahrscheinlich Käsetoasties und ein Schokoladenkuchen von Tesco.«

»Ich würde nie ein Käsetoastie ablehnen. Mit Käsetoasties habe ich meine Doktorarbeit geschrieben.« Jo belegte eine Scheibe Butterbrot mit Pommes frites, bestrich sie mit Tomatensoße und nahm einen Bissen. »Ich bin dabei.«

»Okay, danke.«

»Ich werde den Laden nicht zweimal an einem Wochenende verlassen«, murrte Heathcliff.

»Ist schon gut, du musst nicht ...«

Morrie trat ihm gegen das Schienbein. »Wir werden alle da sein«, versprach er.

»Ja.« Quoths Finger strich an meiner Handkante entlang.

»Bist du sicher?« Meine Nerven flatterten. Ich hatte halb damit gerechnet, dass sie nein sagen würden. *Wie sollten wir Quoth so lange in menschlicher Form halten? Wie sollten wir Heathcliff dazu bringen, sich einen Abend lang wie ein Mensch zu verhalten? Bei Isis, wie sollte ich* Mama *dazu bringen, sich wie ein Mensch zu verhalten?* »Meine Mama ist ein bisschen seltsam. Sie wird versuchen, euch allen Wörterbücher für Katzensprache zu verkaufen.«

»Gut.« Morrie streichelte den schwarzen Kopf der Katze. »Grimalkin steht manchmal mitten in der Nacht auf meinem Gesicht und macht dieses zirpende Geräusch und ich würde gerne wissen, warum.«

Ein Kloß stieg in meinem Hals auf. Ich schluckte schwer. Warum berührten mich ihre Reaktionen so sehr?

»Wenn du dir überlegst, was in diesem Laden vor sich geht«, flüsterte Quoth und seine weichen Lippen streiften mein Ohr, »wie verrückt kann sie sein?«

Ein ersticktes Lachen entrang sich meiner Kehle.

»Mina, ist alles in Ordnung?« Heathcliffs Gesicht verzog sich vor Sorge.

»Nein ... Es geht mir gut. Es ist nur ... Quoth hat sich gefragt, wie verrückt sie wohl sein kann.« Ich seufzte. »Das werdet ihr bald herausfinden.«

12

Als Jo mich nach Hause fuhr, war Mama nicht da, um mich zurechtzuweisen. Ein Zettel am Kühlschrank informierte mich darüber, dass sie zum Bridge-Turnier im Runzeldorf gegangen war, um ihre Katzenlexika zu verkaufen. Offenbar liebten es die Rentner, ihre Rente für Mamas Schrott zu verschwenden.

Ich setzte mich hin und machte eine Liste mit allen Informationen, die ich bis jetzt über den Fall wusste. Ich wollte Frau Ellis nicht enttäuschen, aber es sah so aus, als ob Frau Lachlan oder ihr Mann dafür verantwortlich waren. Sie hatten mit Sicherheit das offensichtlichste Motiv. Ich suchte im Onlinearchiv des Argleton Anzeigers nach historischen Artikeln über Frau Scarlett, um zu sehen, ob sie in andere Ereignisse in der Stadt verwickelt war, die für Unmut sorgen könnten. Abgesehen von den Berichten über hitzige Planungsauss-chusssitzungen war das einzig Interessante ein Leserbrief von Frau Scarlett, in dem sie Sylvia Blumes Aura-Lesungen und ihr Recht, einen Hexenladen im Dorf zu eröffnen, verteidigte.

Ich studierte den Brief mit Interesse. Offenbar hatten einige Mitglieder der Presbyterianischen Gemeinde Argleton Anstoß an der Einführung »heidnischer Rituale« im Dorf genommen und Frau Scarlett hatte sie, meiner Meinung nach völlig zu Recht, zur Rechenschaft gezogen. Dabei konzentrierte sie sich vor allem auf ein Mitglied des Ausschusses, das die Sache anzuführen schien: dieselbe Dorothy Ingram, die Frau Winstone als Jugendgruppenleiterin verbannt hatte.

Ich frage mich, ob Mama sich daran erinnerte. Der Artikel war zehn Jahre alt, also ungefähr zu der Zeit, als Mama angefangen hatte, in Sylvias Laden Tarot-Lesungen anzubieten. Es würde auch Mama glücklich machen, sie nach ihrem Leben zu fragen. Ich speicherte den Artikel, um ihn ihr später zu zeigen.

Ich duschte, zog meinen Schlafanzug an und kroch mit einem Vampirroman, den ich mir aus dem Laden ausgeliehen hatte, ins Bett. Ich stöpselte mir die Kopfhörer in die Ohren, starrte auf das Poster der Misfits an der Decke meines Schlafzimmers und auf all die Fotos von mir und Ashley und dachte daran, dass ich vielleicht nie wieder ein Foto sehen würde. Wenn ich blind war, würden sich dann alle meine Erinnerungen in meinem Kopf einprägen? Würde ich mich an die Welt, die ich jetzt sah, erinnern? Verblassten sie mit der Zeit, oder würde ich für immer in einer Schleife von Visionen feststecken, die ich nicht mehr erleben konnte?

Angst durchströmte mich. Mein ganzes Leben lang hatte ich genau gewusst, was ich tun wollte, diese blöde Siedlung und dieses Dorf verlassen und es in der Modebranche schaffen. Aber jetzt war ich genauso verloren, genauso festgefahren wie die Jungs.

Ein seltsames blaues Licht blitzte auf und schlängelte sich durch mein Blickfeld, wie eine Leuchtreklame am Times Square.

Ich richtete mich auf. *Was war das?*

Ich rieb mir die Augen. Der blaue Kringel blitzte wieder auf und verschwand dann.

Mein Körper erstarrte. *Keine Panik.* Es könnte alles Mögliche sein. Eine Reflexion von der Straße draußen, eine Halluzination meines müden, weingefüllten Gehirns.

Aber ich wusste es besser. Mein Augenarzt hatte mich gewarnt, dass mein Augenleiden irgendwann fortschreiten würde und ich anfangen würde, zufällige Farbexplosionen oder Farbwechsel zu bemerken, während mein Gehirn versuchte, sich neu zu vernetzen, um wiederzusehen. Sie würden immer häufiger auftreten und schließlich würden die Farben zu Schwarz verblassen und ich würde überhaupt nicht mehr sehen können.

Er hatte mir gesagt, dass es Jahre dauern würde, bis ich die Lichter bemerken würde. *Jahre.* Aber ich hatte mich mit dem blauen Licht nicht geirrt.

Sid Vicious schrie in meinen Ohren. Ich unterdrückte meinen eigenen Drang zu schreien.

Ich griff nach meinem Handy, um Morrie eine SMS zu schreiben. Ich begann eine Nachricht zu tippen, bis zu den Worten: »Ich habe gerade ein seltsames Licht in meinen Augen gesehen. Es ist so weit. Ich glaube, ich werde blind. Ich muss mit jemandem reden.«

Ich hielt inne. Mein Finger schwebte über der SENDEN-Taste.

Morrie war nicht der Richtige, um darüber zu reden. Er war gut zum Vergessen. Aber ich brauchte ... Ich wusste nicht, was ich brauchte. Ich blätterte durch mein Adressbuch und fuhr mit dem Finger über Quoths Namen. Ich schickte ihm eine Nachricht. *Kannst du mich anrufen?*

Ich starrte auf den Bildschirm und wünschte mir, dass das Telefon klingeln würde. Aber es blieb stumm. *Wahrscheinlich war er unterwegs und flog im Dorf herum. Er konnte nicht gerade ein Telefon unter seinen Flügeln tragen ...*

Etwas klopfte ans Fenster.

Mit klopfendem Herzen stürzte ich mich vom Bett. Ich

spähte durch die Milchglasscheibe. Ein schwarzer Vogel saß auf dem Sims und schaute mich mit dunklen, gefühlvollen Augen an.

Mein Herz schlug höher. Ich stand auf und riss das Fenster auf. »Quoth?«

»Krächz!« Der Vogel flatterte herein und hüpfte über das Bett. Er stupste meine Hand mit dem Kopf an. Ich streichelte sein weiches Gefieder, woraufhin er den Kopf drehte und mich mit seinen braunen, schmerzerfüllten Augen anschaute.

»Du hättest nicht extra kommen müssen«, flüsterte ich.

Er verwandelte sich und die schwarzen Federn zogen sich in seine Haut zurück. Ein Paar muskulöser Beine glitt über die Seite meines Bettes und einen Moment später saß ein blasshäutiger Mann mit Haaren wie ein mitternächtlicher Wasserfall neben mir.

Er warf meine Bettdecke über seinen nackten Schritt und funkelte mich mit seinem strahlenden Lächeln an. »Natürlich bin ich gekommen. Du bist aufgewühlt.«

»Hast du meine Gedanken mitgehört?«

Quoth schüttelte den Kopf. »Ich war am Malen und habe deine Nachricht gesehen. Ich dachte, du brauchst mich.«

Ich wandte mich ab. Als ich in sein perfektes Gesicht und seine sanften Augen blickte und wusste, dass er nach allem, was er jeden Tag ertragen musste, immer noch für mich da war, brodelte die Scham in mir. Mein Augenlicht zu verlieren, war nichts im Vergleich zu dem, was Quoth durchgemacht hatte. Und immer noch durchmachte. Keine Erinnerung an seine Vergangenheit außer einer schattigen Kammer und einer trostlosen Nacht, ein Körper, der ihn verriet, eine einsame und eingeschränkte Existenz. Eine dicke Träne kullerte mir über die Wange.

Die Ecke des Zimmers, wo das Licht nicht hinreichte, versank in einem schwarzen Loch der Dunkelheit. In letzter Zeit hatte ich es ignoriert, aber meine Nachtblindheit wurde auch immer schlimmer. *Ich war ein Wrack. Mein ganzes Leben war ein einziges Durcheinander.*

»Ich komme mir so dumm vor«, sagte ich zur Wand.

»Du bist nicht dumm.«

»Ich kann nicht von dir verlangen, dass du jedes Mal angerannt kommst ...«

»Mina, sag mir, was passiert ist.«

Mit tiefen, stockenden Atemzügen erzählte ich von dem Licht und was es bedeutete. »Ich habe Angst, solche Angst, Quoth. Ich dachte, es würde mir besser gehen. Seit ich euch getroffen habe, habe ich mich nicht mehr so deprimiert und hoffnungslos gefühlt. Aber ich hatte mir eingeredet, dass es noch Jahre dauern würde, und jetzt ...«

Warme Finger berührten meine Hand. Quoth verschränkte seine Finger mit meinen und drückte sie fest. Ich erwiderte den Druck. »Ich werde nicht sagen, dass alles gut wird«, sagte er.

»Danke.«

»Um einen Schriftsteller zu zitieren, von dem ich noch nie gehört habe, ist deine Seele 'mit Kummer beladen'. Du darfst weinen, schreien oder auf Dinge einschlagen. Du wirst um deine Augen trauern, so wie wir alle um Dinge trauern, die wir verloren haben. Aber es wird eine Zeit kommen, in der du nicht mehr trauern willst. Du wirst andere Dinge erleben wollen. Du bist stark, Mina.«

»Ich fühle mich nicht stark«, schniefte ich.

»Du hast mir die Hoffnung gegeben, dass es in diesem Leben mehr gibt, als nur zu überleben. Ich bezweifle nicht, dass du auch wieder daran glauben wirst.«

Mein Herz machte einen komprimierten, flatternden Sprung. Quoths Worte taten so gut. Mit seiner samtenen Stimme sang er die Sterne und den Regen vom Himmel. Ich lehnte meinen Kopf an seine nackte Schulter. Die Träne rollte aus meinem Auge und fiel auf seine Brust, rollte über seine Alabasterhaut und hinterließ eine salzige Spur.

»Was kommt als Nächstes?«, flüsterte er mit fester Stimme. Seine Lippen berührten meine Stirn und ließen meine Haut erbeben.

»Ich muss zu einem Augenarzt gehen, einem Spezialisten für Augenkrankheiten. Er wird einige Tests machen und mir sagen, was sich an meinen Augen verändert hat. Er wird mir sagen, wie lange ich noch habe und was ich als Nächstes erwarten kann.«

»Ich komme mit, wenn du mich brauchst.«

»Danke.« Ich wusste, was ein solches Versprechen für Quoth bedeutete. Mit jeden Moment in der Öffentlichkeit riskierte er, zu enthüllen, was er war. Ich zerquetschte seine Finger. Falls ich ihm wehtat, ließ er sich nichts anmerken.

Ich ließ mich zurück auf das Bett fallen und konzentrierte mich auf den hellen Lichtkreis meiner einzigen Glühbirne, der das *Misfits*-Poster und die Umrisse von Quoths Kopf beleuchtete, dessen Haare wie ein Fluss aus Mitternacht über seinen Rücken flossen.

Quoth legte sich neben mich, sein Kopf nur wenige Zentimeter von meinem entfernt. Ich beobachtete, wie sich unsere Oberkörper in perfektem Zusammenspiel hoben und senkten. Mein Körper kribbelte vor Erregung. Es juckte mich, mich auf die Seite zu drehen und ihn zu küssen, aber ich hielt mich zurück. Ich wollte nicht, dass ich bei meinem ersten Kuss mit Quoth Tränen in den Augen hatte und mir der Rotz aus der Nase lief.

Und jetzt spreche ich über unseren ersten Kuss, als ob er unvermeidlich wäre.

»Quoth«, hauchte ich. Selbst sein Name ist Poesie.

»Ja?«

»Erzähl den anderen noch nichts davon. Bitte.«

»Mina ...«

»Ich ... Ich brauche Zeit, um es zu verarbeiten, okay? Versprich mir, dass du nichts erzählst.«

»Ich verspreche es. Aber du solltest es ihnen sagen.«

»Das werde ich.« Ich drückte seine Hand, und auch mein Herz zog sich zusammen. Eigentlich sollte ich noch Jahre vor mir haben, aber vielleicht blieben mir nur noch Monate, bis ich blind wurde und mir so viele Freuden nicht mehr offenstanden. Quoths warme Hand in meiner beruhigte mich trotz der Dunkelheit an den Rändern meiner Augen und der Dunkelheit in mir, die mich zu überwältigen drohte.

Er hatte natürlich recht. Ich würde trauern. Ich würde meinen verdammten Arsch betrauern. Aber jetzt war nicht die Zeit dafür, nicht, solange ich noch Augen hatte, die sehen konnten. Es war an der Zeit, dass ich aufhörte, mich darum zu scheren, was andere Leute von mir, meinem Leben und meinen Beziehungen hielten. Vielleicht musste ich exzessiv leben und alle meine Sinne auskosten, solange ich sie noch hatte.

Vielleicht war es an der Zeit, Morries Herausforderung auf die nächste Stufe zu heben.

13

»Ich denke, die Werwolf-Rockband-Romanze von KT Strange wäre eine tolle Lektüre für Ihren Urlaub an der Amalfiküste, und dieses Buch wäre ein schönes Geschenk für Ihre sechsjährige Nichte«, sagte ich und hielt der Kundin eine schön illustrierte Geschichte über einen Elefanten und seinen Luftballon hin. »Verwechseln Sie sie nur nicht.«

»Ja«, strahlte sie. »Das ist perfekt. Sie haben mir sehr geholfen!«

Ihr Lob ließ meine Wangen warm werden. Es war eine Wohltat für die Seele, einer Kundin zu helfen, das perfekte Buch zu finden. »Es freut mich sehr, dass Sie zufrieden sind. Ich werde das für Sie abrechnen und ...«

»Oh, nein, nein.« Sie zückte ihr Handy und tippte auf den Bildschirm. »Ich kaufe sie online. Die sind immer so viel billiger. Danke für die Empfehlungen!«

Wut wallte in mir auf, als ich sah, wie sie sich in den Flur schlängelte und sich fröhlich durch den Laden-Dessen-Name-Nicht-Genannt-Werden-Darf tippte. *Danke, dass Sie eine halbe Stunde meiner Zeit verschwendet hatten.* Heathcliffs Wut auf die Kunden ergab langsam einen Sinn für mich.

»Krächz?« Quoth landete vor mir auf dem Schreibtisch und klopfte mit seinem Schnabel gegen die Kasse. Er war gestern die ganze Nacht bei mir geblieben, hatte auf dem Kopfende meines Bettes gehockt, während ich schlief, und mit seinem überlegenen Vogelblick die Dunkelheit nach Gefahren abgesucht. Ich hatte ihm immer wieder gesagt, dass er zurück in die Wohnung gehen sollte, dass ich keinen Schutz brauchte, aber er blieb die ganze Nacht mein einsamer Wächter. Wir hatten uns nur umarmt, bevor er sich in seine Rabengestalt verwandelt hatte, aber ich war einem Menschen noch nie so nahe gewesen wie ihm. Wir hatten beide ein Stück von uns vor dem anderen entblößt.

»Nur zu«, murmelte ich.

Quoth flatterte aus dem Raum und einen Moment später hallte ein hoher Schrei durch den Laden. Ich eilte zum Torbogen und sah gerade noch rechtzeitig, wie die Frau hinausstürmte und sich mit einem Spitzentaschentuch verzweifelt einen Fleck auf der Schulter abtupfte.

Erwischt.

Die Frau war so damit beschäftigt, sich um Quoths Geschenk zu kümmern, dass sie mit Frau Ellis zusammenstieß, die die Treppe hochkam.

»Wo brennt es denn?«, rief Frau Ellis der Frau fröhlich hinterher, die daraufhin nur schluchzte.

»Hallo, Frau Ellis«, hielt ich ihr die Tür auf. Quoth flatterte herunter und landete auf meiner Schulter, seine Krallen gruben sich in mein Schlüsselbein. »Geht es Ihnen gut?«

»Ach, es geht schon.« Frau Ellis zog ihre Handschuhe aus und ihre Hände zitterten. Ihre sonst so rosigen Wangen waren blass und fahl. »Mina, ich wollte dich etwas fragen. Nach Gladys' Beerdigung am Samstag veranstalten wir ein kleines Fest in der Kirche. Sie war so vielen Menschen wichtig und ich weiß, dass sie die Gemeinde auch im Tod zusammenbringen wollen würde. Es wird keine Tränen geben, nur guten altmodischen Spaß. Wir haben uns gefragt, ob ihr vielleicht einen Bücherstand haben möchtet, vielleicht sogar mit ein paar deiner Buchkunstwerke? Vielleicht möchte euer Freund mit den schönen schwarzen Haaren ein Gedenkbild malen ...«

»Nein«, sagte Heathcliff, ohne aufzublicken.

Frau Ellis' Lippen zitterten. »Oh, das ist in Ordnung. Das verstehe ich natürlich. Ihr seid viel zu beschäftigt, ihr müsst ganz schön auf Trab sein. Ich dachte nur, ich frage mal.«

»Ignorieren Sie Heathcliff. Sehr gerne«, sagte ich strahlend.

»Oh, das ist wunderbar.« Frau Ellis holte einen Umschlag aus ihrer Reisetasche und reichte ihn mir. »Gladys würde sich sehr freuen. Darin stehen alle Informationen, die du brauchst. Ihr seid Stand Nummer dreiundzwanzig. Wir sehen uns morgen um neun Uhr dreißig.«

»Toll! Ich kann es kaum erwarten.«

Frau Ellis beugte sich vor und flüsterte. »Habt ihr Fortschritte in dem Fall der armen Gladys gemacht? Die Polizei hat Cynthia und ihren Mann zum Verhör mitgenommen. Sie hat mir erzählt, dass sie einen Durchsuchungsbefehl für ihr Haus beantragt haben!«

Wenn sie den Lachlans auf der Spur waren, dann wussten sie wahrscheinlich etwas, was ich nicht wusste. Und trotzdem ... »Ich will Ihnen keine falschen Hoffnungen machen, aber ich habe gestern etwas gefunden.« Ich erzählte von Frau Scarletts Artikel, in dem sie Frau Blume verteidigte.

»Oh ja, ich erinnere mich an etwas von vor vielen Jahren. Dorothy war seitdem nicht mehr sehr freundlich zu Gladys. Es half auch nicht, dass Gladys ständig im Kirchenausschuss rührte. Natürlich besuchte sie den Gottesdienst, aber sie hielt nichts von dem ganzen Fegefeuergerede, das Dorothy so gerne mag. Sie war wie ich der Meinung, dass ein paar Astrologiekarten, ein Sahnekrapfen und eine unanständige

Zeitschrift nicht so schlimm sind, solange sie den Menschen nicht schaden.«

»Hat Dorothy etwas gesagt, als Gladys den Club der verbotenen Bücher gegründet hat? Sie hat Frau Winstone aus der Jugendgruppe geworfen, nur weil sie Mitglied war.«

»Oh, sie hat dem Pfarrer ein Ohr abgekaut und wir mussten einen ganzen Sonntagsgottesdienst zu diesem Thema durchstehen!« Frau Ellis verdrehte die Augen, und ich musste kichern. »Dorothy ist eine richtige Bibelfanatikerin, und ohne einen guten Mann in ihrem Leben verbringt sie viel zu viel Energie damit, ihre Nase in Dinge zu stecken, die sie nichts angehen. Ich könnte mir fast vorstellen, dass sie den Bagger durch die Wand des Gemeinschaftsraums gefahren hat, um uns auszuschalten! Aber du glaubst doch nicht, dass sie Gladys wegen des *Buchclubs* umbringen könnte?«

»Ich weiß es nicht. Es ist nur eine Vermutung. Außerdem wüsste ich nicht, woher sie das Arsen nehmen oder wie sie es ihr verabreichen würde.«

»Oh, Mina, ich glaube, du hast es geknackt! Dorothy arbeitet in der Dorfapotheke. Natürlich weiß sie alles über die Verabreichung von Arsen. Ich muss jetzt sofort zur Polizei gehen ...«

»Warten Sie.« Ich hielt sie am Arm fest. »Wir haben keine Beweise, nur einen alten Zeitungsartikel und ein paar wilde Ideen. Wenn Sie jetzt damit zur Polizei gehen, werden sie denken, dass Sie versuchen, ihre Aufmerksamkeit von den Lachlans abzulenken, und dann werden sie noch genauer hinschauen. Sie könnten Sie sogar verhaften, weil Sie mit ihnen unter einer Decke stecken.«

Frau Ellis wurde blass. »Du hast recht«, flüsterte sie. »Was sollen wir tun?«

»Wird Dorothy morgen bei der Beerdigung sein?«

»Natürlich! Sie wird sich die Gelegenheit nicht entgehen

lassen, über der Gemeinde zu thronen, und sich an Gladys' Sarg zu weiden, wird ihr zusätzliche Freude bereiten.«

»Dann werde ich mal sehen, ob ich etwas herausfinden kann, während ich dort bin.«

»Oh, danke, Mina. Du bist ein Engel.« Frau Ellis küsste mich auf die Wange und schlurfte davon. Ich fühlte mit ihr, weil sie eine Freundin durch Gift verloren hatte und mit der Tatsache konfrontiert worden war, dass eine andere Freundin die Mörderin gewesen sein könnte. Ich war mir immer noch nicht sicher, was meine Dorothy-Ingram-Theorie anging, schon gar nicht, wenn die Polizei gegen die Lachlans ermittelte, aber es lohnte sich, für meine Lieblingslehrerin nachzuforschen.

Tief in Gedanken versunken, drehte ich mich zu einem finster dreinblickenden Heathcliff um.

»Warum versuchst du, mein Leben zu ruinieren?«, knurrte er.

Ich lächelte süßlich. »Ich dachte, wir versuchen, Bücher zu verkaufen? Manchmal bedeutet das, die Bücher zu den Menschen zu bringen.«

»Wir machen keine Kirchenfeste, Schriftstellerfestivals oder Spendenaktionen für Fußballvereine.« Heathcliff tippte mit dem Finger auf seinen Schreibtisch. »Wir machen nichts, wofür ich meinen Stuhl verlassen müsste.«

»Hör zu, Herzog von Mürrisch, ich versuche herauszufinden, wer Frau Scarlett vergiftet hat. Vielleicht interessiert dich das nicht, aber Frau Ellis war die beste Lehrerin, die ich je hatte. Sie will, dass ich ihr helfe, und das ist *mir* wichtig. Ich glaube, dass diese Dorothy Ingram etwas damit zu tun haben könnte. Sie hat auf jeden Fall einen Groll gegen Frau Scarlett gehegt. Die Beerdigung ist der perfekte Zeitpunkt, um Dorothy und die anderen Freundinnen und Verwandten von Frau Scarlett zu beobachten und zu sehen, wer sich verdächtig verhält.«

Heathcliff musterte mich einen langen Moment lang, ohne etwas zu sagen. Seine Augen blickten so intensiv wie damals, als er mich geküsst hatte, ein wilder Aufruhr aus Hunger, Sehnsucht und Wut. Der Sturm flaute ab, und er legte mir eine Hand auf die Schulter. »Du solltest Bücher aus der Theologie- und Kinderbuchabteilung mitnehmen, ebenso wie deine Buchkunstwerke.«

»Kommst du mit und hilfst mir, den Verkaufsstand zu führen?«

»Nein. Die Beerdigung der alten Schachtel ist der perfekte Zeitpunkt, um ein bisschen Ruhe in den Laden zu bekommen.«

Ich schob meine Unterlippe vor. »Mit dir macht es keinen Spaß. Ich werde mit Morrie reden. Sind wir heute Abend noch zum Essen verabredet?«

»Es sei denn, du hast es dir anders überlegt?« Die Worte kamen überstürzt, als würde Heathcliff meine Antwort fürchten.

»Auf keinen Fall.« Ich lächelte. »Ich habe bereits Pläne gemacht. Und keine Sorge, du musst dich nicht schick anziehen. Dort, wo wir hingehen, sind sogar Hosen nur freiwillig.«

Ich hatte mit dem Satz nicht flirten wollen, aber Heathcliffs Augen brannten sich in meine, und mir wurde ganz heiß.

Ich rannte die Treppe hinauf. »Morrie, willst du mir helfen, einen Stand auf dem Kirchenfest am Samstag zu betreiben?«

Morrie stand im Gemeinschaftsraum und starrte in die offene Tür des Herrenzimmers.

»Morrie.« Ich trat auf ihn zu, hob die Hand und wusste nicht, was ich tun sollte.

»Faszinierend«, war seine einzige Antwort.

Ich legte meine Hand auf seine Schulter, spähte um ihn herum und in den Raum. Meine Augen konnten nur ein paar dunkle Umrisse erkennen, aber das reichte aus, um zu wissen, dass es keiner der Räume war, die ich zuvor gesehen hatte.

Dunkle Bücherregale säumten jede Wand. Anstelle von Büchern enthielten sie Nischen, in denen gerollte Pergament- und Papierrollen in ledernen und silbernen Hülsen lagen. In der Mitte des Raumes stand ein großer, rauer Eichenschreibtisch. Auf dem Schreibtisch lag ein riesiges aufgeschlagenes Buch, in dem winzige Textspalten und kunstvoll verzierte Illustrationen im schummrigen Kerzenlicht glitzerten. Hinter dem Schreibtisch war die Tür zu dem fünfeckigen Raum fest verschlossen. Die Vorhänge flatterten an den Fenstern und der Geruch von nasser Tinte lag in der Luft, als ob der Bewohner des Raumes gerade verschwunden wäre und jeden Moment zurückkehren würde.

Ich ging auf das Zimmer zu und griff nach dem Türknauf, um die Tür ganz zu öffnen. Als ich das tat, flitzte eine weiße Gestalt zwischen meinen Beinen hindurch und schlitterte in den Raum. Die Maus tauchte unter den Schreibtisch und verschwand. Ich wollte ihr nachgehen, aber die Tür ruckte mir aus den Fingern und schlug zu.

Ich rüttelte am Schloss, aber sie saß fest, und mit ihr der Schrecken von Argleton!

14

»Was zum Teufel tust du da?« Morries Finger gruben sich in meinen Arm. »Du hast versucht, da reinzugehen. Ich dachte, wir waren uns einig, dass keiner von uns den Raum betreten darf.«

»Ich wollte die Maus herausjagen. Jetzt ist sie in einem Wurmloch in Raum und Zeit gefangen. Du bist es, der sich nicht mehr an das Gespräch erinnert«, schoss ich zurück. »Du bist derjenige, der die Tür geöffnet hat.«

Er machte ein Gesicht. »Glaubst du, ich würde einen direkten Befehl von Sir Angus McSauerkopf missachten? Ich kam aus dem Bad und da sah ich es. Die Tür war offen, der Inhalt lag offen da. Was die Maus angeht, so soll sie in der Leere zwischen den Dimensionen verrotten. Das Dorf wird dir wahrscheinlich zusätzlich zu der Belohnung einen Orden verleihen.«

»Was ist hier los?« Quoth erschien am Ende des Flurs, sein nackter Körper hob sich blass von der Düsternis ab.

»Die Tür war wieder offen.« Morrie rüttelte an dem Schloss und klopfte gegen den Rahmen. »Sie schlug zu, als Mina versucht hat, hineinzugehen ...«

Quoths Augen weiteten sich. »Du bist doch nicht reingegangen, oder?«

»Die Tür schlug zu, sie hat mich nicht reingelassen!«

»Was habt ihr gesehen?«

»Es sah ein bisschen aus wie eine Druckerei oder so. Da waren lauter Pergamente in Nischen an den Wänden.«

»Keine Drucker«, sagte Morrie. »Ein Buchbinder und Kopierer. Ich glaube, wir haben gerade die Einrichtung von Herrn Herman Strepel aus dem 9. Jahrhundert gesehen.«

Meine Gedanken rasten. *Das war unmöglich. Auf keinen Fall konnten wir einfach eine Tür öffnen und in ein Gebäude sehen, das es schon vor tausend Jahren gab.*

Aber es war auch nicht unmöglicher als alles andere, was in diesem Laden passierte, wie zum Beispiel die Tatsache, dass ich mich mit James Moriarty und Poes Raben über ein Wurmloch im Raum-Zeit-Gefüge unterhielt.

»Angenommen, ihr habt recht.« Ich wandte mich an die Jungs. »Was bedeutet das? Habt ihr diesen Raum schon einmal gesehen?«

Morrie schüttelte den Kopf. Seine Augen funkelten schelmisch, was in seinem Fall ein sehr schlechtes Zeichen war. »Hast du das riesige Buch auf dem Schreibtisch gesehen?«

»Es war kaum zu übersehen, selbst mit meinen Augen.«

»Es sah aus wie ein Katalog mit allen Texten, die zum Verkauf stehen, und den verschiedenen Schriften, Illuminationen und Verzierungen, die man bestellen kann. Das ist genau das, was ich für dich finden sollte. Wenn wir es in die Finger bekämen, könnten wir sehen …«

Ich verschränkte die Arme. »Nein. Du gehst da nicht rein und klaust das Buch. Du hast bereits das leere Buch nach unten gebracht. Soweit wir wissen, hat das die Magie des Ladens noch instabiler gemacht.«

»Wir müssen es nicht mitnehmen. Wir könnten uns einfach

reinschleichen, einen Blick hineinwerfen und wieder rauslaufen, bevor etwas passiert. Du bist in das viktorianische Schlafzimmer gegangen und es ist nichts Schlimmes passiert.«

Ich zögerte. Morrie hatte *technisch* gesehen recht. Ich hatte mich gut fünf Minuten lang im Zimmer umgesehen und es war nichts Schlimmes passiert.

»Mina«, warnte Quoths seidige Stimme. »Lass dich von Morrie nicht in Versuchung führen. Darin ist er gut.«

Ich biss mir auf die Lippe. *Ja. Ja, das ist er.*

Heathcliff nutzte diesen Moment, um die Treppe hoch zu stürmen. »Was ist denn hier los? Unten sind Kunden, die Fragen stellen, und ich brauche mindestens einen von euch, um als Puffer zu fungieren.«

»Morrie will etwas Gefährliches tun«, sagte Quoth.

»Und du hast ihn davon abgehalten?«

»Nicht im Geringsten.«

Ich erklärte Heathcliff, was gerade passiert war. »Es kommt mir wichtig vor, als würde es etwas bedeuten. Ist es nicht seltsam, dass wir erfahren, dass hier seit Herman Strepels Zeiten Bücher verkauft werden, und dann bietet uns der Raum einen Blick in sein Büro? Ich denke, Morrie hat damit recht, dass wir nachforschen sollten ...«

Wortlos schob sich Heathcliff an Morrie vorbei. Er zog einen Schlüssel aus seiner Tasche und steckte ihn in das Schloss. Als er die Tür aufstieß, drängten wir uns alle um ihn herum, um nachzusehen.

Kein Kerzenlicht erhellte die Düsternis. Aus dem Lichtquadrat, das die Glühbirne im Flur und die Fenster auf den nackten Holzboden warfen, konnte ich eine dicke Staubschicht erahnen, aber sonst nichts.

»Ich kann nichts sehen«, rief ich.

»Vielleicht solltest du ein paar der hässlichen Trödellampen hier hochbringen«, brummte Heathcliff.

»Du Wichser, wie lange weißt du es schon?«

»Seit diese komische mit den Fransen neben dem Krimiregal aufgetaucht ist. Plötzlich kann ich sehen, wie schmutzig der Laden ist. Jetzt muss ich den ganzen Staub und Dreck beseitigen«, knurrte er. »Und das ist alles deine Schuld.«

»Der Raum ist leer, Mina«, sagte Quoth und reckte seinen Hals, um hineinzuspähen. »Hier ist nichts.«

Heathcliff schlug die Tür zu. »Sind wir alle glücklich?«

»Ich bin froh, dass der Schrecken von Argleton in die Vergangenheit verdrängt worden ist«, sagte Morrie. »Aber ich bin nicht froh, dass wir unsere Chance verloren haben, das Buch zu lesen. Glaubst du, wenn wir die Tür wieder öffnen, kommt Meister Strepels Büro zurück?«

»Ich glaube, wenn wir hier herumstehen, wird weder die Miete bezahlt noch das Abendessen gekocht.« Heathcliff drehte sich zu mir um. »Du wirst nicht dafür bezahlt, magische Vorkommnisse zu untersuchen. Geh nach unten und kümmere dich um den Laden.«

»Warum kannst du es nicht tun?«

Er warf mir einen vernichtenden Blick zu. »Weil ich unter die Dusche muss, bevor Morrie das ganze heiße Wasser verbraucht. Ich muss für mein verdammtes Date heute Abend vorzeigbar aussehen.«

<h1 style="text-align:center">15</h1>

Nachdem ich den Laden geschlossen hatte, lief ich zu Jos Wohnung, um bei ihr zu duschen und die Sachen für das Date anzuziehen, die ich dort deponiert hatte. Zurück im Nevermore schritt ich mit klopfendem Herzen den Flur entlang, wie ein Teeniegirl, das darauf wartete, dass der Footballspieler es zum Ball abholt. Über mir polterten Schritte durch die Wohnung und ein Fluchen drang die Treppe hinunter.

Warum war ich so nervös? Ich sah Heathcliff jeden Tag.

Weil ich nicht jeden Tag zu einem Date mit meinem Bücherschwarm ging und versuchte, ihn von einer polyamoren Beziehung mit seinem besten Freund zu überzeugen, deshalb.

Schritte donnerten die Treppe hinunter. Ich drehte mich um, und mein Atem blieb mir im Hals stecken.

Heathcliff schob sich unter der Lichterkette durch, die ich über die Treppe gehängt hatte, und sein Körper offenbarte sich mir in glitzernden Lichtstrahlen. Er trug ein schwarzes Hemd, das mit goldenen Fäden durchzogen war und sich so über seine breiten Schultern zog, dass mir das Wasser im Mund zusammenlief. Die Ärmel hatte er hochgekrempelt, sodass die

Tätowierung eines knorrigen Baumes und einer kursiven Schrift auf einem muskulösen Unterarm zum Vorschein kam, an die ich nie nah genug herangekommen war, um sie zu lesen. Er hatte sein Haar aus dem Gesicht gekämmt und es im Nacken zu einem Zopf gebunden. Einige widerspenstige Locken hatten sich bereits befreit und fielen ihm ins Gesicht. Im Schein der Lichterkette wurden seine dunklen Züge weicher und seine Augen funkelten mit etwas, das man als Aufregung bezeichnen könnte, wenn Heathcliff zu so etwas fähig gewesen wäre.

»Na schön. Bringen wir es hinter uns«, brummte er, obwohl seine Stimme nichts von ihrer üblichen Schärfe hatte.

Ich ging auf ein Date mit Heathcliff. Dem *Heathcliff.*

Ein breites, dummes Grinsen breitete sich auf meinem Gesicht aus. Die Mundwinkel von Heathcliff zogen sich nach oben. Es war kein richtiges Lächeln, aber es war das seine und es war etwas Besonderes.

»Du siehst gut aus«, sagte er.

Das sollte ich auch. Ich hatte Morries Rat befolgt und mein rotes Jerseykleid über eine schwarze Leggings angezogen. Das Kleid umschmeichelte die wenigen Kurven, die ich besaß, an allen richtigen Stellen. Ich hatte meine Haare zu einem hohen Pferdeschwanz frisiert und trug ein wenig Smokey Eyeliner. In Kombination mit meinen Keilabsatzstiefeln und einer Kette aus blutroten Rosenkranzperlen, die ich mir von Jo geliehen hatte, sah ich einfach *umwerfend* aus.

Er zog sich seinen Mantel an und legte sich einen Schal um, um sich vor der Winterkälte zu schützen. Ich streckte meine Hand aus, und Heathcliff schlang seinen Arm um meinen. »Wohin gehen wir?«, fragte er. »Ich hoffe, es ist kein Kino. Ich hasse all die Leute, die Popcorn knuspern und reden, und die Musik ist immer zu laut.«

»Entspann dich, Opa, als ob du denkst, ich würde dich nicht kennen.« Ich grinste und hievte meine Tasche über meine

Schulter. Die Gegenstände darin klirrten und raschelten. »Vertrau mir. Dieses Date ist Heathcliff-freundlich.«

Ich führte ihn über die Wiese und hinunter an den Rand des Dorfes, wo die schokoladenfarbenen Häuser halbfertigen Neubauten wichen, dann sanften Hügeln und einem kleinen, vertrauten Wald. »Das ist King's Copse. Als der König noch hier jagte, hat der Wald die umliegenden Hügel bedeckt. Aber das meiste wurde im 19. und 20. Jahrhundert abgeholzt, und nur dieser kleine Teil ist übrig geblieben.«

»Gehört der nicht dem Herrn, dessen Frau deiner Meinung nach die alte Dame getötet hat?« Heathcliff hielt meine Hand, als ich am Verbotsschild vorbeiging. »Das ist unerlaubtes Betreten.«

»Grey Lachlan? Ja, er ist der Bauunternehmer. Aber ich bin mir nicht sicher, ob er es war. Frau Ellis glaubt, dass die Lachlans unschuldig sind, und ich bin langsam geneigt, ihr zuzustimmen. Jemanden zu vergiften, ist eine ziemlich extreme Methode, um mit dem Planungsausschuss zu verhandeln, und Frau Scarlett zu töten, wird den Ausschuss auch nicht umstimmen. Ich habe Dorothy Ingram im Verdacht. Sie ist Vorsitzende des Kirchenausschusses und hält den Club der verbotenen Bücher für eine Sünde. Was den Hausfriedensbruch angeht: Es ist ein Wald. Es ist ja nicht so, als würde es Wachleute geben. Kinder aus dem Dorf und der Wohnsiedlung kommen schon seit Jahren hierher. Ich habe früher viele warme Sommerabende unten am Bach verbracht.«

»Ich bin nur ungern der Überbringer schlechter Nachrichten«, sagte Heathcliff und zog den Kragen seiner Jacke fest um sein Gesicht. »Es ist kein warmer Sommerabend.«

»Sei still. Reiß dich zusammen.« Meine Zähne klapperten und Dampfwolken bildeten sich vor meinen Lippen. Heathcliff hatte nicht Unrecht, was die Temperatur anging. »Ich möchte dir etwas zeigen.«

Meine Vorfreude wurde getrübt, als wir den überwucherten Pfad hinuntergingen. Abseits der Straße umschloss mich die Dunkelheit. Ich konnte nichts erkennen, keine Umrisse von Ästen, die sich über den Weg streckten, keine Spiegelungen in schlammigen Pfützen zwischen den Wurzeln, keine Ränder, wo eine Pflanze der anderen wich. Ich streckte meine Arme aus und stolperte blindlings den Weg hinunter. Nasse Äste streiften meinen Wollmantel, als ich mich den überwucherten Pfad entlang tastete. Tränen der Frustration brannten in meinen Augen, als ich mit meinen Stiefeln über Wurzeln und herabgefallenes Geröll stolperte und scharrte.

»Mina«, knurrte Heathcliffs Stimme in meinem Ohr. Er packte mich an den Schultern und brachte mich zum Stillstand. »Bleib stehen! Du wirst fallen und dich verletzen.«

»Ich kenne den Weg«, schnauzte ich. *Das war nicht fair. Eigentlich sollte das hier romantisch sein. Meine dummen Augen machten wieder alles kaputt.*

»Natürlich kennst du ihn.« Eine Hand schlang sich um meine, große, raue Finger zwischen meinen kleinen, warm und beruhigend. »Aber wir können nicht zulassen, dass dein schönes Kleid zerrissen wird. Lass mich dem Weg folgen, während du mir sagst, wo ich lang gehen soll.«

Ich wischte mir die Tränen mit dem Handrücken ab und war froh, dass er in der Dunkelheit nicht sehen konnte, wie meine Wimperntusche verlief. *Das war doch bescheuert. Warum hatte ich nur geglaubt, dass das eine gute Idee für ein Date war?*

Aber ich hatte weder einen Ersatzplan noch eine Taschenlampe oder mein Handy dabei, also ließ ich mich von Heathcliff den Weg entlang führen. Ich entschuldigte mich jedes Mal, wenn ich ihm auf die Fersen oder gegen das Schienbein trat, um den Wurzeln auszuweichen. Vor mir, hinter mir, unter und über mir. Die ganze Welt war eine tiefe, endlose, erschreckende Leere. *War es das, was ich sehen würde, wenn ich blind war?*

Nach einer Weile machte ich mir nicht mehr die Mühe, mich zu entschuldigen oder den Hindernissen auf meinem Weg auszuweichen. Ich wechselte meinen Griff zu Heathcliffs Ellenbogen und glitt in seinem Kielwasser dahin. Heathcliff war eine Naturgewalt, und ich hatte keine andere Wahl, als mich von ihm mitreißen zu lassen, ihm die Kontrolle zu überlassen und der Dunkelheit zu vertrauen.

Vertrauen in die Dunkelheit. Würde ich mich in dieser Finsternis jemals zu Hause fühlen?

»Wir sind an einer Weggabelung angekommen«, sagte Heathcliff nach einer Weile. »In welche Richtung?«

»Links. Wir gehen weiter, bis wir einen kleinen Bach erreichen.«

Wir bogen ab. Geräusche drangen an meine Ohren, erst ganz nah, dann immer entfernter, je tiefer wir gelangten. Stimmen. Lachende Kinder. Ein Rap-Song ertönt aus blechernen Lautsprechern. Und über allem das sprudelnde Wasser des Baches, das durch den Winterregen schneller anschwoll, als ich es in Erinnerung hatte. Das Wasser wurde lauter, der Weg wurde breiter und steiler und die Bäume lockerten ihr drückendes Gewicht auf uns. Meine Füße rutschten über Felsen und Kieselsteine.

Heathcliff drehte sich um und umfasste meine Taille. Er trug mein Gewicht mit Leichtigkeit und half mir den steilen, felsigen Abhang hinunter. Unten angekommen, stand ich aufrecht und zerrte an Heathcliffs Arm, bis er sich an mich schmiegte. Ich drückte mich an seinen Körper und *lauschte*. Ich konnte das Wasser nicht sehen, aber ich hörte es. Das Geräusch erinnerte mich an meine Kindheit, als ich auf einem flachen Felsen an dieser Stelle Bücher las, versteckt vor den Kindern, die weiter oben am Bach herumhingen.

Meine Schläfen pochten von der Anstrengung, in der Dunkelheit etwas zu erkennen, aber das war mir egal. Euphorie überflutete mich. *Am Ende haben wir es doch geschafft, und es ist immer noch genauso wie früher.* Es roch und klang genau so, wie ich es in Erinnerung hatte. Was soll's, wenn das Date nicht ganz so lief, wie ich gehofft hatte? Ich brauchte Heathcliff nicht zu sehen, um zu wissen, wie verdammt heiß er aussah oder wie gut sich sein Körper an meinem anfühlte.

»Von der Straße aus kann man diesen Ort nicht sehen, und die meisten Leute gehen in die andere Richtung, weil es dort einen flachen Bereich gibt, wo man besser sitzen kann«, sagte ich. »Ashley und ich haben früher die Schule geschwänzt und sind hierhergelaufen. Wir haben uns Punksongs auf einem alten Discman angehört und Modeskizzen gezeichnet. Einmal haben wir sogar nackt im Bach gebadet.«

Heathcliff grunzte. Neben mir versteifte sich sein Körper.

»Freu dich nicht zu früh, es war eine *Katastrophe*. Der Bach ist nur knietief, also sind wir nackt durch die Gegend gewatschelt. Dann biss etwas in Ashleys Fuß und ich bekam vom Unkraut einen hässlichen roten Ausschlag, der eine *Woche* lang nicht verschwand. Seitdem bin ich nie wieder nackt baden gegangen. Kannst du irgendwo einen langen, flachen Felsen sehen?«

»Hier drüben.« Heathcliff führte mich dorthin. Ich tastete mit meinen Händen die Ränder ab und stellte fest, dass er so groß war, wie ich ihn in Erinnerung hatte, groß genug für zwei. Ich rollte eine Decke aus meiner Tasche aus, breitete sie auf dem Felsen aus und setzte mich hin. Eine bittere Kälte stieg vom Wasser auf, blies mir ins Gesicht und trocknete meine Tränen. Der Felsen umarmte mich an vertrauten Stellen, kühl, beruhigend, genauso ein Teil von mir wie der Mann, der jetzt neben mir saß und seinen Oberschenkel an meinen presste.

Ich öffnete meine Tasche und nahm das Essen heraus, das

ich vorhin mitgebracht hatte, frisches Brot aus Gretas Bäckerei, Scheiben von Chorizo und Prosciutto, etwas ausgefallenen Käse, eine Tüte Weintrauben und zwei von Gretas fantastischen Sahnekrapfen. Ich reichte Heathcliff ein Messer und befahl ihm, das Brot und den Käse zu schneiden, während ich uns beiden ein Glas Wein einschenkte.

»Du hast an alles gedacht«, sagte er, als ich den Deckel eines Glases mit Frau Ellis' selbstgemachter Erdbeerkonfitüre abschraubte.

»Ich bin ziemlich clever, weißt du.« Ich reichte ihm einen mit Sekt gefüllten Plastikbecher und er drückte mir eine Scheibe Brot mit Käse und Chorizo in die offene Hand. Ich biss hinein und genoss das würzige Fleisch und den scharfen Cheddar.

»Sag so etwas nicht. Du klingst wie Morrie. Ich will heute Abend nicht an Morrie denken.«

»Habe ich den perfekten Ort für unser Date gewählt?« Ich nippte an meinem Champagner, die Bläschen kitzelten auf meiner Zunge.

»Das hast du.« Heathcliffs warmer Atem streichelte meine Wange, als er sich dicht an mich lehnte. »Ich kannte diesen Wald gar nicht. Hätte ich das gewusst, wäre ich wahrscheinlich öfter gekommen. Ich komme nicht so oft in die Natur, wie ich sollte.«

»Ist es, weil es dich an Sturmhöhe erinnert?«

Heathcliff hielt inne. »Wahrscheinlich. Es ist allerdings so, dass das England meiner Welt hier nicht existiert, nicht für mich. Die Moore waren der letzte wirklich wilde Ort, gleichermaßen himmlisch und bedrohlich. Ihre wilde Schönheit verbarg Gefahr und Erinnerung und einen Traum, der zu Staub verkümmert ist.«

»Die Moore gibt es immer noch, weißt du. Du könntest

dorthin zurückkehren und der Erinnerung an sie nahe sein.« *Oder ihrer Legende.* Für ihn war es beides das Gleiche.

»Ich kann nicht.«

»Warum nicht? Verkauf den Laden. Kauf dir eine Hütte mitten im Nirgendwo. Dann müsstest du nie wieder einen Kunden sehen.«

»Sag so etwas nicht, Mina«, knurrte Heathcliff. Sein Plastikbecher knirschte, als er einen langen Schluck des Champagners nahm. »Glaube nicht, dass ich das nicht in Betracht gezogen hätte.«

»Warum bleibst du dann? Sicherlich könnte eine der anderen fiktiven Figuren den Laden leiten, jemand, der besser mit Menschen umgehen kann. Es gibt nichts, was dich hier hält.«

»Du bist hier.«

Hitze kroch in meine Wangen. »Aber ich bin erst seit ein paar Wochen hier. Du hättest schon früher gehen können.«

»Ich habe eine Pflicht«, sagte er und versteifte sich.

»Für Herrn Simson? Aber *warum?*«

»Deinetwegen!«, brüllte er, stand auf und verstreute das Essen über die Felsen. »Warum musst du so viele verdammte Fragen stellen?«

»Ich weiß es nicht, warum gibst du mir nie eine klare, verdammte Antwort? Du kannst nicht einfach so eine Bombe platzen lassen und erwarten, dass ich keine weiteren Fragen stelle. Warum meinetwegen?«

Heathcliff atmete schwer. Die Spannung zwischen uns wogte auf und ab, während der Fluss in meinen Ohren rauschte. »Herr Simson hat mir gesagt, ich soll auf die Rückkehr eines Mädchens in den Laden warten. Er hat gesagt, dass dieses Mädchen für uns alle sehr wichtig ist, dass sie in großer Gefahr schwebt und dass wir sie beschützen sollen. Er hat dich beschrieben. Zumindest sind wir uns ziemlich sicher, dass du es bist. Die Beschreibung des blinden Kauzes war nicht gerade mit visuellen Details gespickt. Aber als du in den Laden gekommen bist und uns erzählt hast, wie du als Kind immer dort gewesen bist, und Quoth festgestellt hat, dass du seine Gedanken hören kannst, haben wir vermutet, dass er dich gemeint hat.«

Ich erinnerte mich an etwas, das ich Quoth in seiner Rabengestalt an meinem allerersten Tag im Laden hatte sagen hören. *Sie ist die Richtige.* Ich hatte angenommen, dass er damit gemeint hatte: »Sie ist die Einzige, die sich deinen Schwachsinn gefallen lässt«, aber das ..., ich konnte es nicht glauben.

»Und deshalb hast du mir den Job gegeben. Weil Herr Simson es dir gesagt hat. Das ist doch Wahnsinn. Warum sollte Herr Simson dich bitten, auf mich zu warten?«

»Ich weiß genauso viel wie du, was nichts ist. Morrie geht derzeit davon aus, dass Herr Simson das Schlafzimmer benutzt hat, um in die Zukunft der Buchhandlung zu reisen und gesehen hat, dass du in Gefahr bist. Er brennt darauf, es selbst zu versuchen.«

Ich verengte meine Augen. »Ist das der Grund, warum Quoth mir jeden Abend nach Hause folgt und am Ende meines Bettes sitzt? Weil ihr alle denkt, dass ich in *Gefahr* bin? In welcher Art von Gefahr bin ich denn, dass ich nicht selbst auf mich aufpassen kann?«

»Er hat es nicht näher erläutert.«

»Ihr könnt aufhören, mich zu beschützen. Ich brauche das nicht.«

»Das wird nicht passieren«, knurrte Heathcliff. »Die Gefahr verfolgt dich wie ein Fluch. Im Nevermore Bookshop ist kein einziger Mensch gestorben, bevor du aufgetaucht bist. Wir gehen kein Risiko ein. Einer von uns war immer in deiner Nähe, seit du den Laden betreten hast. Wir wechseln uns ab und sorgen dafür, dass du immer in Sicherheit bist.«

Sie hatten mich beschattet, mir nachspioniert? Ich ballte meine

Hände zu Fäusten und schoss auf die Beine. »Ihr könnt mich nicht einfach ausspionieren, ohne es mir zu sagen!«

»Ich sage es dir jetzt.«

»Du hättest es mir gleich am *ersten Tag* sagen sollen. Es geht um mein Leben. Ich hatte ein Recht darauf, es zu erfahren.«

»Nicht nur dein Leben«, schnauzte er. »Diese Gefahr wird uns alle bedrohen.«

»Wenn ich so eine verdammte Gefahr für euch alle bin,«, schrie ich Heathcliff ins Gesicht, »warum wollt ihr mich dann überhaupt noch hier haben?«

»Mina.« Mein Name grollte von Heathcliffs Lippen.

»Feuer mich einfach, Heathcliff. Reiß das Pflaster ab. Du magst mich doch gar nicht. Du tust das alles nur aus falsch verstandener Pflicht gegenüber Herrn Simson. Ich bin aber kein Mitleidsprojekt. Du wärst besser dran, wenn ich nie in dein Leben getreten wäre. Dann wärst du ...«

»Ach, scheiß drauf«, knurrte Heathcliff. Etwas Warmes drückte gegen meine Lippen.

Heathcliff.

Alle Proteste verschwanden aus meinem Kopf, als Heathcliff mich mit seiner heißen und fordernden Zunge verschlang. Er hielt nichts zurück, verschwendete keine Zeit, nicht, nachdem er gesagt hatte, was er wollte.

Er wollte mich. Heathcliff wollte mich.

Die Wut in mir entbrannte zu heißer Leidenschaft und ich erwiderte den Kuss mit allem, was ich hatte. Heathcliff stöhnte auf, als ich an seiner Unterlippe saugte und seine Wildheit mit meiner eigenen erwiderte. Wochenlang aufgestaute Frustration entlud sich zwischen uns, als wir mit Händen, Mund und Zungen all die Dinge aussprachen, um die wir zu lange herumgeschlichen waren.

In der Dunkelheit steigerte sich jedes Gefühl. Seine Küsse brannten eine Spur des Feuers durch meinen Körper. Heathcliffs

Arme legten sich um mich und drückten mich an sich, während er seine Leidenschaft und seine Wut in mich hineinschüttete und ich sie aufsaugte und zurückwarf.

Heathcliffs Gewicht drückte mich gegen den Felsen. Seine Hände umfassten meine Brüste, meinen Hintern, meine Wangen, meine Hüften. Er erforschte mich mit wilder Hingabe. Seine Hände waren überall gleichzeitig und ließen mich keuchend und atemlos zurück. Mein Plastikbecher mit Champagner kippte um, als ich mich auf die Decke legte, und die Flüssigkeit ergoss sich über die Decke. *Aber das war mir egal. Heathcliffs Hände waren auf meinem Körper.*

»Mina«, knurrte er, seine Hände glitten unter mich und zogen mir das Jerseykleid über die Hüften. »Willst du, dass ich aufhöre?«

»Nein, verdammt.«

»Gut.« Heathcliff zog das Kleid hoch, riss meine Leggings herunter und tauchte zwischen meine Beine.

16

Heathcliff verschwendete keine Zeit damit, mich zu reizen, wie Morrie es tat. Seine Zunge fand die perfekte Stelle und er griff sie mit all seinem Zorn und seiner Inbrunst an, stapfte hinein wie ein alter Krieger und verwandelte meinen Körper in ein hilfloses, zitterndes Chaos.

Mein Rücken wölbte sich gegen den harten Felsen und winzige Lichtblitze durchdrangen die Dunkelheit, die Sterne funkelten am Nachthimmel. Ein Universum, das sich mir öffnete, so wie Heathcliff meinen Körper und mein Herz öffnete.

Er saugte meinen Kitzler in seinen Mund und schon war ich weg, taumelte wild durch die Dunkelheit und verlor mich in der Leere der Lust. Mein Körper erbebte, als Feuer durch meine Adern schoss.

Kaum hatte mich ein letzter Schauer überrollt, war Heathcliff wieder da, fasste mir an die Wange und zog mein Gesicht zu einem weiteren atemberaubenden Kuss zu sich. Er fummelte an seiner eigenen Kleidung herum. Knöpfe klimperten über die Steine und plumpsten in den Bach. Ich schob meine Finger unter Heathcliffs Hemd und drückte meine Handflächen gegen seine Brust. Sein Herz schlug unter meiner Berührung, lebendig und unbelastet.

Er schlang meine Beine um seine Taille, zog von irgendwoher ein Kondom hervor, rollte es über und stürzte sich wie ein Besessener auf mich. Seine Finger krallten sich in meine Haut und mit einem einzigen tiefen Stoß drang er tief in mich ein.

Ja, ja!

Als Heathcliff in mich eindrang, blitzte ein blauer Lichtstreifen in meinen Augen auf. Ich hätte Angst haben sollen, aber stattdessen wurde mir klar, wie wunderschön es war. Mein eigenes, persönliches Feuerwerk, das dem Feuer in meinen Adern entsprach.

Wenn seine Arme mich nicht festgehalten hätten, wäre ich bei seinen kraftvollen Stößen von der Rückseite des Felsens geschleudert worden. Für ihn war mein Körper das Schlachtfeld, auf dem er einen Krieg gegen sein eigenes Gewissen führte.

In diesem Moment war es mir egal, weil seine Arme um mich geschlungen waren und sein Schwanz in mir steckte und er sich so, so gut anfühlte.

Die Hitze unserer Körper klebte an unserer Haut und hüllte uns in Wärme gegen die eisige Nacht ein. Heathcliffs Küsse wanderten über mein Gesicht. Seine Hand hielt meinen Körper fest, während er stieß und stieß und stieß, wobei er das bisschen Anstand, das er besaß, aufgab und sich dem wilden, besitzergreifenden Mann hingab, in den ich mich zwischen den Seiten eines Buches verliebt hatte.

Heathcliff stöhnte, als er in mich stieß. Seine Stimme war tief und voll von Lust und Schmerz. Ich richtete mich auf, um ihm entgegenzukommen, und drückte meine Schenkel zusammen, um ihn tiefer zu stoßen, um seinen Schmerz zu nehmen und ihn zu meinem zu machen. Seine Finger gruben sich in meinen Oberschenkel, ein köstliches Stechen, das mich noch näher an den Rand des Abgrunds brachte.

Ich kam wieder, während die Nacht mein Gesicht kühlte und ein Knistern von neonblauem Licht durch mein Blickfeld flimmerte. Ein Feuerwerk explodierte in meinem Körper und hinter meinen Augen. Mit einem Brüllen kam auch Heathcliff. Seine Muskeln verkrampften und entspannten sich, während sein Schwanz in mir bebte, wie ein Löwe, der seinen Trotz in die Nacht brüllte.

Für einen Moment, für einen einzigen glorreichen Moment, als die eisige Luft meinen Körper streifte und Heathcliff mich an sich drückte, schien es für mich in Ordnung zu sein, dass ich blind wurde. Denn selbst, wenn ich nichts sehen konnte und verrückte Neonfeuerwerke in meinen Augen tanzten, konnte ich immer noch fühlen. In Heathcliffs Händen und in Morries Händen gab es so viele gute Dinge zu fühlen.

Und dann verblasste der Moment, und die Kälte biss mir in die Knochen, und das blaue Licht tanzte weiter, und ich konnte die Sterne nicht sehen. Ich rappelte mich auf, um mein Kleid runterzuziehen und mein Gesicht vor Heathcliff zu verbergen, denn auch wenn *ich* nichts sehen konnte, könnte er meine Tränen bemerken und denken, sie seien seinetwegen.

»Möchtest du ein Stück spazieren gehen?«, fragte er, bürstete den Schmutz von meinem Mantel und wickelte mir meinen Schal um den Hals. Er hob die Überreste unseres Picknicks auf und hängte sich die Tragetasche über die Schulter. »Wir könnten durch den Wald zu den Feldern gehen, wo es heller ist.«

Ich wischte mir mit dem Rand meines Schals über das Gesicht. »Das würde mir gefallen.«

Wir verschränkten wieder die Arme, und ich vertraute mich Heathcliff an und ließ mich von ihm die steile Böschung hinaufheben und den Pfad zurückführen. Mit jedem Schritt richtete sich sein Körper auf. Seine Muskeln erinnerten sich daran, wie man sich duckte, rannte und herumstreifte.

Es juckte mich, etwas über das Geschehene zu sagen. Ich musste unbedingt wissen, was Heathcliff über sich und mich dachte, und über mich und Morrie. Aber Heathcliff war nicht Morrie. Er zerredete die Dinge nicht zu Tode und dachte nicht über alle Aspekte nach. Er hatte keinen großen Plan im Kopf. Wenn ich Heathcliff entwirren wollte, musste ich seine Gedanken aus den spärlichen Grunzlauten herauslesen, die er gelegentlich in meine Richtung warf.

Weiter oben bog er auf einen anderen Weg ab, der uns an den Waldrand führte, wo die Stadtverwaltung Wanderwege angelegt hatte und wo die Dorfbewohner am Wochenende mit ihren Hunden spazieren gingen oder Fahrrad fuhren. Bald liefen wir nicht mehr über nackte Erde und Baumwurzeln, sondern über einen Holzsteg.

»Interessant«, sagte Heathcliff.

»Was?«, fragte ich und mein Atem ging stoßweise. *Werden wir tatsächlich über das reden, was gerade passiert war?*

Aber nein.

»Einige dieser Bäume sind gefällt worden«, sagte Heathcliff. »Da drüben steht ein Bagger und andere Geräte. Es sieht so aus, als hätte Gray Lachlan vorschnell mit der Rodung der Bäume für sein Baugebiet begonnen.«

Ich war enttäuscht, aber auch interessiert. Wenn die Lachlans mit den Erdarbeiten für die zweite Phase der Erschließung begonnen hatten, bevor der Ausschuss ihren Antrag wieder zurückwies ... Ich fragte mich, ob es der Polizei bekannt war.

Die erdrückende Last der Bäume löste sich wieder und ich wusste, dass wir den Waldrand erreicht hatten, wo eine große Wildblumenwiese dem Ackerland weiter unten im Tal wich.

Solarleuchten an Stöcken säumten die Ränder und gaben mir einen schwachen Blick auf die hohen Wildblumen, die mich umgaben.

»Ich kann Lichter sehen!«, rief ich. Am Horizont zogen helle Kugeln meinen Blick auf sich und ließen mich die dunklen Umrisse von Gebäuden erahnen.

Als wir näherkamen, entpuppten sich die Lichter als Fenster und Laternen, die Schatten auf Steinmauern und steile Giebel warfen. Eine Reihe von steinernen Arbeiterhäuschen stand am Rande der Wiese und blickte auf die offenen Felder dahinter. Die Äste der Bäume, die sich über sie beugten, kratzten an den bröckelnden Steinen und den zerbrochenen Ziegeln, als der Wind durch sie hindurchfegte. Rauch quoll aus alten Schornsteinen und überwucherte Gärten ragten über niedrige Steinmauern hinaus.

»Oh, diese Häuser habe ich noch nie gesehen«, hauchte ich. Aus meinem Mund stieg eine Nebelschwade auf, die das Licht einfing und sich zu eleganten Schnörkeln formte. »Sie sind wunderschön.«

»Sie sind praktisch am Einstürzen.« Heathcliff zeigte auf das Haus am Ende der Reihe, bei dem ein Teil des Daches eingestürzt war. Es war mit Wellblech geflickt worden. »Ist das nicht eins von deinen 'Club der verbotenen Bücher'-Weibern?«

Ich schielte dorthin, wohin er zeigte. Vor dem Haus stand ein teurer roter Sportwagen in der Einfahrt, dessen Scheinwerfer zwei weiße Kreise an der Seite des Hauses beleuchteten. Eine Autotür schlug zu und eine Gestalt joggte durch das Scheinwerferlicht zur Eingangstür des Häuschens. So sehr ich meine Augen auch anstrengte, ich konnte die Gestalt nicht erkennen. »Wie sieht sie aus? Ich kann nichts sehen.«

»Dunkles, krauses Haar, ein Batikkleid unter einem kotzefarbenen Trenchcoat ...«

»Oh, das ist Sylvia Blume. Was macht sie denn da?«

»Sie hat einen Schlüssel und öffnet die Haustür. Da ist noch eine Person im Auto. Sie steigt aus ...« Eine weitere Tür knallte zu. Heathcliff lehnte sich vor. »Das ist eine hochnäsig aussehende Frau, die ein ganzes Vermögen an Diamanten trägt. Sie ist hochschwanger. Sie streiten sich.«

Ginny Button!

Worüber streiten sie sich? Irgendetwas in meinem Bauchgefühl sagte mir, dass das wichtig war. Geflüsterte Worte rauschten an meinen Ohren vorbei, zu leise und zu weit weg, um gehört zu werden. Frustration kochte in mir hoch. Wie sollte ich herausfinden, was los war?

»Was ist denn jetzt los?«, zischte ich Heathcliff an.

»Die Schwangere hat sich ganz nah herangelehnt, als ob sie Krausehaar bedrohen würde. Jetzt geht sie zurück zu ihrem Auto und ...«

»Du denkst vielleicht, dass du unantastbar bist, Ginny Button!« Sylvia Blumes schrille Worte durchdrangen die Nacht. Ihre Stimme war um eine Oktave gestiegen und die Tonlage verriet ihre Angst. »Aber ich weiß, was du getan hast. Du bist verdorben und wirst damit nicht durchkommen!«

»Oh, hör auf, so dramatisch zu sein, Sylvia!«, spuckte Ginny zurück, ihre vornehme Stimme war voller Gift. Die Autotür knallte erneut zu.

»Stimmt etwas nicht?«, rief eine tiefe Männerstimme mit starkem deutschen Akzent.

»Oh, schau mal, es wäre nicht England ohne einen neugierigen Nachbarn, der seine Nase reinsteckt«, flüsterte Heathcliff.

Die Räder drehten durch und das rote Auto fuhr rückwärts in die Auffahrt, dann raste es den Schotterweg hinauf und hinterließ eine Staubwolke, die mir noch mehr die Sicht verdeckte.

»Es ist alles in Ordnung, Helmut«, rief Sylvia Blume mit

schwankender Stimme zurück. »Ich hatte nur einen kleinen Streit mit einer Freundin, das ist alles. Es tut mir leid, dass ich dich geweckt habe.«

»Ich verstehe. Gute Nacht.«

»Gute Nacht.« Ich horchte angestrengt auf das Knarren einer Tür, die sich öffnete und wieder schloss. Ein paar der Lichter in dem Häuschen gingen aus.

Mit klopfendem Herzen wandte ich mich an Heathcliff. »Was glaubst du, worum es da ging?«

»Die schwangere Schlampe hat Krausehaar auf einen Ausflug mitgenommen, um sie einzuschüchtern«, sagte Heathcliff sachlich. »Dann hat sie sie nach Hause gebracht und ihr gedroht, aber Krausehaar weiß mehr, als sie zugeben will.«

»Sie haben über den Mord an Frau Scarlett gesprochen!«

»Das wissen wir nicht mit Sicherheit. Gehören diese Häuschen zu dem Neubaugebiet King's Copse?«, fragte Heathcliff.

»Ich weiß es nicht, aber ich wette, Morrie kann es herausfinden. Was denkst du?«

»Ich denke, wenn du in einem winzigen Steinhaus mitten im Nirgendwo wohnst, würdest du nicht wollen, dass nebenan ein riesiges modernes Baugebiet entsteht.«

»Das ist wahr. Ich habe in einem der Zeitungsartikel gelesen, dass es einige Anwohner gibt, deren Häuser abgerissen werden müssen.«

»Wahrscheinlich sind damit diese Häuschen gemeint. Ich denke auch, dass du, wenn dir das besagte Haus gehört und du dich darüber ärgerst, dass bestimmte Bauunternehmer herumschnüffeln, eine gewisse Wichtigtuerin in der Nachbarschaft mit Informationen über unerwünschte Erdarbeiten oder schlechtes Verhalten versorgen könntest. Und das könnte dich zur Zielscheibe machen.«

»Willst du damit sagen, dass auch Frau Blume in Gefahr sein könnte?«

»Wenn jemand so verzweifelt ist, dass er eine alte Dame vergiftet«, sagte Heathcliff düster, zog mich dicht an sich heran und schlang seine Arme fest um mich, »dann ist er zu allem bereit.«

17

»Haben Sie etwas von David Copperfield?«, fragte mich ein älterer Mann, als ich die Kisten mit den Waren zu den beiden Einkaufswagen trug, die Morrie heute Morgen vom Markt gestohlen hatte. Es war der Tag von Frau Scarletts Beerdigung und ich war schon früh da, um die Ware für das Kirchenfest zu sortieren.

Außerdem wollte ich Heathcliff besuchen und versuchen, etwas über die letzte Nacht aus ihm herauszubekommen, aber das war verdammt hoffnungslos. Die beiden Grunzlaute, die ich erhielt, als ich ihm heute Morgen den Kaffee vorsetzte, konnte man kaum als *Mina ist verdammt heiß und ich will mehr von ihrem Körper* interpretieren.

Wenn Mama ein Wörterbuch von Heathcliff zu Mensch herausbringen könnte, würde ich mindestens eine Person kennen, die ein Exemplar kaufen würde.

»Gnädige Frau?« Der Kunde winkte mit der Hand vor meinem Gesicht. »Wo finde ich den berühmten Autor David Copperfield?«

»Oh, sicher. Hier entlang.« Ich setzte ein Lächeln auf und

151

winkte ihn in Richtung der Literaturabteilung. Vielleicht würde ihm durch Osmose ein Gehirn wachsen.

»Die letzte Nacht muss gut gelaufen sein«, überlegte Morrie, als wir die Wagen zur Kirche schoben und unseren Tisch fanden. »Du hast die literarische Unkenntnis eines Kunden nicht korrigiert, und Heathcliff hat heute Morgen unter der Dusche gesungen.«

Ungeachtet meiner selbst flatterte mein Magen. »Was hat er gesungen?«

»Ich würde es nicht persönlich nehmen, aber 'You Give Love A Bad Name'.«

Ich schlug Morrie auf den Arm. »Schäm dich, dass du Bon Jovi nutzt, um mich zu ärgern.«

»Du liebst es, meine Hübsche.«

»Wenn du es wissen willst, das Date ist gut gelaufen.« Ich beugte mich über unsere Kisten, um Morrie einen Kuss auf die Lippen zu geben. Ich hatte zu viel Angst, mehr zu tun, um mir nicht den Zorn einer der Chorfrauen zuzuziehen, die auf dem Kirchenparkplatz herumhingen. »Wie viel willst du wissen?«

»Erzähl mir jedes blutige Detail.«

»Das kann ich nicht tun.« Meine Wangen brannten, und Morrie lachte. »Aber ich kann dir sagen, dass wir etwas Interessantes über King's Copse herausgefunden haben. Es gibt eine Reihe kleiner Steinhäuschen am Rande des Waldes. So wie es aussieht, sind es alte Arbeiterunterkünfte. Ich weiß, dass es dort früher eine alte Holzmühle gab. Wenn man tagsüber dort ist, kann man einige der Ruinen im Wald sehen. Ich habe die Hütten noch nie gesehen, aber sie müssen auf dem Land stehen, das Gray Lachlan für die Erschließung braucht. Und wir haben beobachtet, wie Ginny Button Sylvia Blume zu einem der Häuschen gefahren hat. Frau Blume stieg aus dem Auto aus und ging zur Tür. Sie hatte einen Schlüssel, also muss sie dort wohnen. Ginny ist ihr hinterhergerannt und hat sie bedroht.

Frau Blume schrie zurück, dass sie wisse, was Ginny getan habe und dass sie damit nicht durchkommen würde. Das hat zwar nichts mit den Morden zu tun, aber ...«

»Es ist eine weitere Verbindung.« Morrie nickte. »Ich werde alles über Sylvia Blume und ihr Haus herausfinden, was ich kann, und über diese Ginny Button.«

Morrie hob die Kisten aus den Wagen und ich ordnete die Bücher auf zwei Tischen an, wobei ich darauf achtete, die religiösen Bücher von der Belletristik zu trennen. Neben uns drapierte ein Mann ein blaues Tuch über seinen eigenen Tisch und arrangierte Eisenschürhaken und Weinregale in einer ansprechenden Auslage. Als er sich umdrehte, um mit einem Kunden zu sprechen, erkannte ich seine tiefe Stimme und seinen deutschen Akzent. Er war der Mann, der gestern Abend von seinem Fenster aus mit Frau Blume gesprochen hatte!

Vielleicht brauche ich nicht einmal eine illegale Nachforschung durch Morrie, um herauszufinden, was hier los war. Ich trat an den Verkaufstisch des Mannes.

»Die sind wunderschön.« Ich hob eines der Weinregale hoch. Es hatte die Form eines Hundes, und wenn man die Weinflasche hineinstellte, wurde sie zum Körper des Hundes. Ich war mir sicher, Mama würde es lieben, aber es war teurer, als ich es mir leisten konnte. »Haben Sie die alle gemacht?«

»*Ja*«, war die Antwort. »Danke für das Kompliment über mein Handwerk. Ich bin Schmied. Ich habe eine kleine Schmiede auf meinem Grundstück und baue sogar selbst das Erz ab und schmelze es.«

»Ist das kompliziert?«

»Es ist anstrengend für eine Person. In Deutschland habe ich mit drei anderen Handwerkern gearbeitet und wir sind auf Mittelaltermärkten herumgereist, um unsere Arbeit zu verkaufen. Aber dann sind meine Eltern gestorben und haben uns nur dieses kleine Haus hier in England hinterlassen, in das wir in glücklicheren Zeiten immer in den Ferien kamen. Meine Schwester und ich sind vor ein paar Jahren hierhergezogen und ich habe ein kleines Nebengebäude zu meiner Schmiede umgebaut, weshalb ich nicht den Platz habe, um weitere Handwerker einzustellen. Aber ich komme schon zurecht. Ich reise auf den Märkten in der Gegend herum und mache Auftragsarbeiten für Leute – Tore und Geländer und solche Sachen.«

»Sie wohnen draußen in King's Copse, in einem der kleinen Häuschen.« Er verzog das Gesicht vor Überraschung und ich fügte schnell hinzu. »Ich war gestern mit einer Freundin dort spazieren und da ist mir Ihr Truck aufgefallen. Was halten Sie von dem großen Neubaugebiet, das dort entsteht?«

»Die neuen Häuser sind sehr hässlich und ich werde den Wald vermissen. Aber sie haben uns eine Menge Geld geboten, um unser Land zu kaufen und die Hütten abzureißen. Mit dem Geld könnte ich woanders eine größere Schmiede bauen und vielleicht wieder ein Team einstellen.« Er blickte zur Kirche, wo die Damen vom Club der verbotenen Bücher damit beschäftigt waren, Blumen zu arrangieren und Körbe mit dem Programm für die Beerdigung aufzustellen. »Jetzt, wo sie tot ist, wird die Erschließung wohl fortgesetzt.«

»Sie wohnen direkt neben einer Frau aus meinem Buchclub, Sylvia Blume. Sie war die Freundin, mit der ich unterwegs war.«

»Ja, Sylvia. Die Wahrsagerin.« Es war schwer, an seinem Tonfall zu erkennen, was er von ihr hielt.

»Wie ist sie so als Nachbarin?« Er runzelte die Stirn über meine neugierige Frage, und ich überlegte mir schnell eine Erklärung. »Sie wirkt in letzter Zeit etwas still und zurückhaltend, und ich mache mir Sorgen um sie.«

»Sie ist Wahrsagerin und Kräutersammlerin. Gestern Abend hatte sie Streit mit einer anderen Frau, aber das ist alles, was ich weiß. Ich mag es nicht, über meine Nachbarn zu tratschen. Ich arbeite nur in meiner Schmiede. Es ist mir egal, was um mich herum passiert.«

»Helmut, ich habe dein Mittagessen mitgebracht«, sagte eine vertraute Stimme hinter mir. Greta aus der Bäckerei hielt mir einen Teller mit belegten Brötchen und Kuchen hin, und der Schmied, Helmut, nahm ihn lächelnd entgegen. Greta nickte mir auf ihre knappe Art zu. »Hallo, Mina.«

»Hallo, Greta. Es ist nett von dir, dass du zur Beerdigung gekommen bist. Ich weiß, dass Frau Scarlett bei dir ein- und ausgegangen ist. Sie hat so viel Gutes über deine Backkünste gesagt.«

Greta nickte wieder. »Ja. Es ist sehr traurig. Frau Ellis hat mich gebeten, für Erfrischungen zu sorgen. Ich habe da drüben einen Stand.« Ich folgte ihrem Finger zu einem Tisch, der unter dem Gewicht von Kuchen, Wurstsemmeln und Pasteten ächzte.

»Das sieht toll aus. Du machst dich gut, auch wenn der Schrecken von Argleton noch auf freiem Fuß ist.«

»Diese miese Maus!« Ihr Gesicht rötete sich vor Wut. »Sie war schon so viele Male in meiner Küche. Ich sehe überall ihre kleinen Ausscheidungen, aber sie fällt nicht auf meine Fallen herein. Nun, ich werde es ihr zeigen. Ich habe eine fiese Falle, der nicht einmal eine schlaue Maus entkommt.«

Interessant, dann musste sie also der Vergangenheit entflohen sein. »Das ist gut. Ich hoffe wirklich, dass du sie fängst.«

»Ja«, Greta warf einen Blick über die Schulter zu ihrem Stand, wo sich bereits eine kleine Menschenmenge versammelt hatte. »Ich sollte besser zurückgehen.«

»Ja, ich auch.« Ich bemerkte, dass der Mann, der im Laden nach David Copperfield gefragt hatte, jetzt eine meiner Kisten durchwühlte. »Die Kunden brauchen immer so viel Hilfe. Viel Glück heute, Helmut. Ich hoffe, Sie können bald in eine größere Schmiede umziehen!«

Helmut nickte zustimmend. Ich kehrte gerade zu meinem

Stand zurück, als mir eine Kundin ein Buch unter die Nase drückte.

»Warum haben Sie diese Bücher zu einem Kirchenfest mitgebracht?«, fragte eine Frauenstimme.

Ich blickte auf und sah in die stechenden Augen einer streng aussehenden Frau mittleren Alters, die ihr graues Haar so straff aus dem Gesicht gezogen hatte, dass ihre Stirn am Haaransatz ohne Falten war. In der einen Hand hielt sie den Griff eines kunstvoll geschnitzten hölzernen Spazierstocks. In der anderen hielt sie *Von Mäusen und Menschen* hoch und drückte mir das Cover unter die Nase.

»Ich habe eine große Auswahl an Titeln mitgebracht«, erklärte ich. »Das ist zufällig ein Buch, das Frau Scarlett gefallen hat …«

»*Das* ist ein vulgäres Werk.« Sie stupste den Einband mit sauberen, schmucklosen Fingern an. »Es hat keinen Platz im Haus Gottes.«

Wow, das ist Puritanismus auf einem ganz neuen Niveau. »Wir sind technisch gesehen nicht in der Kirche.«

»Junge Dame, keine Widerrede!« Die Frau klopfte mit ihrem Stock auf den Boden. »Wir befinden uns auf geheiligtem Boden und Gott beobachtet jeden Ihrer Schritte. Er ist nicht erfreut, dass dieser Dreck auf *seinem* Land verkauft wird, um *Seine* Kinder zu verderben. Ich *verlange*, dass Sie diese Bücher sofort durchgehen und alles entfernen, was nicht gut für unser Seelenheil ist.«

Nichts machte mich wütender als Zensur, abgesehen von Eltern, die ihre Kinder im Stich ließen, und wenn Morrie während eines Films durchweg plauderte, den ich unbedingt sehen wollte. »Sie haben dieses Buch nicht gelesen, oder? Es hat eine starke Botschaft über Liebe und Akzeptanz. Ich finde, jeder hier *sollte* es lesen, und ich werde nicht als Zensurbehörde auftreten.«

Hinter mir kicherte Morrie. Ich trat zurück und trat ihm auf den Zeh. *Du könntest mir hier helfen.*

Die Frau verengte ihre Augen. »Sie sind das Mädchen, das in dem Buchladen arbeitet, der von diesem abscheulichen Zigeuner betrieben wird. Kein Wunder, dass Sie keinen Sinn für Anstand haben.«

Das hatte sie nicht umsonst gesagt.

»Entschuldigung?« Meine Wangen glühten vor Wut. *Ich hoffte, Sie waren auf einen Krieg gefasst, Lady.* »Sie verwenden ein rassistisches Schimpfwort gegen meinen Arbeitgeber, ein vollkommenes anständiges Mitglied dieser Gemeinde, das seine Steuern zahlt, und belehren *mich* dann über Anstand? Ich glaube nicht, dass ...«

Frau Ellis kam herbeigeeilt, wobei ihre Tasche gegen ihre Seite flatterte. Sie ergriff den Arm der Frau. »Meine Damen, was ist denn hier los?«

»Ich hätte erwartet, dass Sie bei der Organisation dieses Fiaskos wenigstens die Standbetreiber über unsere Standards informieren würden«, schnauzte die Frau zurück und stieß mit ihrem Stock auf den Boden, um ihre Aussage zu unterstreichen. »Ich will, dass dieser vulgäre Buchladen und seine unhöflichen Angestellten verschwinden, bevor die Beerdigung vorbei ist.«

»Bitte, Dorothy«, flehte Frau Ellis' Stimme. »Das ist die Beerdigung von Gladys. Die Bücher richten keinen Schaden an.«

Das ist also Dorothy Ingram? Sie war wirklich furchterregend. Ich konnte mir gut vorstellen, dass sie die nette Frau Winstone aus der Jugendgruppe gefeuert hatte.

»Keinerlei Schaden anrichten?« Dorothy schnaufte. »Diese Bücher werden den Geist unserer unschuldigen Kinder mit bösen, unchristlichen Ideen füllen. Es ist schon schlimm genug, dass die Beerdigung dieser abscheulichen Frau in unserer schönen Kirche stattfinden muss, aber ich habe langsam genug davon, dass Ihr Buchclub einen verderblichen Einfluss auf unser Dorf hat.«

Frau Ellis fuchtelte mit den Händen. »Ja, ja, aber es ist fast elf. Wir fangen bald mit dem Gottesdienst an. Wenn Mina jetzt geht, wird sie die Prozession stören.«

Dorothy warf mir einen bösen Blick zu, dann nickte sie Frau Ellis zu. »Nun gut. Packen Sie Ihre Bücher ein, Mädchen, und machen Sie sich bereit, sobald die Prozession zum Friedhof aufbricht. Mabel, ich sehe Sie drinnen. Ich werde dem Organisten sagen, dass er mit dem Gottesdienst beginnen soll.« Sie stürmte davon und warf mir einen letzten bösen Blick über ihre Schulter zu.

Kaum war sie außer Hörweite, machte Frau Ellis eine unhöfliche Geste hinter ihrem Rücken. Ich schnaubte vor Lachen.

»Das ist also Dorothy Ingram«, sagte ich.

»Sie strotzt nur so vor christlicher Nächstenliebe«, sagte Morrie grinsend hinter mir.

Ich funkelte ihn an. »Du hättest mir helfen können, mit ihr fertig zu werden.«

»Du sahst aus, als hättest du alles im Griff. Wenn ich dir zu nahegekommen wäre, hätte der Dampf, der aus deinen Ohren kommt, meine Haare platt gemacht.« Er fuhr sich mit der Hand durch seine perfekt gestylten, kurz geschnittenen Locken.

»Mach dir keine Sorgen um Dorothy. Sie ist besessen vom Fegefeuer, aber das liegt nur daran, dass sie außer der Kirche nichts in ihrem Leben hat. Sie war noch nie verheiratet, es sei denn, du zählst die Ehe mit Gott dazu, die meiner Meinung nach nicht die Vorteile eines Ehemanns bietet.« Frau Ellis runzelte die Stirn. »Das ist seltsam.«

Ich folgte Frau Ellis' Blick. Überall in der Kirche versammelten sich die Trauernden in kleinen Gruppen, unterhielten sich mit gedämpften Stimmen und warfen einen

Blick auf die Stände, während sie auf den Beginn des Gottesdienstes warteten. Auf den Stufen hinter der Kirche standen Dorothy Ingram und Ginny Button abseits der Menge. Sie hatten ihre Köpfe zusammengesteckt und unterhielten sich angeregt.

»Dorothy würde sich nie mit Ginny abgeben, einer Hure, die ein uneheliches Kind bekommt«, sagte Frau Ellis und tippte sich ans Kinn. »Was könnte der Grund dafür sein?«

Mein Herz schlug mir bis zu den Knien, als sich mehrere Dinge zusammenfügten. *Dorothy Ingram hat es auf den unmoralischen Club der verbotenen Bücher abgesehen, vor allem auf dessen unverfrorene Anführerin. Wenn sie Frau Scarlett etwas antun wollte, brauchte sie jemanden im Inneren, um das zu tun. Jemanden wie Ginny.*

»Morrie, kümmere du dich um die Kunden!«, rief ich und drängte mich durch die Menge. Ich drückte mich an die Seite der Kirche und starrte auf den Boden, als ob ich am Rande des Gartens nach einem verlorenen Schmuckstück suchen würde. Ich tastete mich an der Mauer entlang und schlich mich dicht an die beiden Damen heran, die dort standen. Ich strengte mich an, um zu hören, was sie sagten.

»... habe sie für Sie aus dem Weg geräumt ...«, sagte Dorothy und warf einen verstohlenen Blick auf den Kirchenparkplatz. Sie klang jetzt nicht mehr so hochmütig und selbstgerecht und stützte sich schwer auf den Stock, als wäre er das Einzige, was sie aufrecht hielt. »Sie hat für ihre Sünden bezahlt, und jetzt haben wir beide nichts mehr miteinander zu tun.«

»Wir sind hier noch nicht fertig«, sagte Ginny. »Es gibt noch etwas, das Sie für mich tun werden.«

»Ich bin nicht Ihre Marionette, Frau Button. Gott verabscheut Erpresser.«

»Er verabscheut auch *Mörder*, Dorothy. Ich hoffe, Sie drohen mir nicht, Sie selbstgerechte Kuh.« Ginny machte eine große

Show daraus, indem sie gähnte und an ihrer Diamant-Rubin-Halskette herumspielte. »Es ist mir egal, was Gott von mir denkt. Mir geht es nur darum, zu bekommen, was ich will. Sie tun, was ich verlange, oder das ganze Dorf wird Ihr schmutziges kleines Geheimnis erfahren.«

»Das werden wir ja sehen!« Dorothy schnaubte. Sie drehte sich auf den Fersen und stürmte davon.

Ginny hatte so gut wie bestätigt, dass Dorothy eine Mörderin war! Ich hatte erwartet, dass Dorothy Ginny drohen würde, zu schweigen, und nicht umgekehrt. Aber es gab keinen Zweifel an dem, was ich gehört hatte. Dorothy hatte gesagt: »Ich habe sie für Sie aus dem Weg geräumt.« Die »Sie« war Frau Scarlett.

Aber wie hatte sie Gladys Scarlett mit Arsen umgebracht, wenn sie nicht eng befreundet waren, und warum wollte Ginny ihren Tod?

Ich eilte zurück an unserem Tisch und wollte Morrie unbedingt erzählen, was ich gehört hatte, aber er war bereits von einigen Mädchen aus der Jugendgruppe umringt. Sie warfen ihm verliebte Blicke zu, schwärmten von seinen Klamotten und stellten ihm alle möglichen Fragen. Er saugte es förmlich auf. Seufzend überließ ich ihn seiner bewundernden Menge und begann, die Bücher wieder in die Kisten zu packen, während ich zusah, wie Reihen von Trauernden in die Kirche strömten. Die anderen Mitglieder des Clubs der verbotenen Bücher drängten sich am Eingang zusammen, verteilten Programme und zogen Taschentücher aus ihren Ärmeln, um sich die Nasen zu putzen. Frau Winstone schenkte mir ein freundliches Lächeln, während sie sich die Augen abtupfte. Die Glocken erklangen über dem Dorf, und der Klang düsterer Kirchenlieder schwebte über den Parkplatz.

Fünfundvierzig Minuten später hatten Morrie und ich einen Stapel Vampirromane an die Teenager und einen Satz alter Bibeln an den Sohn des Pfarrers verkauft und alle Kisten wieder in die Wagen gepackt. Neben uns machte Helmut ein gutes

Geschäft. Er hatte alle Weinregale verkauft und nahm Bestellungen für neue auf. *Ich schätzte, es war in Ordnung, auf dem Kirchenfest für das Übel des Alkohols zu werben, aber nicht für die Gefahren des Lesens?*

Mit einem letzten grässlichen Lied endete der Gottesdienst. Die Trauernden strömten aus der Kirche, und der Trauerzug machte sich auf den Weg zum Friedhof. Als sich der schwere Mahagonisarg seinen Weg durch den Parkplatz bahnte, hob ich meine Hand und machte Teufelshörner.

Ruhen Sie in Frieden, Frau Scarlett. Ich hoffte, Sie waren im Himmel und würden dort allerlei Chaos anrichten. Ich hoffte ...

Ein durchdringender Schrei unterbrach meine Gedanken. Ich wirbelte herum. Frau Ellis stürmte aus der Kirche, ihre sonst so roten Wangen waren blass, und sie fuchtelte wild mit ihren Händen. Die Prozession blieb stehen und alle Gesichter in der Menge drehten sich um und starrten sie an.

»Kommt schnell!«, schrie sie. »Oh, es ist schrecklich!«

Morrie ließ die Griffe des Wagens fallen und rannte auf die Kirche zu. Ich sprintete hinter ihm her und drängte mich durch die verwirrte Menge der Trauernden am Eingang. Morrie steckte seinen Kopf in die Kirche und trat zurück, den Mund zu einer festen Linie verzogen. Er warf seine Arme vor die Tür und versperrte mit seinem Körper den Weg. Frau Ellis fiel mir in die Arme und schluchzte an meiner Schulter.

»Ich habe meinen Schal vergessen. Ich g-g-ging gerade wieder rein, um ihn zu holen«, schluchzte sie. »Und da habe ich es g-g-gesehen.«

»Was gesehen?« Ich schob mich zur Tür. Das Gespräch zwischen Dorothy Ingram und Ginny Button spielte sich in meinem Kopf ab. *Was ist passiert?*

Morrie streckte eine Hand aus, um mich aufzuhalten. »Mina, lass das!«

Ich ignorierte ihn, schlüpfte unter seinen Arm und betrat

die Kirche. Die Kerzen flackerten in den Leuchtern neben den Türen und auf dem Altar und trugen wenig zur Erhellung des schummrigen Raums bei. Ich blinzelte in die Dunkelheit und versuchte, zu erkennen, was Frau Ellis erschreckt hatte. Ich konnte nichts Ungewöhnliches sehen.

Als ich ins Licht der Buntglasfenster trat, bemerkte ich einen zerknitterten Kleiderhaufen am Fuß der Wendeltreppe, die zum Glockenturm hinaufführt.

Oh, nein.

Ich trat näher heran.

Das war keine Kleidung.

Ich machte noch einen Schritt und schaute auf die ausgestreckte Gestalt hinunter. Ginny Button lag am Fuß der Treppe, ihr Kleid war zerrissen. Zwischen ihren Beinen sammelte sich Blut, und ihr Hals war in einem unmöglichen Winkel verdreht.

18

Mit rasendem Herzen kniete ich mich vor Ginny Button hin und überprüfte ihren Puls. Es gab keinen. Ihre glasigen Augen starrten mich stumm und anklagend an, so als hätte ich sie gestoßen. Ich holte mein Handy heraus und rief einen Krankenwagen. Ginny war vielleicht tot, aber wenn es eine Chance gab, ihr Baby zu retten ...

»Hallo ... wir brauchen einen Krankenwagen in der Argleton Presbyterian Kirche. Eine Frau ist die Treppe hinuntergestürzt.« Morries Hände legten sich um meinen Körper und er zog mich an sich. »Sie hat keinen Puls, aber sie ist schwanger. Ja ... ja ... danke.«

Morrie streichelte mein Haar. »Oh, sieh mal, noch ein Mordopfer. Bist du sicher, dass du nicht verflucht bist, meine Hübsche?«

»Nicht lustig.« *Bitte lass Ginnys Baby nichts passiert sein.* »Und das ist kein Mord. Sie ist auf der Treppe gestolpert.«

»Nein, ist sie nicht.« Morrie zeigte auf ihren Hals. Ihren nackten Hals. »Jemand hat ihre Halskette gestohlen.«

Ich erschauderte. Er hatte recht. Ginnys teure Halskette war nirgends zu sehen. Und da war noch etwas anderes. Ein weißer Gegenstand, den sie in ihrer Hand hielt. Ein Stück Papier. Ich nahm es ihr aus der Hand und las die Nachricht. Ich drehte sie um, um nach einer Unterschrift zu suchen, aber es gab keine. In einer einfachen Schriftart stand da:

Triff mich nach der Zeremonie auf der Spitze des Glockenturms. Wir haben etwas Wichtiges zu besprechen.

Morrie nahm mir den Zettel ab und hielt das Papier an den Ecken fest, um es im Licht zu betrachten. »Normales Druckerpapier, Tintenstrahl. Außer dem drohenden Ton der Nachricht ist nicht viel zu erkennen.«

Ich betrachtete die Menschenmenge, die in die Kirche strömte. *Jeder von ihnen könnte es gewesen sein.* Die Frauen schrien, als sie die Leiche sahen. Der Pfarrer und sein Sohn versuchten, alle nach draußen zu drängen, aber natürlich konnte man neugierige Dorfbewohner nicht von einer Leiche fernhalten. Wegen des kalten Wintertages trugen die meisten von ihnen Handschuhe. Auf dem Zettel würden wahrscheinlich keine Fingerabdrücke zu finden sein.

»Jemand hat sie in den Turm gelockt und umgebracht!«, schrie Frau Ellis, als sie den Zettel über meine Schulter las. Die Leute starrten entsetzt auf die Leiche. Ihre Worte gingen durch die Menge und Köpfe beugten sich vor, um Anschuldigungen zu flüstern, wer es getan haben könnte.

»Das wissen wir noch nicht«, sagte ich, um Frau Ellis zu beruhigen, damit weder sie noch irgendjemand in der Menge in Panik geriet und die Flucht ergriff. »Ginny ist wahrscheinlich gestolpert, als sie die Treppe hochging. Sie ist rutschig und

uneben, und sehen Sie sich mal die Schuhe an, die sie trägt.«
Ginnys Stilettos waren kaum geeignetes Schuhwerk, um die
alten Kirchenstufen zu erklimmen.

»Sie wurde ermordet, ich weiß es! Es ist die gleiche Person,
die Gladys vergiftet hat. Verstehst du nicht? Jemand hat es auf
den Club der verbotenen Bücher abgesehen.«

Dorothy Ingrams geblähte Nasenlöcher und ihr verzogener
Mund flackerten in meinem Kopf auf, ebenso wie die
bedrohlichen Worte aus ihrem geheimen Gespräch mit Ginny.
Vielleicht hatte Frau Ellis recht. »Die Polizei wird jede Möglichkeit
prüfen. Haben Sie noch jemanden drinnen gesehen, als Sie nach
Ihrem Schal gesucht haben?«

»Nein. Ich ging bis zum Ende der Reihe und bemerkte einen
Haufen am unteren Ende der Treppe, die zum Turm
hinaufführt. Ich dachte, eines der Blumengestecke sei
umgefallen, also wollte ich es in Ordnung bringen und ... oh ...«

Ich legte meine Arme um Frau Ellis' Schultern und
versuchte, sie von dem grausigen Anblick abzuschirmen.
Draußen heulten die Sirenen und kamen immer näher. »Ich
glaube wirklich, dass Ginny gestürzt ist ...«

»Sie ist nicht gestürzt, sie wurde gestoßen!« Frau Ellis
packte mich am Hemd. »Ginny war in ihren Schuhen so
behände wie eine Bergziege. Sie wäre nicht gestürzt. Und sieh
mal, jemand hat ihre Diamantkette gestohlen. Das war ihre
Lieblingskette. Sie hat sie nie abgenommen. Oh, Mina, du
musst mir helfen.«

»Was reden Sie denn da? Sie sind nicht in Gefahr.«

»Doch, bin ich!« Frau Ellis' Augen verdrehten sich. »Jemand
tötet die Mitglieder des Clubs der verbotenen Bücher. Und ich
könnte die Nächste sein!«

19

Nachdem die Polizei unsere Aussagen aufgenommen hatte, ließ ich Morrie zurück, um die Bücher in den Laden und die Einkaufswagen auf den Markt zu bringen, und half Frau Ellis zurück zum Nevermore Bookshop. Oben in der Wohnung ließ sie sich in Heathcliffs Stuhl am Feuer nieder, während ich den Kessel aufsetzte und den Tee zubereitete, die einzig angemessene englische Reaktion auf einen furchtbaren Schrecken.

Je länger ich darüber nachdachte, desto klarer wurde mir, dass sie mit ihrer Vermutung, der Club der verbotenen Bücher sei das Ziel, recht haben könnte. Erst Frau Scarlett und jetzt Ginny Button. Das Einzige, was diese beiden Damen gemeinsam hatten, war ihre Mitgliedschaft im Buchclub und die Tatsache, dass sie beide Dorothy Ingram in die Quere gekommen waren.

Und dann war da noch dieses seltsame Gespräch, das ich zwischen Dorothy und Ginny Button mitbekommen hatte. Nach Dorothys Aussagen war es fast so, als ob Ginny sie hätte erpressen wollen. Aber was für ein Geheimnis hatte eine Frau wie Dorothy, und was würde sie tun, um zu verhindern, dass es an die Öffentlichkeit kam?

Ich reichte Frau Ellis ihren Tee, den sie mit zitternden Fingern entgegennahm. »Frau Ellis, hat Dorothy Ingram schon einmal jemanden aus dem Buchclub bedroht?«

»Oh, ja. Alle paar Monate regt sich diese böse Frau über etwas im Dorf auf, das nicht ihren puritanischen Vorstellungen entspricht. Dann schreibt sie Briefe an den Anzeiger, beklebt die Läden mit Flugblättern und bringt den Kirchenausschuss in Rage. Das Ohr des Pfarrers hört auf sie, weißt du. Aber sie konnte sich nie gegen Gladys durchsetzen. Jedes Mal, wenn Dorothy eine Kampagne gegen den Club der verbotenen Bücher startete, fand Gladys einen Weg, sie lächerlich zu machen und die Leute dazu zu bringen, sie nicht mehr ernst zu nehmen. Und Dorothy fand eine andere Gruppe, der sie Angst machen konnte.«

»Ich habe eine Kolumne im *Anzeiger* gelesen, in der Gladys sich für Sylvia Blume einsetzte.«

»Ja, das war vor ein paar Jahren, als Sylvia ihren Kristallladen eröffnen und ihre Dienste anbieten wollte. Dorothy hat versucht, eine gute altmodische Hexenjagd zu starten. Gladys konnte solche Schikane nicht ertragen und hat sich in der Zeitung ausgelassen. Natürlich kann Dorothy nicht verhindern, dass ein rechtmäßiges Geschäft in der Hauptstraße eröffnet wird. Und nach Gladys' Brief in der Zeitung konnte nichts, was Dorothy sagte, die Dorfbewohner davon abhalten, Schlange zu stehen, um ihre Auren lesen zu lassen, also hat sie Sylvia seither weitgehend in Ruhe gelassen.«

Oder doch nicht? Ginnys Besuch bei Sylvia Blume ging mir nicht aus dem Kopf. Ich war mir sicher, dass es einen Zusammenhang gab, aber ich wusste noch nicht welchen.

»Ich denke, Sie sollten der Polizei erzählen, was Sie mir erzählt haben«, sagte ich. »Es könnte dazu beitragen, die

Lachlans von ihrem Fehlverhalten zu befreien. Schließlich können sie Ginny nicht getötet haben, wenn sie immer noch auf der Polizeiwache festgehalten werden.«

»Oh, das habe ich auch bei meiner Aussage in der Kirche gesagt. Aber ich bezweifle, dass sie mir geglaubt haben. Und sie haben Cynthia und ihren Mann nicht gehen lassen. Ich habe solche Angst, Mina. Wenn jemand schon eine schwangere Frau die Treppe hinunterstößt, was könnte er dann noch alles tun? Willst du nicht heute Nacht bei mir bleiben?« Frau Ellis wimmerte. »Ich habe Angst, dass mir jemand etwas antun will.«

»Ja. Natürlich.« Dann erinnerte ich mich. »Oh, nein, ich kann nicht. Ich bin mit meiner Mutter zum Abendessen verabredet.«

Und mit meinen drei männlichen ... Freunden.

»Ich komme auch!« Frau Ellis wurde munter. »Ich verspreche, ich werde nicht stören. Ich bringe sogar meinen weltberühmten Cottage Pie mit. Für solche Anlässe habe ich immer einen im Gefrierschrank gelagert.«

Was, in Astartes Namen, soll ich darauf erwidern?

»Ähm ... Ich weiß nicht, ob wir genug Platz haben werden. Heathcliff, Morrie und Quoth kommen, und Jo, die Gerichtsmedizinerin. Das Haus meiner Mama ist sehr klein ...«

»Blödsinn. Bei so einer netten Truppe wirst du kaum eine weitere Person bemerken. Und vielleicht kann ich der Gerichtsmedizinerin ein paar nützliche Informationen entlocken, die dir helfen, den Fall zu lösen.«

Ich seufzte. Als ob dieser Abend nicht noch katastrophaler werden könnte. »Klar. Ich schätze, Sie können mitkommen.«

～

NACHDEM SIE IHREN Tee ausgetrunken hatte, wurde Frau Ellis ein bisschen munterer. Grimalkin rollte sich auf ihrem Schoß zusammen und ich brachte es nicht übers Herz, sie darauf hinzuweisen, dass Heathcliff niemanden auf seinem Stuhl duldete. Ich brachte ihr einen Stapel heißer Liebesromane und eine Tafel Schokolade und schon war sie wieder ganz die Alte.

Unten versammelte ich Heathcliff, Morrie und den Raben und erzählte ihnen von den Geschehnissen in der Kirche und dem Gespräch, das ich zwischen Ginny Button und Dorothy Ingram belauscht hatte.

»Frau Ellis glaubt, dass es um den Club der verbotenen Bücher geht, und nach dem heutigen Tag glaube ich das auch.«

»Wenn diese Hexe versucht, dir weh zu tun, werde ich ihr ein verdammtes Kruzifix in den Hals rammen«, knurrte Heathcliff.

»Wenn Dorothy Ingram dahintersteckt, bezweifle ich, dass sie hinter *mir* her ist. Ich war nur bei diesem einen Treffen.«

»Du hast all diese verderblichen Bücher in die Kirche gebracht«, sagte Morrie.

»Stimmt, aber ich glaube, dass das, was dahintersteckt, viel weiter zurückreicht. Ginny hat von Dorothys 'hässlichem kleinen Geheimnis' gesprochen. Um das zu beschützen, könnte Dorothy verzweifelt genug sein, jemanden umzubringen. Das Einzige, was keinen Sinn ergibt, ist das Gespräch zwischen Ginny und Dorothy.«

»Stimmt«, sagte Morrie und rieb sich das Kinn. »Du hast es so dargestellt, als hätte Dorothy Frau Scarlett auf Ginnys Befehl hin getötet, damit Ginny kein Geheimnis über sie verrät. Aber Ginny wollte, dass Dorothy noch mehr Drecksarbeit für sie macht. Dorothy stieß sie die Treppe hinunter, um der Erpressung zu entgehen.«

»Vielleicht bedeutet das, dass sie nicht noch einmal töten wird?«

»Darauf würde ich mich nicht verlassen. Wir wissen nicht, wer sonst noch dieses schmutzige kleine Geheimnis kennt. Wir wissen bereits, dass Gladys der Typ ist, der ein Geheimnis im ganzen Dorf ausplaudert. Hat sie das nicht auch bei den Lachlans gemacht?«

Ich nickte.

»Dann müssen wir nur noch herausfinden, warum Ginny Button den Tod von Frau Scarlett gewollt hat und was sie gegen Dorothy Ingram in der Hand hatte.« Morrie grinste. »Ein verklemmtes Weibsstück wie sie? Ich wette, es ist richtig *schmutzig*.«

»Ich würde es lieber nicht herausfinden, wenn es dir nichts ausmacht«, murmelte Heathcliff.

»Du meinst, du bist nicht im Geringsten neugierig?« Morrie schaute empört. »Ich muss gestehen, dass ich dich nie verstehen werde, Heathcliff. Aber *ich* liebe pikante Geheimnisse.«

Das tat er wirklich. James Moriarty hatte bereits ein ganzes Leben voll mit meinen Geheimnissen in den riesigen Gewölben seines Gehirns gespeichert. Ich fragte mich wieder, ob Morrie selbst irgendwelche pikanten Geheimnisse hatte. Er spielte den lässigen, unbekümmerten Bösewicht zu gut. Aber ich ahnte, dass sich hinter dieser Rolle ein Mann verbarg, der ein ganzes Meer von Schmerz in sich trug.

Oder vielleicht steckte hinter dem Schauspiel auch nur der Teufel selbst. Es war entweder das eine oder das andere.

»Ich werde mir Dorothys Background ansehen. Ich habe bereits alle Damen im Club der verbotenen Bücher gründlich überprüft und bei Ginny ist nichts auffällig, abgesehen davon, dass sie die Diamant-Rubin-Kette für zwanzigtausend Pfund versichert hat. Die einzige alte Schachtel mit Vorstrafen ist Frau Ellis, die einem Polizisten ihre Titten gezeigt hat, um einem Strafzettel zu entgehen.«

»Klasse, Frau Ellis!« Ich grinste. »Ich wusste, dass sie eine wilde Jugend hatte.«

»Jugend? Dieser Vorfall hat sich letztes Jahr ereignet.«

Heathcliff verschluckte sich an seinem Krapfen.

Quoth flatterte von seinem Sitzplatz auf dem Kronleuchter herunter und setzte sich auf meine Schulter. Er neigte den Kopf und seine großen braunen Augen blickten besorgt drein. Ich tätschelte seinen Kopf.

Ich mache mir Sorgen um dich, sagte er in meinem Kopf. *Warum mischst du dich in einen weiteren Mordfall ein? Sollte man der Polizei nicht zutrauen, den Fall zu lösen?*

»Ich stimme dem Vogel zu«, fügte Heathcliff hinzu. »Wir haben schon genug mit einem Laden zu tun, der eine Vorliebe dafür hat, Türen zu öffnen und Überraschungen zu bereiten, und unserer anhaltenden Fehde mit dem Laden-Dessen-Name-Nicht-genannt-Werden-Darf. Morde aufzuklären gehört nicht zu deinem Aufgabenbereich.«

Ich starrte sie alle an und traf auf grimmige schwarze, berechnende blaue und freundliche braune Augen. »Jetzt schon. Die Polizei versucht immer noch, den Tod von Frau Scarlett den Lachlans in die Schuhe zu schieben. Sie glauben, dass Ginny Button die Treppe hinuntergefallen ist. Wenn Dorothy Ingram dahintersteckt, müssen wir der Sache auf den Grund gehen, bevor noch jemand stirbt.« Ich zuckte zusammen. »*Nachdem* wir ein Abendessen mit meiner Mutter überstanden haben.«

20

»Warum müssen wir ein Taxi nehmen?«, grummelte Heathcliff. »Das ist Geldverschwendung. Dein kleiner Kirchenfeststand hat nicht gerade Millionen eingebracht.«

»Kopf hoch, Graf Grummel-Pummel«, sagte ich grinsend. Heathcliff hasste es, wenn wir adlige Namen für ihn erfanden. »Wir nehmen ein Taxi, weil es für Frau Ellis ein weiter Weg ist, vor allem, wenn ein Mörder frei herumläuft. Und das ist die letzte Beschwerde, die ich darüber höre, oder wir spielen nach dem Essen noch Scharade.«

Heathcliff klappte den Mund zu, als das Taxi vorfuhr. Wir stiegen zu fünft ein, Frau Ellis auf dem Vordersitz, den Paillettenschal um ihre breiten Schultern hochgezogen. Ich in der Mitte zwischen Heathcliff und Morrie auf der Rückbank. Quoth auf dem umklappbaren Sitz im Kofferraum. Jo hatte vorhin angerufen, um sich zu entschuldigen, sie musste die Autopsie an Ginny Button durchführen. Sie hatte mir auch die gute Nachricht überbracht, dass das Kind, ein kleiner Junge, überlebt hatte und sich in einem stabilen Zustand im Krankenhaus befand.

Morrie und Frau Ellis plauderten ununterbrochen, während wir durch die Siedlung fuhren. Ich starrte aus dem Fenster und erschauderte bei jedem Detail. Heathcliffs riesige Finger umklammerten mein Knie und ließen nicht mehr los. Ich dachte, er wollte mich nur beruhigen, aber als ich in sein Gesicht sah, waren seine Züge verkniffen. *Er ist auch nervös.*

Ich wusste nicht, was ich davon halten sollte.

Wir bogen um die letzte Ecke und das Taxi verlangsamte das Tempo vor unserem Wohnblock. Die Nachbarn von nebenan feierten gerade eine Art Party. Die Leute strömten aus ihrer Tür auf die klapprige Terrasse und den überwucherten Rasen und auf die Straße. Unser Fahrer fluchte, als er einem großen Sofa auswich, das mitten auf der Straße in Brand gesetzt worden war. Die Leute lachten und schrien, während sie Bierdosen in die Flammen warfen.

»Nun«, sagte Frau Ellis mit gespielter Fröhlichkeit, als sie aus dem Taxi glitt und ihre Handtasche an die Brust drückte. »Das ist schön. Sehr festlich.«

»Wenigstens haben sie es schön warm«, sagte Morrie mit klappernden Zähnen. Er hatte eine seiner maßgeschneiderten Jacken über einer grauen Hose, einem dünnen weißen Hemd und einer schwarzen Seidenweste angezogen. Er sah köstlich aus, war aber nicht gerade für einen britischen Winterabend gekleidet.

Mama riss die Haustür auf und strahlte uns an. Sie trug eine Schürze und eine Kochmütze aus aufgerolltem Zeitungspapier. »Kommt doch rein!«

Nein, Mama, nein. Sie benahm sich wie eine Idiotin und tat so, als wäre sie supervornehm. Das tat sie immer, wenn ich jemanden mit nach Hause brachte, was ich nicht mehr getan hatte, seit Ashley zum ersten Mal zum Abendessen gekommen war. Mama hatte versucht, ihren eigenen Lachs in ihrer Gohr-Met Küchenmaschine zu räuchern und Ashley eine

Lebensmittelvergiftung verpasst. Noch so ein Plan, um schnell reich zu werden.

Ich knirschte mit den Zähnen. *Brachten wir es einfach hinter uns, dann hörte sie auf, mich wegen des Ladens vollzujammern.* »Hallo, Mama, da sind wir alle.« Die Jungs folgten mir ins Haus, Frau Ellis hinterher. Als wir das Wohnzimmer betraten, warf ich einen Blick auf den Küchentisch. Mama hatte die Kisten mit dem Müll weggeräumt, der normalerweise auf dem Tisch lag, und Tischsets (aus farbiger Pappe) sowie unser bestes Geschirr und unsere besten Gläser (alle nicht zusammenpassend, weil es die Stücke mit den kleinsten Macken waren) aufgestellt. In der Mitte des Tisches standen zwei Schüsseln mit fest verschlossenen Deckeln. Mir schauderte es bei dem Gedanken, was sich darin befinden könnte. Ein Stapel Wörterbücher für Haustiere war kunstvoll auf dem Tisch verteilt worden.

Das würde eine Katastrophe werden.

»So, da wären wir.« Mama verschränkte die Hände vor der Brust. »Ich freue mich, endlich Minas neue Freunde kennenzulernen.«

Morrie trat vor und streckte seine Hand aus. »James Moriarty, obwohl meine Freunde mich Morrie nennen. Es ist mir eine Freude, Sie kennenzulernen, Frau Wilde. Ich habe einen Wein für diesen Anlass ausgesucht, es ist ein Schaumwein, also muss er auf idealerweise auf sechs Grad gekühlt werden. Haben Sie einen Eiskübel?«

Mama erkannte die Bedeutung von Morries Namen nicht. Sie war nicht gerade eine große Leserin. »Danke, Morrie. Ich fürchte, ich habe keinen Eiskübel, aber Sie könnten ihn für eine Weile in den Gefrierschrank legen? Mann, sind Sie groß.«

»Ja, das bin ich. Abgesehen von meinem scharfen Verstand ist das eine meiner besten Eigenschaften.« Morrie ging in die Küche, um sich um die Weinsituation zu kümmern.

Heathcliff trat vor und bot seine Hand an. Seine Statur

wirkte in unserer winzigen Wohnung gewaltig, und unter dem Neonlicht wirkten seine schwarzen Augen und sein wildes Haar bedrohlich. »Heathcliff«, murmelte er.

Mama zögerte einen Moment, bevor sie ihm die Hand schüttelte. »Haben Sie auch einen Nachnamen, Heathcliff?«

»Nur Heathcliff.«

»Er lautet Earnshaw.« Ich warf Heathcliff einen vernichtenden Blick zu. In seiner Welt hatte er nur einen Namen, aber unsere verlangte einen Nachnamen.

»Heathcliff Earnshaw.« Auf der Zunge meiner Mutter klangen diese Worte so falsch. »Das ist ein sehr englisch klingender Name. Aber Sie sind doch kein Engländer, oder?«

Ich warf ihr einen warnenden Blick zu, aber sie tat so, als würde sie es nicht bemerken.

Heathcliff zuckte mit den Schultern. »Das hängt von Ihrer Definition ab.«

»Nun, *Heathcliff*, ich würde sagen, ein echter Engländer wäre ...«

»Ich bin Allan Poe«, sagte Quoth, trat um Heathcliff herum und streckte die Hand aus.

Danke, mein schöner Rabe.

Als Mama sich von Heathcliff abwandte, um Quoth zu begrüßen, zuckte sie ein wenig zusammen und ihre Augen wurden glasig. Was auch immer sie Heathcliff hatte sagen wollen, es kam ihr nicht über die Lippen. Quoths Schönheit hatte solch eine Wirkung auf Menschen.

»Es ist mir ein Vergnügen, Allan«, hauchte Mama und ließ ihren Blick über Quoths Porzellanhaut, seine feuerroten Augen und sein schwarzes Haar, das wie ein mitternächtlicher Wasserfall über seinen Rücken fiel, schweifen.

»Und ich bin Mabel Ellis. Ich habe Mina früher in der Schule unterrichtet.« Frau Ellis umarmte meine Mutter herzlich. »Ich freue mich so, dass Sie mich eingeladen haben. Hier. Ich habe einen Cottage Pie mitgebracht.«

»Das ist schön, danke. Nun, lasst uns nicht herumstehen. Bitte, setzt euch. Ich habe würzige Hähnchenvorspeisen gemacht.« Wir setzten uns auf die abgenutzten Sofas und die kaputten Plastikstühle, während Mama einen Teller mit Hähnchen-Nuggets herumreichte, die mit Chiliflocken bestreut und auf Zahnstochern aufgespießt waren.

»Klar.« Morrie ließ sich mit seinem langen Körper auf das Sofa fallen und steckte sich zwei Nuggets in den Mund. Ich unterdrückte ein Kichern, als er die Augen verdrehte und sich mit der Hand über das Gesicht fächelte. *Mama muss sich mit dem Chili wirklich ausgetobt haben.*

»Ich passe«, sagte ich grinsend.

Heathcliff und Quoth passten auch. Frau Ellis nahm einen Spieß, wischte aber das Chili an der Sofakante ab, während Mama ihr den Rücken zuwandte. Mama kam mit einem Tablett mit Getränken zurück und reichte Plastikbecher mit Morries teurem Wein herum, und wir stießen peinlich berührt an.

»Also, Heathcliff, Sie stammen nicht aus Argleton?«, fragte Mama und versuchte erneut, Heathcliff in ein Gespräch zu verwickeln, in dessen Verlauf er zugeben würde, ein Zigeuner zu sein.

»Ich wohne im Laden.«

»Aber Sie sind nicht hier aufgewachsen, oder?«

»Ich glaube, Mama will wissen, wo du herkommst«, sagte ich und schaute Mama finster an. Sie lächelte süßlich und kaute auf einem Hähnchen-Nugget herum.

»Ich bin auf einem Bauernhof in den Yorkshire Mooren aufgewachsen«, sagte er. »Obwohl ich dort nicht geboren wurde. Meine Eltern setzten mich auf den Straßen von Liverpool aus, und ich wurde von der Familie Earnshaw gefunden und aufgezogen. Ich kenne meine wahre Herkunft nicht und will sie auch gar nicht wissen.«

»Ihrer Hautfarbe nach zu urteilen, könnte man meinen, Sie gehören zum Volk der Romani«, sagte Mama.

»Es ist schon mal angedeutet worden«, sagte Heathcliff kurz angebunden.

»Morrie kommt aus London«, verkündete ich, um das Thema zu wechseln.

Mama schnitt eine Grimasse. »London ist so groß und laut. Wir müssen wie Landeier wirken, nachdem Sie in der Großstadt gelebt haben.«

»Argleton ist ein langsameres Leben, aber es hat auch seine Reize.« Morrie fuhr mit einem Finger über meinen Oberschenkel und ein Schauer durchlief meinen Körper. »Aber ja, London war schon immer mein Revier. Abgesehen von einem kurzen Abstecher nach Oxford, wo ich meinen Abschluss gemacht habe, war ich immer in der Stadt und werde vielleicht auch wieder zurückkehren.«

»Oxford?« Mama wurde hellhörig. »Hast du das gehört, Mina?«

»Ja, Mama. Ich habe es gehört. Ich wollte auch nach Oxford gehen, falls du dich erinnerst.«

»Aber du warst noch nie für diese Art des Lernens geeignet. Du bist zu kreativ. Morrie hier hat die Intelligenz dazu. Was machen Sie beruflich, Morrie? Sind Sie ein Arzt? Ein Anwalt? Ein Tech-Unternehmer?« Ihre Augen funkelten. Ich konnte mir praktisch vorstellen, wie sie Morries Geld für eine schrille Fußballer-Villa und einen nierenförmigen Pool ausgab.

»Ich habe etwas medizinische Erfahrung, aber in erster Linie bin ich Mathematiker.«

»Oh«, Mamas Gesicht erstarrte. »Und wie viel verdient ein Mathematiker?«

»Mama, du sollst nicht fragen, was andere Leute verdienen!«

»Das macht mir nichts aus«, sagte Morrie grinsend. »Es kommt ganz darauf an, welche Art von Mathematik man betreibt. Mein Beruf ist besonders lukrativ.«

»Oh, das ist ja wunderbar.« Mama warf mir einen demonstrativen Blick zu, und ich wusste, dass sie sich bereits vorstellte, wie mein Hochzeitskleid aussehen würde, wenn ich Morrie, den gutaussehenden und reichen Mathematiker, heiraten würde. *Boden, bitte könntest du mich jetzt verschlucken.* »Und was ist mit Ihnen, Allan? Wo wurden Sie geboren?«

»Richmond, in den Vereinigten Staaten«, antwortete Quoth.

»Kommt daher auch Ihr Akzent? Sie klingen nicht amerikanisch.«

»Tu ich das nicht?« Quoth neigte seinen Kopf zur Seite. Sein Haar floss über seine Schulter. Ich konnte dem Drang nicht widerstehen und strich es hinter sein Ohr. Er zuckte zusammen, als meine Finger seine Haut streiften. *Er war nervös.*

»Er klingt wirklich exotisch mit seiner sexy, heiseren Stimme«, sagte Frau Ellis. Neben ihr verschluckte sich Heathcliff an seinem Wein.

Mama wusste nicht, was sie darauf antworten sollte. Sie schluckte ihren Drink hinunter und vergaß zum Glück, Quoth zu fragen, womit er sein Geld verdiente. Stattdessen wandte sie sich wieder an Heathcliff. »Und, passiert irgendetwas Interessantes in Ihrem Laden, außer dass Leute ermordet werden?«

»Mama!«

»Was denn, Schatz? Ich frage ja nur. Sicherlich trifft Herr Heathcliff interessante Kunden.«

»Nein«, murmelte Heathcliff in sein Glas.

»Wir hatten einen Auftritt des Schreckens von Argleton«,

sagte Morrie und erschauderte bei der Erinnerung an die Maus in seiner Hose.

»Die Maus aus der Zeitung?« Mama spitzte die Ohren. »Haben Sie ein Foto gemacht?«

»Kaum. Das verdammte Ding ist zu schnell für uns. Nicht einmal die Ladenkatze Grimalkin konnte sie fangen.«

»Ich weiß!« Mama kramte in dem Bücherstapel auf dem Tisch. Sie zog eines heraus und schob es Heathcliff in den Schoß. »Sie brauchen das hier!«

Ich warf einen Blick auf den Titel. *Mäusesprache für Menschen.* »Mama, nein ...«

»Doch, es ist perfekt! Damit kann man ihr Quieken übersetzen, herausfinden, was sie will, und sie dann in die Falle locken.«

Heathcliffs Kinnlade wanderte auf und ab. Ich dachte erst, er sei sauer, aber dann bemerkte ich das Funkeln in seinen Augen, als er sich ein Lachen verkneifen musste.

Morrie rieb sich das Kinn. »Es ist einen Versuch wert. In diesem Stadium würde ich alles tun, um diese widerliche Kreatur loszuwerden. Wie viel schulde ich Ihnen für das Buch?«

»Nehmen Sie es als Geschenk. Wenn Sie die Maus gefangen haben, wird die Zeitung einen Artikel über Sie bringen und Sie können erzählen, wie mein Buch Ihnen geholfen hat. Wir können zusammenarbeiten, um unser Image zu verbessern!«

»Ein ausgezeichneter Plan.« Morrie tätschelte Heathcliffs Knie. »Heathcliff braucht definitiv Hilfe bei seinem Image.«

Heathcliff steckte das Buch in seine Jacke. »Danke«, brachte er mit Mühe heraus.

»Mama, wir möchten dich eigentlich etwas fragen. Hatte Sylvia Blume in letzter Zeit Streit mit Dorothy Ingram? Oder mit Ginny Button?«

»Oh, Mina, du mischst dich doch nicht in diesen Mord ein,

oder?« Mama runzelte die Stirn. »Du bringst die Polizei nur wieder dazu, dich zu verdächtigen.«

»Das tue ich nicht, Mama. Ich schwöre es.« Ich überlegte schnell. »Ich habe nur diesen alten Artikel in der Zeitung gefunden, als ich Frau Ellis beim Schreiben des Nachrufs geholfen habe.«

Ich zückte mein Handy und zeigte ihr den Artikel. Als sie ihn überflog, verzog sich ihr Mund bei Frau Scarletts bissigen Worten zu einem Lächeln.

»Sylvias unangenehme Geschichte mit Dorothy Ingram ist schon seit vielen Jahren vorbei. Soweit ich weiß, hat Dorothy nie einen Fuß in den Laden gesetzt oder ein weiteres Wort darüber verloren, dass Sylvia eine Hexe ist. Ginny Button kam immer wieder mit Diamanten beladen in den Laden, um sich die Zukunft vorhersagen zu lassen. Seltsamerweise hat sie nie für ihre Lesungen bezahlt. Ich mochte sie nicht besonders, sie hat immer so abfällige Dinge über meine Klamotten gesagt.« Mama strich die Vorderseite des senffarbenen Cocktailkleides glatt, das sie in einem Wohltätigkeitsladen erstanden hatte. »Ich nehme an, jetzt wird sie nichts mehr sagen.«

»Hast du Ginny jemals mit Frau Scarlett gesehen?«

»Oh, die ganze Zeit! Die beiden haben sich sehr für den Geschichtsverein engagiert, der an dem großen Projekt im alten Argleton-Krankenhaus arbeitet, du weißt schon, die Akten sortieren und so weiter, bevor es abgerissen wird. Sie kamen auf einen Kaffee in die Stadt, um mit Sylvia zu plaudern. Natürlich«, sagt sie stirnrunzelnd, »ist das in letzter Zeit nicht mehr passiert.«

»Warum nicht?«

»Ich weiß es nicht, Schatz. Sylvia hat nur gesagt, dass sie mit der Art und Weise, wie Gladys den Planungsausschuss leitet, nicht zufrieden ist. Aber ich achte nicht auf diesen politischen Kram.«

Die Eieruhr ertönte in der Küche. Mama stand auf. »Oh, das ist das Abendessen. Mina, setz bitte alle an den Tisch und füll die Gläser auf.«

Ich zog Stühle hervor und alle setzten sich. Mama kam aus der Küche zurück und trug ein großes Tablett mit etwas, das verdächtig nach einem Fleischklopssalat aussah.

Es war ein Fleischklopssalat. Was dachte sie sich nur dabei?

Ich war praktisch mit Fleischklopssalat aufgewachsen. Er bestand aus Schichten von Rösti, gekochten Eiern und billigen Würstchen, die in Stücke geschnitten und in Nudelsoße aus der Dose gekocht wurden, und das Ganze wurde mit einer Schicht Käse abgeschlossen.

Meine Wangen röteten sich. Für Mama war das ihr Markenzeichen, aber für alle anderen war es ein furchtbares, wabbeliges, fettiges Durcheinander. Es war es fast, *fast* wert, das Gesicht von Gourmet Morrie zu sehen, als sie das Gericht vor ihm abstellte und anfing, die käsige Röstikruste zu durchschneiden.

»Ist das genug für Sie, Morrie?«, sagte sie fröhlich und servierte ihm einen großen Klecks. Die Tomatensoße leuchtete unter den Neonröhren in unserer Küche grellrot.

»Oh ja, das wird wunderbar sein.« Morrie griff nach seinem Wein und leerte ihn, dann griff er nach der Flasche auf dem Tresen und füllte sein Glas bis zum Rand.

»Mina, reich den Salat herum«, befahl Mama, während sie eine noch größere Scheibe auf Heathcliffs Teller kippte.

Behutsam hob ich die Deckel von den beiden Schüsseln auf dem Tisch und entdeckte einen Kartoffelsalat von Tesco und ein paar traurig aussehende Brötchen. Neben dem Essen meiner Mutter war Frau Ellis' goldbrauner Cottage Pie ein Michelinstern wert.

Heathcliff stürzte sich darauf, sobald Mama ihm seinen Teller reichte. Mama strahlte, als wäre das ein Kompliment für ihre Kochkünste. Das war es aber nicht, das Moor musste Heathcliffs Geschmacksnerven vernebelt haben, denn er würde *alles* essen. Einmal hatte ich ihn auf einer Lakritzstange kauen sehen, die so alt war, dass sie *versteinert* war. Ich stocherte in meinem Essen herum, zu beschämt, um auch nur einen Bissen zu kosten.

»Das ist köstlich, Helen.« Morrie zwinkerte mir zu, während er einen weiteren Bissen hinunterzwang. »Kochen Sie das immer, wenn Mina einen Jungen mit nach Hause bringt?«

»Mina hat noch nie einen Jungen mit nach Hause gebracht«, sagte Mama und strahlte bei ihren Worten. Ich fragte mich, ob sie schon die Hochzeitsblumen ausgesucht hatte. »Sie mag es nicht, wenn ich mich in diesen Teil ihres Lebens einmische, nicht wahr, Schatz?«

Ich frage mich, warum das wohl so war, Mutter?

»Ich bin überrascht«, sagte Morrie und baute eine Mauer aus seinen Rösti, damit es so aussah, als hätte er mehr gegessen. »Mina ist so schön und umwerfend klug. Ich vermute, der einzige Grund, warum sie noch nicht mehr Jungs gehabt hat, ist die Tatsache, dass sich die Leichen in ihrem Kielwasser stapeln.«

Heathcliff schnaubte. Neben mir wackelte Quoth auf seinem Sitz. Er hob die Hand an seine Wange, als eine schwarze Feder durch seine Haut schoss. *Scheiße, Scheiße.*

»Mina ist *zu* klug. Das ist ihr großes Problem. Ich sage ihr immer wieder, dass Jungs keine klugen Mädchen mögen, es sei denn, sie sind Mathematiker, natürlich. Ist einer von euch der Freund von Mina?« Mama blickte alle der Reihe nach an und lächelte hoffnungsvoll, als sie bei Morrie landete.

Oh Mama, wenn du nur wüsstest...

»Ich weiß nicht, ob sie sich nur einen von uns aussuchen könnte«, sagte Morrie sanft und schob seinen Fleischklops auf Heathcliffs Teller.

»Ich muss auf die Toilette«, hauchte Quoth.

»Aber sicher, Allan. Es ist gleich da drüben ...« Quoth warf mir einen verzweifelten Blick zu, bevor er im Flur verschwand. Mama warf mir ebenfalls einen Blick zu, den ich geflissentlich ignorierte.

»Eigentlich, Mama, muss ich mich .... frisch machen«, keuchte ich.

»Aber Mina, ich will wissen, mit wem du dich triffst!«

»Morrie hat recht. Ich kann mich unmöglich entscheiden. Ich bin gleich wieder da.« Ich rannte in den Flur. Die Badezimmertür war noch offen, aber meine Schlafzimmertür war geschlossen. Ich klopfte gegen das Holz. »Quoth?«

»Krächz!«

Ich stieß die Tür auf. Der Boden meines Zimmers war mit Klamotten übersät. Ein Rabe kämpfte gegen das Fenster und versuchte mit seinen Krallen, den Hebel zu betätigen.

»Oh, nein, das tust du nicht.« Ich griff nach dem Riegel und zog ihn zu. Quoth hüpfte wütend auf das Bett. Ich kniete mich neben ihn und begegnete seinem verängstigten Blick mit meinem eigenen. »Wenn ich diese Tortur ertragen muss, dann musst du das auch. Ich habe dich in den letzten Wochen beobachtet, du lernst, deine Verwandlungen zu kontrollieren. Du musst sie nur kontrollieren wollen. Wenn du es nicht für dich tun willst, dann tu es für mich.«

»Krächz!« Quoth schlug mit den Flügeln und hüpfte von einem Fuß auf den anderen.

Mina, ich schaffe das nicht. Ich kann nicht! Sag deiner Mutter, dass es mir schlecht ging und ich nach Hause gehen musste.

Ich stand auf. »Nein. Ich werde keine Ausreden für dich erfinden. Ich sehe dich im Wohnzimmer. Lass mich da draußen nicht allein mit Morrie, Heathcliff und *meiner Mutter.*«

Ich ließ die Tür einen Spalt offen und kehrte zu meinem Platz zurück. Morrie und meine Mutter hatten die Köpfe zusammengesteckt und flüsterten heimlich. Frau Ellis hatte ihren Wein ausgetrunken und mit meinem begonnen, während Heathcliff das Essen von Quoth verputzte.

»Was habe ich verpasst?«, sagte ich fröhlich und setzte ein falsches Lächeln auf.

»Oh, Mina. Morrie hat mir gerade von deinen cleveren Ideen für den Laden erzählt«, sagte Mama strahlend. »Du veranstaltest Buchclubs und Autorengespräche, hängst Werke von lokalen Künstlern auf und startest mit Social Media. Außerdem hast du den tristen Laden mit Lampen und Laternen aufgepeppt!«

»Oh ja, Mina hat alle möglichen Pläne für *meinen* Laden«, murmelte Heathcliff.

»Wissen Sie, was auch eine wirklich clevere Idee wäre?« Mama hielt eines ihrer Wörterbücher hoch. »Eine Auslage mit Tierlexika auf der Theke! Es gibt so viele Haustierbesitzer in Argleton und ...«

»Mama, *nein!*«

»Ihr habt hunderte von Büchern in eurem alten Laden, die niemand kaufen will. Ich wüsste nicht, warum es ein Problem sein sollte, noch ein paar hinzuzufügen.« Mama strahlte. »Vor allem mit deinen kaufmännischen Fähigkeiten, Mina. Du könntest dir einen cleveren Marketingplan ausdenken und ...«

Draußen gab es einen lauten Knall auf der Straße, als einer der Nachbarn sein Luftgewehr abfeuerte. Etwas polterte gegen die Hausflurwand, gefolgt von einem leisen »Krächz?«

Ich seufzte und schob meinen Stuhl zurück. »Ich werde nachsehen, was das ist. Vielleicht hat sich die Badezimmertür verklemmt ...«

»Krächz!« Quoth stürmte in den Raum und machte große Augen. Er stürzte über den Tisch und schleuderte Teller und Besteck quer durch den Raum. Er rutschte von der Kante und krachte auf den Boden.

»Quoth?« Ich streckte die Hand nach ihm aus, aber in seiner Panik sah er mich nicht. Er kletterte an der Couch hoch und stürzte sich in die Luft, flog im Kreis durch den Raum und stieß ein erschrockenes Krächzen aus.

»Argh, was macht der Vogel hier drin!« Mama griff nach dem Besen und schwang ihn nach Quoth. »Husch, husch!«

Ich hatte versucht, aus dem Fenster zu klettern!, schrie Quoth in meinem Kopf. *Deine Nachbarn hatten mit einer Waffe auf mich geschossen!*

»Alles in Ordnung. Es ist nur ein Luftgewehr«, rief ich und stürzte mich auf ihn. Aber das Adrenalin musste durch Quoths winzigen Körper geschossen sein und ihn mit dem Fluchtinstinkt erfüllt haben. Er sprang zwischen meinen Armen hindurch und segelte zurück zum Tisch.

»Schlag ihn mit der Weinflasche!«, rief Mama.

»Nein, Mama, ist schon gut. Er ist ... ähm, er ist Quoth, unser Ladenvogel.« Ich versuchte, Quoth unter dem Tisch hervorzulocken. »Er ist ein bisschen besitzergreifend, also muss er uns bis hierher gefolgt sein. Ich glaube, die Nachbarn haben ihn erschreckt.«

»Na, dann raus mit ihm.«

Ich versuchte, Quoth zurück in den Flur zu scheuchen, aber das gefiel ihm nicht. Er schlitterte über den Küchenboden und zwängte sich in die Lücke zwischen dem Tresen und Mamas Wörterbuchkisten. Der Kistenstapel wackelte, und die oberste Kiste rutschte herunter und krachte auf den Boden.

»Oh, Mina«, schrie Mama. »Halt ihn auf!«

Als ich über die Möbel kletterte und einem panischen Quoth hinterherlief, begleitete ein scharfes Klingeln seine Schreie. Morrie hob das Telefon an sein Ohr und wollte den Raum verlassen. Ich legte eine Hand auf sein Knie. »Du kannst mich nicht hier allein lassen.«

»Tut mir leid, meine Schöne, ich kann bei Quoths

Gekrächze nichts verstehen. Außerdem scheinst du alles unter Kontrolle zu haben.« Morrie zwinkerte.

»Sag ihnen, sie sollen dich zurückrufen. Ich *brauche* dich.«

»Es wird nicht lange dauern.« Morrie schlich sich davon. Heathcliff war nicht einmal vom Tisch aufgestanden, obwohl seine Augen mich mit einem intensiven Blick verfolgten.

»Na, das wird lustig!« Frau Ellis strahlte und bediente sich an Morries Wein, während Quoth hinter den Kisten hervorkam und sich auf das Sofa stürzte. Ich sprang quer durch den Raum und schlang meine Arme um ihn.

»Hab ich dich!« Ich hielt seinen zitternden Körper hoch. Armer Kerl, er war wirklich verängstigt. Ich drückte Quoth an meine Brust und gurrte ihn an.

Mina, Mina, sie haben auf mich geschossen!

Ich weiß. Pssst. Jetzt ist alles gut.

»Ist es sicher, wenn du den Vogel so hältst?« Mama runzelte die Stirn. »Was, wenn er Krankheiten hat?«

»Nein, er ist in Ordnung. Wir geben ihm Spritzen.« Quoth schmiegte seinen Kopf an meine Schulter. Ich suchte verzweifelt nach einer Möglichkeit, die Situation zu retten. »Ich werde ihn einfach so halten und er wird sich benehmen, das verspreche ich. Habe ich in der Küche eine Art Baiser gesehen?«

»Oh, ja!« Mama rannte los, um den Nachtisch vorzubereiten. Ich ließ mich neben Heathcliff nieder, Quoth in meinen Armen. »Hast du etwas Stärkeres als Wein in deinem Schreibtisch im Laden?«

»Ich habe überall im Laden Schnaps versteckt. Nur so kann ich die Kunden ertragen. Warum?«

»Nach heute Abend werde ich alles trinken müssen. Bis zum letzten Tropfen.«

»Nicht, wenn ich zuerst da bin.« Heathcliffs dunkle Augen funkelten, und seine Lippen zogen sich nach oben, sodass er fast lächelte. Ein seltsames, flatterndes Gefühl zog an meiner Brust, als ich meine Hand in seine legte.

»Los geht es!« Mama betrat das Zimmer mit einem großen Tablett. Sie runzelte die Stirn, als sie Heathcliff und mich zusammensitzen sah. »Wo sind denn alle? Ist Allan noch nicht aus dem Bad zurück?«

»Er meint, er hat Verstopfung«, murmelte Heathcliff.

Ich knallte meinen Fuß auf Heathcliffs Stiefel. Er zuckte zusammen, nahm seine Aussage aber nicht zurück.

»Morrie musste nur kurz zum Telefonieren raus.« Ich starrte entsetzt auf den Nachtisch. »Mama, was *ist* das?«

»Ich nenne es 'Helen's Mess'. Es ist wie Eton Mess, nur dass ich statt Erdbeerpüree Erdbeereissauce und Lakritzsorten verwendet habe.« Sie zeigte auf den riesigen Haufen Lutscher. »Und obendrauf habe ich ein paar Cadbury-Schokoladenstückchen gelegt. Ich dachte, wir könnten etwas Ausgefallenes essen, wenn deine Freunde zu Besuch kommen.«

»Das sieht lecker aus.« Ich ließ sie eine große Portion für mich in eine Schüssel löffeln. »Danke.«

Morrie stürmte ins Zimmer und wedelte mit seinem Telefon. »Es tut mir leid, Helen. Wir können leider nicht zum Nachtisch bleiben.« Er schob das Telefon zurück in seine Tasche. »Das war Jo. Frau Winstone ist ins Krankenhaus eingeliefert worden. Jemand hat versucht, sie umzubringen.«

21

»Oh, mir geht es wirklich bestens«, krächzte Frau Winstone. »Die Ärzte sagen, ich komme morgen wieder raus.«

Sie sah nicht bestens aus. Ein violetter Bluterguss bedeckte ihr halbes Gesicht und weitere blaue Flecken befanden sich auf ihren Armen. Sie drückte auf den Knopf an ihrem Bett, um das Kopfteil zu verstellen und uns anzusehen, und die Verrenkung ihres Kiefers verriet, dass die ruckartige Bewegung ihr wehtat.

Ich konnte nicht glauben, dass jemand versucht hatte, diese süße Frau zu töten. Es schien nicht möglich zu sein.

»Pffft. Was wissen Ärzte schon? Die sind noch schlimmer als diese inkompetenten Detektive«, spottete Frau Ellis und drückte die Hand ihrer Cousine. »Brenda, unser Buchclub wird eine nach der anderen ausgeschaltet, und sie halten *immer* noch Gray und Cynthia fest. Die Lachlans können dich doch gar nicht angegriffen haben, weil sie hinter Schloss und Riegel sind!«

»Ich habe gerade mit Kommissar Hayes gesprochen«, sagte Frau Winstone und ihr Gesichtsausdruck wurde ärgerlich. »Dieser dumme Bulle glaubt nicht, dass Gladys' Tod mit meinem Angriff zu tun hat.«

»Pah! Dann ist er ein noch größerer Idiot, als ich zuerst dachte.« Frau Ellis rieb Frau Winstone die Finger. »Jetzt mach dir keine Sorgen. Mina wird uns helfen, die Person zu finden, die dich angegriffen hat.«

Frau Winstones Augen weiteten sich. »Mina, ist das wahr? Oh, Sie sind wirklich ein Schatz.«

»Ich werde es versuchen«, versprach ich, denn das tat man, wenn einen eine Person in einem Krankenhausbett mit einem so hoffnungsvollen Blick ansah. »Aber Sie müssen bedenken, dass ich keine Polizistin bin, also kann ich nicht ...«

»Oh, ich traue diesem Kommissar Hayes nicht über den Weg, auch wenn er mit seinem Schnurrbart sehr gut aussieht.« Frau Ellis seufzte. »Hast du einen Verdächtigen im Sinn?«

»Ein paar«, sagte ich und dachte an Frau Blume, die mit Ginny in ihrer Hütte gesprochen hatte, und an Dorothy Ingrams wütendes Gesicht in der Kirche. »Ich fange an, die Dinge zusammenzufügen. Können Sie mir sagen, was passiert ist?«

»Ich war in der Bibliothek und habe mit den Bibliothekaren über eine Bastel- und Geschichtenstunde für Kinder gesprochen. Sie sind sehr begeistert, vor allem, nachdem sie so viel Gutes über meine Leitung der Jugendgruppe gehört haben. Anscheinend betteln all die lieben Kinder darum, dass ich zurückkomme.« Sie lächelte wehmütig. »Auf dem Heimweg hielt ich am Markt an und kaufte ein paar Lebensmittel ein. Ich stellte die Tüten auf der Treppe ab und kramte in meiner Handtasche nach den Schlüsseln, als jemand von hinten kam und mich mit einem harten Gegenstand ins Gesicht schlug.« Sie zuckte zusammen, als sie ihren Arm hob. »Ich weiß noch, dass ich dachte: 'Mich kriegst du nicht so, wie du die arme Gladys gekriegt hast! Ich stürzte mich auf den Angreifer, packte seinen Arm und rang mit ihm. Es gelang mir, den Gegenstand zu ergreifen, mit dem er mich geschlagen hatte. Er war lang und rund und aus Holz, aber er riss ihn mir aus der Hand und trat mich, sodass ich fiel und mit dem Kopf auf der Treppe aufschlug. Er schlug mich noch ein paar Mal.« Sie deutete auf die blauen Flecken an ihren Armen. »Er muss gedacht haben, dass ich tot bin, denn er hat sich aus dem Staub gemacht, ohne die Arbeit zu beenden.«

Ein langer Holzgegenstand, wie Dorothy Ingrams Gehstock.

»Konnten Sie die Person, die Sie angegriffen hat, erkennen? Was können Sie uns über sie sagen?«

»Es war eine schlanke Person, vielleicht eine Frau, aber ich kann es nicht genau sagen.« Frau Winstone rang die Hände. »Sie trug einen Schleier über ihrem Gesicht und dunkle Kleidung. Es wurde gerade dunkel, als ich aus dem Auto stieg, und die Lampe über der Tür ist kaputt, deshalb kann ich sie leider nicht besser beschreiben.«

»Und haben Sie jemandem in der Bücherei gesagt, dass Sie einkaufen gehen wollten?«

»Nun ... ja. Ein paar Damen aus der Kirche standen vor der Bibliothek und verteilten Flugblätter mit von der Kirche empfohlenem Lesestoff. Ich hielt an, um zu plaudern. Cassandra Irons und Dorothy Ingram stimmten mir zu, was die miserable Gemüseauswahl des Marktes angeht. Dorothy erzählte mir, dass sie an diesem Morgen frische Karotten von der Ingles-Farm bekommen hatten und wenn ich schnell hinginge, könnte ich welche fürs Abendessen besorgen.«

»Dorothy wusste also, dass Sie zum Markt gehen wollten?«

Frau Winstone nickte.

»Und was war mit den Autos in Ihrer Straße, als Sie nach Hause fuhren? Was ist mit Ihrem Mann, wo war er? Hat er etwas Ungewöhnliches bemerkt?«

»Oh, Harold ist geschäftlich unterwegs und sucht nach alten Archiven, die mit dem Projekt zum alten Krankenhaus zu tun haben. Er ist jetzt schon ein paar Tage weg und er hat gesagt, dass wir ihn frühestens in drei Wochen zurückerwarten können.«

»Und er schafft es nicht, Sie im Krankenhaus zu besuchen?« Langsam glaubte ich, was Frau Ellis über Harold Winstone, den berühmten Historiker, gesagt hatte.

»Oh nein, ich habe ihm gesagt, dass er sich keine Sorgen um mich machen soll«, entgegnete sie strahlend. »Mir geht es gut, und Harold ist so in seine Arbeit vertieft. Ich will ihn nicht stören. Woran ich mich noch erinnern kann, ist ein graues Auto, das an der Ecke geparkt war, als ich in die Straße einbog. Ich erinnere mich deutlich daran, denn es war auf der Straße vor dem Haus meiner Nachbarin Gillian Appleby geparkt und das ist sehr ungewöhnlich. Gillians Besucher parken immer in ihrer Einfahrt, aber ich bemerkte zufällig, dass ihre Vorhänge geschlossen waren. Es sah nicht einmal so aus, als wäre sie zu Hause.«

Ich wandte mich an Frau Ellis. »Wissen Sie, was für ein Auto Frau Ingram fährt?«

»Ich glaube, es ist ein grauer Nissan«, sagte Frau Ellis. »Mina, was willst du damit sagen?«

Ich wandte mich an Frau Ellis. »Dorothy Ingram hatte die Gelegenheit. Sie wusste, dass Frau Winstone auf dem Weg zum Markt war, was ihr genug Zeit gab, dorthin zu fahren und sich im Garten zu verstecken. Sie besitzt ein graues Auto *und* benutzt einen Gehstock, der die Waffe gewesen sein könnte. *Und* sie hatte ein Motiv. Sie wollte den Club der verbotenen Bücher beenden. Ich glaube, sie ist nicht nur für Brendas Angriff verantwortlich, sondern auch für die anderen Morde.«

Frau Ellis schnappte nach Luft. »Das ist doch sicher kein Grund, die arme Gladys und Ginny zu ermorden und fast auch noch Ginnys Baby zu töten!«

»Wenn ich eines aus den Hunderten von Krimis gelernt habe, die ich im Laufe der Jahre gelesen habe, dann, dass die

Menschen alle möglichen Motive haben, die man nicht erklären kann. Sowohl Frau Scarlett als auch Ginny Button haben sich für ihr sogenanntes sündhaftes Verhalten Dorothys Zorn zugezogen. Gladys, weil sie den Buchclub gegründet hat, und Ginny, weil sie ein uneheliches Kind bekommen hat, und ich glaube auch, dass sie Dorothy Ingram erpresst hat.« Ich tätschelte Frau Winstone den Arm. »Und *Sie* haben versucht, den Verstand unschuldiger Kinder durch nicht genehmigte Bücher zu verderben. Es passt alles zusammen. Wir müssen zur Polizei gehen.«

»Ich habe ihnen schon alles gesagt, was ich Ihnen gerade erzählt habe«, sagte Frau Winstone. »Trotz des Zettels in ihren Händen und der fehlenden Halskette denken sie, dass der Tod der armen Ginny nur ein Unfall war. Hayes sagte, dass einer der Trauernden die Diamanten während des Tumults eingesteckt hat und er glaubt, dass mir ein junger Ganove auf den Kopf geschlagen hat, als er versuchte, meine Handtasche zu klauen. Aber als ich zu mir kam, lag meine Handtasche neben mir auf dem Boden!«

»Was können wir tun, wenn die Polizei sich weigert, uns zuzuhören!«, rief Frau Ellis.

»Wir müssen weitere zwingende Beweise finden. Wenn es dir recht ist, Brenda, würde ich mich gerne in deinem Garten umsehen.«

»Natürlich.« Brendas Finger schlossen sich um meine. »Wenn Dorothy dahintersteckt, will ich sie im Gefängnis sehen, für das, was sie dem armen Baby von Ginny fast angetan hat. Einem Kind weh zu tun, ist das Schrecklichste, was es gibt. Wir sind so froh, dass das Kind überlebt hat.«

Das arme Baby. »Was wird jetzt mit ihm geschehen? Wird es zu seinem Vater kommen?«

»Nein, nein. Wenn Ginny überhaupt wusste, wer der Vater ist, hat sie es nicht preisgegeben«, sagte Frau Ellis. »Brenda wird das Kind adoptieren, sobald sie dazu in der Lage ist. Ist das nicht wunderbar?«

Brenda strahlte. »Ich wollte schon immer ein eigenes Kind haben. Wenn diese Tragödie einen Silberstreif am Horizont hat, dann den, dass ich diesem Kind ein glückliches Zuhause geben kann.«

Eine Krankenschwester kam herein und scheuchte uns weg, damit Frau Winstone sich ausruhen konnte. Im Gemeinschaftsraum zitterte Frau Ellis. »Was soll ich nur tun? Wenn Dorothy wirklich Mitglieder des Clubs der verbotenen Bücher tötet, könnte ich die Nächste sein!«

»Das werde ich nicht zulassen.« Ich dachte an den Schrecken von Argleton und die ausgeklügelten Fallen, die Greta und die anderen Ladenbesitzer des Dorfes ausgeheckt hatten. »Ich habe eine Idee. Wir werden eine Falle aufstellen.«

22

»Wie genau hast du noch einmal vor, meinen Laden in eine Falle zu verwandeln?«, knurrte Heathcliff.

»Das ist ganz einfach. Ich habe Zettel in den Briefkästen von Frau Ellis und Frau Blume hinterlassen, auf denen ich sie zu einem besonderen Treffen des Clubs der verbotenen Bücher einlade, um ihrer verstorbenen Freunde zu gedenken. Und um über eine Rekrutierungskampagne zu sprechen, die mehr junge Leute dazu bringen soll, verbotene Bücher zu lesen. Das Treffen findet direkt hier im Laden statt. Frau Ellis wird dafür sorgen, dass sie allen klatschsüchtigen alten Weibern, die sie kennt, davon erzählt, und das sind im Grunde alle. Wir werden dafür sorgen, dass Dorothy Ingram davon erfährt. Heute Abend campieren die Damen im Raum für Weltgeschichte und kein Essen oder Gegenstand darf die Tür passieren, es sei denn, einer von uns hat es persönlich erworben oder inspiziert. Und dann warten wir. Quoth wird Dorothy beschatten und sehen, was sie tut.«

»Ich habe ein Problem mit diesem Plan«, verkündete Heathcliff.

»Nur eins?«, meldete sich Morrie zu Wort und tippte auf

sein Telefon. »Ich habe mindestens siebzehn, angefangen bei der Tatsache, dass du unten bei den alten Weibern schläfst und nicht oben in meinem Bett.«

»Ich werde mit einem Mörder auf freiem Fuß im Raum nicht gerade *schlafen*«, gab ich zu bedenken.

»Du würdest auch nicht in meinem Bett schlafen, meine Hübsche.«

»Was ich wissen will, ist, warum all die verdammten Fallen in meinem Laden aufgestellt werden müssen?«, grummelte Heathcliff. »Und warum musst du dich selbst in Gefahr bringen?«

»Wenn Frau Ellis etwas zustoßen würde, könnte ich nicht damit leben, dass ich etwas hätte tun können. Das ist mein letztes Wort.«

Ich überließ es den Jungs, die Fenster zu sichern und eine Sprengfalle in der Tür des Raums für Weltgeschichte zu platzieren. Ich ging ich zu Gretas Bäckerei und bestellte einen großen Stapel Essen, bei dessen Zubereitung ich ihr zusah und den sie mir reichte. Ich konnte es mir nicht leisten, ein Risiko einzugehen. Im Getränkemarkt suchte mir ein paar Flaschen Wein aus. Ich überprüfte die Deckel gründlich, um sicherzustellen, dass sie noch versiegelt waren. In der Wohnung von Frau Ellis zog ich Laken und Bettdecken vom Bett und trug sie nach nebenan, um mich für die Übernachtung einzurichten.

Quoth kam mir in der Tür entgegen und befreite mich von meiner Last. »Hier sieht es jetzt fast schon gemütlich aus.«

Dem musste ich zustimmen. Sie hatten alle Möbel zur Seite geschoben, so wie ich es für das Treffen des Clubs der verbotenen Bücher getan hatte. Morrie hatte einen Projektor an eine seiner Festplatten angeschlossen und ließ bereits die Version von *Sturmhöhe* aus dem Jahr 1939 ablaufen, in der Laurence Olivier seinen schmachtenden Heathcliff zum Besten gab.

»Wenn ich nicht um mein Leben fürchten müsste, würde das hier richtig Spaß machen!« Frau Ellis schnappte sich einen Sahnekrapfen vom Stapel und streckte sich auf der Chaiselongue aus. »Du solltest öfters solche Veranstaltungen in der Buchhandlung machen. Ich bin sicher, dass Brenda gerne die Jugendgruppe mitbringen würde.«

Ich dachte an Filmabende zum Thema Bücher mit dem Projektor, an Vorträge über die lokale Geschichte oder an Buchvorstellungen. »Ich werde versuchen, Heathcliff zu überzeugen.«

»Nein«, sagte Heathcliff hinter seinem Schreibtisch im anderen Raum.

»Du hast nicht einmal gehört, was ich gesagt habe.«

»Du willst den Laden zu einem attraktiven Ort machen, an den die Leute kommen wollen, und ich habe Nein gesagt.«

Ich streckte ihm die Zunge raus. »Mit dir hat man keinen Spaß.«

»Das hast du am Freitagabend nicht gesagt.«

Frau Ellis richtete sich auf und ihre Augen funkelten. »Was war am Freitagabend, Liebes?«

Mein Gesicht errötete. »Gehen Sie zurück zu Ihrem Film, Frau Ellis. Ich muss mit Heathcliff unter vier Augen sprechen.«

Sie drückte meine Hand und zog mich näher zu sich, damit sie mir etwas so Schmutziges zuflüstern konnte, dass ich von Kopf bis Fuß rot wurde.

Wie konnte diese Frau nur vierzig Jahre lang unschuldige Kinder unterrichten?

Ich schlich mich aus dem Zimmer und setzte mich auf die Kante von Heathcliffs Schreibtisch. »Sie haben es sich gemütlich gemacht, wie die Maden im Speck.«

»Das ist ein schreckliches Sprichwort. Eine Made sollte im Speck nichts zu suchen haben.« Er blätterte eine Seite in seinem Buch um. »Morrie will, dass du nach oben gehst.«

»Will er das? Du willst nicht, dass ich ...«

»Nein.« Heathcliffs Finger glitten zwischen die Seiten. Sein Mund verzog sich zu einem Grinsen. »Ich übernehme die erste Wache.«

»Bist du sicher?«

Er lehnte sich in seinem Stuhl zurück, schlug die Knöchel übereinander und tätschelte den Bücherstapel neben sich. »Mir geht es gut.«

»Okay. Stell deinen Wecker und hol Morrie in zwei Stunden ab.«

»Wenn du das sagst.«

Ich schlich die Treppe hinauf. Ich hatte noch mehr Lichterketten im Treppenhaus aufgehängt. Morrie hatte sie für mich angelassen. Als ich durch die funkelnden Lichter zur Wohnung im zweiten Stock hinaufstieg, hatte ich das Gefühl, in eine magische Welt aufzusteigen. In gewisser Weise tat ich das auch.

»Morrie?« Ich stieß die Wohnungstür auf und erwartete, den Schein seines Computerbildschirms in der Nische zu sehen, die er als Büro nutzte. Stattdessen lag das Wohnzimmer im Schatten, das einzige Licht kam aus dem Flur, der zum Bad und den Schlafzimmern führte.

»Oh, meine Hübsche«, rief mir eine zuckersüße Stimme aus den Tiefen der Wohnung zu. »Willst du nicht zu mir kommen?«

Ich trat in den Flur und mein Herz klopfte vor köstlicher Vorfreude. Morries Tür war einen Spalt offen. Ich stieß sie mit meinem Fuß auf und spähte in die Dunkelheit. »Was?«

»Ich habe eine Überraschung für dich«, flüsterte er und seine Worte trieften vor Lust.

»Ja?« Alle Gedanken daran, den Mörder zu fangen, verflüchtigten sich, als mir die Erregung einen Schauer über den Rücken jagte. Ich betrat das Zimmer. Morries Nachttischlampe war an, der Lichtstrahl auf die Decke gerichtet, wo ein Paar Leder- und Stahlmanschetten am Haken über dem Bett hingen.

»Überraschung«, flüsterte Morrie mir ins Ohr, als er sich hinter mich stellte und mir eine Augenbinde über die Augen legte. »Heute Nacht gehörst du mir.«

23

Als der Stoff über meine Augen glitt, flackerte in meinem Magen Panik auf. Ich griff nach oben und packte sein Handgelenk. »Morrie, was ist das?«

Er nahm die Augenbinde ab und trat aus dem Schatten, sodass ich ihn sehen konnte. Er trug ein wunderschönes blaues Hemd, das das Eis in seinen Augen hervorhob, und ein verruchtes Grinsen, ein Grinsen, das meine Glieder zu Gelee werden ließ. Er nickte zu den Handschellen, die von der Decke hingen.

»Ich habe über dich nachgedacht, Mina, darüber, wie sehr du dich vor der Dunkelheit fürchtest. Nicht nur vor der Dunkelheit, die vielleicht zu deiner Welt wird, sondern auch vor der Dunkelheit, die du in mir siehst.« Morrie hielt inne. »Oder in Heathcliff und Quoth. Aber am meisten fürchtest du dich vor deiner eigenen Dunkelheit.«

Ich schluckte und starrte auf die Augenbinde. Ich dachte an die blauen Lichter, die in meinem Blickfeld geflackert hatten und von denen bisher nur Quoth wusste. »Ich klinge wie ein echter Angsthase.«

»Das bist du nicht. Du bist der mutigste Mensch, den ich je

getroffen habe.« Morrie beugte sich vor und presste seine Lippen auf meine Stirn. Er verweilte dort und die Hitze seiner Lippen durchbohrte meine Zweifel. »Wenn du lernst, dass die Dunkelheit nichts ist, wovor du dich fürchten musst, kannst du vielleicht die ganze Macht von Mina entfesseln, von der ich weiß, dass sie in dir verborgen liegt.«

»Ich weiß nicht ...«

»Neulich hast du gesagt, dass du es ausprobieren willst. Nimmst du diese Aussage zurück?«

»Nein, ich habe nur ...«

»Du hast deinen Teil der Abmachung mit Heathcliff eingehalten, also habe ich beschlossen, dich zu belohnen. Vertraust du mir?«, fragte Morrie.

Tat ich das? Wissenschaftlich gesehen, sollte ich das nicht. Ich musste mir immer wieder vor Augen halten, dass der sexy Computerhacker, den ich für Morrie hielt, in Wirklichkeit James Moriarty war, der »Napoleon des Verbrechens«, der Erzfeind von Sherlock Holmes. Und obwohl ich Morrie bei der Jagd nach Ashleys wahrem Mörder und bei der Aufklärung der Morde im Club der verbotenen Bücher jede Menge illegale Handlungen hatte begehen sehen, wusste ich, dass mehr in ihm steckte als das. Ich *wusste*, dass er da sein würde, um mich aufzufangen, wenn ich fallen würde.

»Ich vertraue dir.«

Morrie streifte mir die Augenbinde über die Augen. Die Dunkelheit hüllte mich ein und schwappte wie eine kalte Welle über meinen Körper. Die Panik flackerte wieder auf.

Morrie presste seinen Mund auf meinen. Seine Zunge suchte, genoss. Seine Fingerspitzen fuhren meine Arme hinunter und das Flackern der Panik wurde zu einem Schauer der Lust.

Ich wollte das. Ich sehnte mich danach. Aber Dorothy Ingram ... alle da unten ...

»Morrie, wir können das jetzt nicht tun.«

»Wir können alles tun, was du willst«, murmelte er gegen meine Lippen. »Ich habe es mit Heathcliff abgesprochen. Deshalb übernimmt er auch die erste Wache. Niemand wird uns stören, es sei denn, es ist ein Notfall.«

»Du *hast* Heathcliff gesagt ...«

»Natürlich«, Morrie packte meinen Hals und drückte mein Kinn nach oben, während er den Kuss vertiefte. »Quoth, auch. Ich möchte ja nicht, dass einer von ihnen jedes Mal hierherfliegt, wenn du schreist.«

Es lag mir auf der Zunge, zu fragen, was Heathcliff über mich und Morrie und *das* hier gesagt hatte, aber dann verließen Morries Lippen meine. Ich beugte mich suchend vor, seiner Berührung beraubt. Er kicherte, als er sich entfernte und hinter mich schlüpfte. Seine Haut glitt über meine. Die federleichte Berührung löste alle möglichen aufregenden Dinge in mir aus.

Morries Finger tanzten über meine Schulter, glitten unter den Stoff und schoben meine Bluse nach unten. Seine Lippen streiften meinen Hals. Seine Zähne ... *oh, oh.*

Ich stöhnte auf, als Morrie meinen Hals küsste und streichelte, meine Ohren, mein Schlüsselbein. In der Dunkelheit erleuchtete jede Berührung meinen Körper, jeder Zentimeter Haut kribbelte in Erwartung seiner nächsten Bewegung. Ich bemerkte nicht einmal, dass er meine Bluse aufgeknöpft und weggeworfen hatte. Seine Finger glitten unter meinen BH-Träger und lösten ihn mit Leichtigkeit.

Morrie schlang seine Arme um mich und half mir auf das Bett. »Arme über den Kopf«, flüsterte er mit seiner autoritären Stimme, die vor Verlangen strotzte.

Ich hob gehorsam meine Hände. Wie leicht war ich in diese Rolle hineingeschlüpft und hatte ihm meinen Körper anvertraut. Es war genau wie in King's Copse mit Heathcliff. Auch ihm hatte ich vertrauen müssen. Aber eigentlich ging es darum, mir selbst zu vertrauen, dass ich, wenn ich in die Dunkelheit fiel und die Jungs mich nicht auffingen, in der Lage sein würde, mich selbst aufzufangen. Das hatte ich mir nie wirklich vorstellen können, bis ich nach Hause in den Nevermore Bookshop gekommen kam.

Morrie schob meine Handgelenke in die Handschellen und schloss sie. Ich zerrte an ihnen. Sie hielten mich fest. Morries Finger streiften meine Knöchel, als er meine Füße schulterbreit auseinander auf das Ende des Bettes stellte.

»Normalerweise würde ich eine Spreizstange an deinen Knöcheln benutzen, um dich in dieser Position zu halten«, sagte er und küsste eine Spur an meinem Bein hinauf, bis ich stöhnte. »Aber für dein erstes Mal will ich es einfach halten.«

Spreizstange? Mir schwirrte der Kopf. *Woher weiß Morrie überhaupt von diesem Zeug? In* Das letzte Problem *gab es keine Spreizstangen.*

Die Luft pfiff über meine nackte Haut. Morrie zog seine Hände zurück. Ich stand nackt da und wartete darauf, dass er mich berührte. Der Raum wurde durch Geräusche lebendig. Morries Atem, langsam und schwer. Das Rascheln von Kleidung oder Stoff oder ... das Klirren eines Glases ... Schwache Stimmen aus dem Film, die nach oben drangen ... *aber wo war Morrie? Warum berührte er mich nicht ...*

Ich zuckte zusammen, als sich heftige Kälte zwischen meinen Brüsten ausbreitete und die Ränder mit feuchter Hitze glühten. *Ein Eiswürfel* wurde mir klar. Morrie hatte einen Eiswürfel in seinem Mund.

Oh.

Er ließ das Eis auf meinem Bauch kreisen, und meine Haut tanzte vor Schreck, verfolgt von der Hitze seiner Lippen und seiner Zunge. Ich versuchte, meinen Körper ruhig zu halten und mich auf die Empfindungen zu konzentrieren, als Morrie verschlungene Kreise auf meine Haut zeichnete.

Ich wimmerte, als Morrie das Eis zurückzog. Dann drückte er den Würfel an meine Brustwarze. Ich keuchte auf, als ein kalter, stechender Schmerz durch meinen Körper schoss. Morrie stieß einen Finger in mich hinein, während er den Eiswürfel festhielt, und ich krümmte mich und schluckte und schrie, weil es weh tat, aber es tat so gut und *warum, warum, warum.*

Wenn es das war, was er mit der Umarmung der Dunkelheit gemeint hatte, dann könnte ich mich vielleicht daran gewöhnen.

»Vorsichtig, meine Hübsche. Deine Schreie haben ein kleines Vögelchen angelockt.«

»Quoth?«, flüsterte ich.

»Ich wollte nicht ...«, krächzte seine heisere Stimme aus dem Türrahmen. »Ich habe nur den Schrei gehört und ich ...«

»Ich habe dir gesagt, was ich hier drin mache. Solltest du nicht unsere Mordverdächtige überwachen?«

»Ich war gerade auf dem Weg nach draußen. Ich dachte, du würdest Mina wehtun.« Quoths Stimme wurde fester.

»Sieht es so aus, als würde sie Schmerzen haben?« Morrie klang amüsiert.

»Nein«, flüsterte Quoth. In diesem einen Wort schwang so viel Gefühl mit, dass sich mein Herz für ihn öffnete. Ich hätte meine Arme um ihn gelegt, wenn sie nicht gerade über meinem Kopf gefesselt gewesen wären.

Warum war ich in diesem Moment nicht total gedemütigt? Wieso waren mir Quoths Gefühle wichtiger als die Tatsache, dass er mich nackt und gefesselt über Morries Bett sah?

Weshalb ließ der Gedanke, dass Quoth mich nackt und gefesselt sah, meine Zehen kräuseln und meinen Magen so kribbeln?

»Warum kommst du nicht her und hilfst mir, kleines Vögelchen?«, sagte Morrie. »Das heißt, wenn Mina einverstanden ist.«

»Es ist okay«, sagte ich.

Was? Was hatte ich gerade gesagt?

Mein Herz pochte, als das Bett knarrte und eine weitere Person hinter mir stand. »Bist du dir da sicher, Mina?« Der Atem von Quoth kitzelte meinen Nacken.

»Ich bin mir sicher.«

»Gut. Denn du siehst so verdammt schön aus.« Quoth seufzte, als er seine Lippen auf meine Haut presste.

24

Ich stöhnte auf, als Quoths Lippen meine Haut berührten, und ich zitterte am ganzen Körper vor Nervosität, vor Angst und vor Verlangen.

Quoths Lippen blieben auf dieser einen Stelle und die Hitze seines Kusses breitete sich auf meiner Haut aus. Das Bett knarrte wieder, und ich wusste, dass Morrie jetzt vor mir stand. Ich keuchte auf, als er meine Brüste in seine Hände nahm und mit seinen Fingern über meine Brustwarzen strich, die Spitzen waren noch kalt von der Berührung des Eises.

Das Einzige, was mich berührte, waren Morries Finger und Quoths Lippen. Und doch reagierte mein Körper darauf. Alle Sinne schalteten auf Hochtouren. Ihre Düfte vermischten sich in der Luft um mich herum, Morries würzige Grapefruit und Vanille, Quoths frische Luft, Sonnenschein und frisch geschnittenes Gras. Ich befeuchtete meine Lippen mit der Zunge und sehnte mich danach, einen der beiden zu probieren, *beide*. Die Luft verwandelte sich um mich herum, als sie sich auf dem Bett bewegten, ihre Körper waren nah, so nah, aber unberührbar. Oh, wie sehr es mich juckte, sie zu berühren.

Elektrische Funken sprangen von ihrer Haut und knisterten auf meiner, zogen sie näher, näher ...

Quoth bewegte seine Lippen in federleichten Küssen entlang meines Schlüsselbeins. Seine Finger verschränkten sich in meinem Haar, während er meine Wirbelsäule und meine Schultern küsste, wobei sich meine Haare bei jeder Berührung aufstellten. Ich lehnte mich zurück in die Handschellen, testete mein Gewicht gegen sie und versuchte, mich gegen Quoths Körper zu drücken. Aber er blieb knapp außerhalb meiner Reichweite.

»Sie ist scharf«, gluckste Morrie. Seine Hände strichen über meine Seiten, streichelten meine Schenkel, kreisten zwischen meinen Beinen, so nah an dem Punkt, an dem alle meine Schmerzen zusammenkamen, aber sie berührten mich nicht, gaben mir nicht, was ich wollte.

»Bitte ...«, murmelte ich.

»Da du so nett fragst ...« Morrie drängte sich vor. Eine Hand umfasste meine Wange, seine Zunge tauchte zwischen meine Lippen. Seine andere Hand tauchte zwischen meine Beine und schlug gegen meinen Kitzler. Ich taumelte unter seiner plötzlichen Kraft und mein Rücken knallte gegen Quoth. Ich stöhnte auf, als er seinen Körper um mich schlang und mich in seine schützende Wärme einhüllte.

Die beiden hielten mich genau dort fest, wo ich sein wollte. Vier Hände streichelten meinen Körper, erforschten jeden Teil von mir, umkreisten meine Brüste, rollten und zwickten meine Brustwarzen, streichelten und rieben meinen Kitzler. Ich verlor mich in dem Gefühl, nicht mehr wissen zu müssen, wer wer war und was sie taten, und genoss den Hedonismus, von den beiden angebetet zu werden.

Unter ihren unerbittlichen Liebkosungen war ich verschwunden. Der Schmerz in mir wurde zu einem lodernden

Feuer, einem Inferno, das durch meine Adern floss und mich ganz verschlang. Ich brüllte in Morries Mund, als ich kam.

Blaues Licht explodierte in der Dunkelheit. Meine Beine brachen unter mir zusammen. Die Handschellen zerrten an meinen Handgelenken, als sie mein Gewicht auffingen.

»Oh, nein, meine Hübsche. Wir sind noch nicht fertig mit dir.« Morrie flüsterte etwas zu Quoth. Ich strengte mich an, um zu hören, was sie vorhatten. Aber dann waren ihre Hände wieder auf mir, sie berührten mich und tauchten ein und streichelten mich.

Das Bett knarrte, als sich jemand auf die Kante kniete. Zwei Hände legten sich um meine Oberschenkel und zogen mich nach vorne. Eine Zunge glitt an mir hinunter, teilte meine Lippen und leckte mich. *Morrie. Das muss Morrie sein, mit seinem kühlen, kontrollierten Rhythmus ...*

Hinter mir knisterte eine Kondompackung. Ein Finger berührte meine Wange, leicht wie eine Feder, und drehte meinen Kopf auf die Seite. Quoths Lippen berührten meine, sanft und behutsam. Ich teilte sie mit meinen Eigenen, ließ meine Zunge über seine gleiten und zog ihn näher und tiefer zu mir.

»Mina«, flüsterte er und seine Stimme klang bedürftig. »Willst du mich?«

»Ich wollte dich vom ersten Moment an, als ich dich sah«, flüsterte ich zurück.

Quoth stöhnte auf und presste seinen Körper gegen meinen Rücken. Sein Schwanz drückte sich zwischen meine Beine, hart und bereit. Ich spreizte meine Schenkel weiter. Er glitt hinein.

Oh, ja.

Quoth fühlte sich so gut an, so perfekt, er füllte mich komplett aus. Er seufzte gegen meine Lippen, während er sich langsam bewegte, sich zurückzog und wieder hineinstieß. Und die ganze Zeit über umklammerten Morries starke Hände meine Beine und seine Zunge leckte mich.

Das war ... Ich konnte nicht ...

Die Intensität haute mich um. Ich kam wieder und heulte gegen Quoths Lippen, als mein Körper die Kontrolle verlor. Morries Griff und Quoths Schwanz hielten mich aufrecht. Quoths Nägel gruben sich in meine Oberschenkel, als er durch meinen Orgasmus ritt und stöhnte, als sich meine Wände um seinen Schwanz schlossen.

Sie hörten nicht auf. Mein Kitzler brummte vor Feuer, als Morrie seinen unerbittlichen Rhythmus fortsetzte. Quoth stieß in mich hinein, vergrub sich so tief, dass ich diesmal schrie, als ein weiterer Orgasmus durch mich hindurchschoss. Helle Sterne aus blauem und violettem Licht explodierten in meinen Augen.

Wow! Okay ... wow ...

Ich verwandelte mich in ein schwankendes Durcheinander von Nervenenden und kam erneut, als Quoth seine Zähne in meiner Schulter vergrub. Der Schmerz stieg durch den Biss an, als sich seine Muskeln anspannten und sein Schwanz zuckte und er kam.

»Jetzt bin ich dran«, rief Morrie fröhlich.

»Ich kann nicht ...« Ich keuchte.

»Klar kannst du.« Quoths Körper zog sich zurück. Morrie rutschte hinter mich und rollte ein Kondom auf. Quoth muss sich vor mir positioniert haben, denn sein Körper drückte gegen meine Brust und seine Lippen suchten meine.

Morrie spreizte wieder meine Beine und schob sich in mich hinein. Mein Körper spannte sich an und schmerzte, als er sich an seine Größe anpasste. Während Morrie mit seinem regelmäßigen, kontrollierten Rhythmus stieß, küsste Quoth mich. Seine Zunge flatterte gegen meine und seine Lippen gaben all die Dinge preis, die er mir nicht sagen konnte. Seine

Seele entlud sich in einem Kuss, der mir den Atem raubte und gleichzeitig mein Herz brach.

Alles an diesem Moment war so perfekt. Quoth entließ seine Hoffnungen in mich, während Morrie sein ganzes Verlangen nach Kontrolle losließ. Morries Körper spannte sich an und seine Zähne kratzten an der gleichen Stelle meiner Schulter, als auch er kam, in dieser einen Nanosekunde, in der er seinem eigenen Chaos freien Lauf ließ.

Morrie sackte gegen mich. Schweiß klebte an meiner Haut und ich konnte meine Handgelenke nicht mehr spüren. Quoth drückte seine Lippen auf meine Stirn. »Ich danke dir«, flüsterte er.

Ich versuchte, gern geschehen zu sagen, was nach meinem ersten Dreier irgendwie seltsam war, aber meine Lippen waren taub geworden und ich konnte keine Worte finden.

»Lehn dich an mich, meine Schöne.« Morries starke Arme legten sich um mich. Er griff nach oben und löste die Handschellen. Mein Körper sackte gegen seinen. Ich konnte mich nicht mehr aufrecht halten.

Er streifte die Augenbinde von meinen Augen. Das Gesicht, das mich anstarrte, war nicht der selbstbewusste Meisterverbrecher, dem ich sonst begegnete. Morries eisige Augen blickten besorgt drein, seine Züge waren gezeichnet. Schweiß tropfte ihm von der Stirn. Er schenkte mir ein schiefes Lächeln. »Geht es dir gut?«

»Ich ...« Ich rang nach Worten. »Das war unglaublich.«

»Gut.« Morrie setzte eines seiner selbstzufriedenen Grinsen auf, und schon war seine Maske wieder da. Er hob mich hoch und setzte mich auf dem Bett ab. »Quoth wird jetzt ein bisschen mit dir kuscheln.«

»Aber du ...«

»Ich muss woanders hin.« Morrie schlich sich in die

Dunkelheit davon. Ich streckte eine Hand nach ihm aus, aber die Tür schlug zu. Er war weg.

Meine Lippen zitterten. *Was war gerade passiert?* Morrie hatte gerade den besten Sex meines Lebens inszeniert. Er hatte mich gerade irgendwie zu einem Dreier überredet, und ich bereute es nicht im Geringsten. Und dann warf er einen Blick auf mich, ohne die Augenbinde, und rannte weg?

Mir schwirrte der Kopf. Irgendetwas *ging* in Morries Kopf vor, hinter all der Überheblichkeit und Angeberei. Hatte ich gerade einen flüchtigen Blick darauf erhascht? War er deshalb weggelaufen, weil er vor mir und Quoth nicht verletzlich sein wollte?

Apropos verletzlich ...

Quoth hob den Rand des Lakens an. Ich lächelte und winkte ihn zu mir. Er rutschte neben mich, schlang seine Arme um meinen Körper, zog mich an sich und verschränkte seine Beine mit meinen. Ich stützte meinen Kopf auf seinen Bizeps und sah ihm in die Augen, wobei ich den orangefarbenen Ring um die tiefbraunen Augen beobachtete.

»Er hätte hierbleiben sollen«, sagte Quoth, während seine Finger über mein Gesicht und meine Schultern fuhren und mir eine Gänsehaut bescherten.

»Es ist okay. Ich habe dich ja.« Ich schmiegte meinen Kopf an seine Schulter und legte meine Hand auf seine Brust, über sein schlagendes Herz.

Er seufzte. »Mina, wie ist das passiert? Wie konnte ich so viel Glück haben?«

»Bedanke dich später bei Morrie. Ich frage mich fast, ob er es so geplant hat. Wusstest du, dass er mir gesagt hat, ich müsse mit dir und Heathcliff schlafen? Er vermutete, dass du und ich monatelang umeinander herumtanzen würden, wenn er uns nicht zusammenbringt.«

»Wenn das so ist, nehme ich alles Schlechte zurück, was ich

je über ihn gesagt habe.« Quoths Augen funkelten, und er lächelte. *Oh, Isis, dieses Lächeln ...*

»Nimm nicht zurück, dass du ihn das neapolitanische Eis des Verbrechens genannt hast, denn das war saukomisch.«

Er lachte und drückte mich fester an sich. »Niemals.«

»Quoth«, flüsterte ich in seine Brust. »Es tut mir leid, dass ich versucht habe, dich aus deiner Verwandlung im Haus meiner Mama herauszuholen. Ich dachte wirklich, du bräuchtest nur ein Machtwort, aber ich habe mich geirrt. Du warst so verängstigt.« Mir brach das Herz, als ich mich daran erinnerte, wie sein rabenschwarzer Körper in meinen Armen gezittert hatte.

»Es ist okay.«

»Da bin ich mir nicht so sicher. Ich dachte, ich würde dir helfen, aber ich verstehe nicht, was es bedeutet, du zu sein, was in deinem Körper oder in deinem Kopf vor sich geht.«

»Ich bin ein grimmiger, unbeholfener, grässlicher, hagerer und bedrohlicher Vogel von einst«, sagte Quoth. »Du weißt alles, was du wissen musst.«

»Du solltest nicht so über dich reden, auch wenn Poe das getan hat. Du bist so viel mehr für mich. Bitte, lass dich nicht von mir dazu drängen, rauszugehen und Dinge zu tun, wenn du nicht ...«

»Ich will ein Mensch sein, Mina«, Quoths Stimme bebte vor Intensität. »Ich will mit dir in dieser Welt leben können. Ich will dir helfen können, wenn ...« Er hielt inne.

»Beende den Satz. Du willst mir helfen, wenn ich blind werde.« Ich stolperte nicht über das Wort, wie ich es sonst tat. »Ich weiß das zu schätzen, aber mir wird langsam klar, dass das nicht deine Aufgabe ist. Es ist meine.«

»Ich habe geschworen, dich zu beschützen«, beharrte er.

»Das hast du getan, und das ist sehr nobel, wenn auch ein wenig seltsam. Aber wenn ich nicht wenigstens einen Teil des

Schutzes selbst übernehme, werde ich meinem Poster von Sid Vicious nie wieder in die Augen schauen können.« Ich lachte. »Eigentlich könnte das bald ein echtes Problem werden.«

»Du hast wieder die bunten Lichter gesehen?«

»Ja.« Ich drückte ihn an mich. »Ich habe immer noch Angst, aber ich glaube, mit dir, Heathcliff und Morrie an meiner Seite kann ich die Angst besiegen. Und ich möchte für dich da sein, während du deine Angst besiegst. Aber ich will dich nicht zwingen, denn so läuft das bei uns nicht, klar?«

»Du könntest mich niemals zwingen«, sagte Quoth mit kämpferischer Stimme.

»Gut. Und du bist so nett und sagst mir, wenn ich mich in Zukunft wie eine Kuh benehme.«

Er lachte wieder. »Sei still und schließe deine Augen, Mina Wilde. Oder deine Worte werden unser Abschiedszeichen sein.«

25

Unsere Lippen und Hände erkundeten den Körper des anderen in einer seltsamen Welt zwischen Wachsein und Schlaf. Schwere Stiefel stampften die Treppe hinauf und rissen mich aus meiner Träumerei. Ich setzte mich gerade auf, als Heathcliff meinen Namen rief.

Ich schlüpfte unter Quoths Arm vor und schlang Morries Steppdecke wie einen Mantel um mich, dann stürmte ich in den Flur hinaus.

Heathcliff stand vor dem Kamin, seine Augen glühten. Die Anspannung ging in Wellen von seinem Körper aus. Ich blieb stehen und wusste nicht, ob er anfangen würde, mich anzuschreien und mit Sachen zu bewerfen, oder ob er mich an die Wand drücken und ficken würde. Ich hoffte auf Letzteres.

»Morrie macht mich verrückt. Ich bin hochgekommen, um ...« Heathcliffs Worte erstarben auf seinen Lippen, als er auf mich zuging und seinen Blick auf meine Schulter senkte. Ich folgte seinem Blick und bemerkte eine Reihe von violetten Blutergüssen auf meiner Haut. Bisswunden.

»Morries Handarbeit«, flüsterte er und drückte seinen

Finger in meine Haut. Der Knutschfleck wurde weiß und dann wieder rosa.

»Und Quoths«, sagte ich.

Heathcliff hob eine Augenbraue. »So läuft das also, ja?«

»Ich weiß es nicht. Ich habe keine Ahnung, was ich da mache. Ich weiß nur, dass es sich gut anfühlt. Ihr fühlt euch alle gut.«

»Du fühlst dich fantastisch an.« Heathcliff schloss die Lücke zwischen uns und drückte seine Lippen auf meine, dann verhedderten sich seine Hände in meinen Haaren und ich ließ die Decke fallen und presste meinen Körper an seinen.

Die Spannung in mir stieg an, als seine Hände meinen Körper erkundeten, mich anhoben und gegen ihn drückten, als könnten wir uns nicht nahe genug kommen, bis wir ineinander gekrochen waren. Meine trägen Sinne erwachten zum Leben und ich genoss die Besitzergreifung seiner Berührung.

Heathcliff wirbelte mich herum, stieß mich mit dem Rücken gegen die Wand und verschlang meinen Mund mit seinem. Ich schaffte es, meine Hand zwischen seine Beine zu zwängen und seinen Hosenstall zu öffnen. Als ich meine Hand um seinen Schwanz wickelte, stöhnte er gegen meine Lippen.

Er zog ein Kondom aus seiner Tasche und zerriss die Verpackung zwischen seinen Zähnen. Heathcliff rollte es über und ich schlang meine Beine um ihn. Heathcliff hielt mich mit Leichtigkeit, seine riesigen Hände umfassten meinen Arsch und sein Schwanz drang mit einer einzigen glitschigen Bewegung in mich ein.

Mein Rücken knallte gegen die Wand, als er mich nahm und immer wieder in mich stieß, tiefer und härter als je zuvor. Seine wilden Augen bohrten sich in meine, und ich ertrank in ihrer schwarzen Tiefe.

Heathcliff wurde schneller. Ich wölbte meinen Rücken und

krallte meine Nägel in seine Schultern, als der Schmerz in mir übersprudelte und ein Orgasmus mich überrollte.

Wow. Wowowowowowow.

Ich war noch nie nur durch penetrativen Sex gekommen. Aber der Winkel und die Art, wie sich Heathcliffs glühende Augen in meine bohrten, brachten mich um den Verstand. Hinter seinem Kopf leuchteten zwei flammenumringte Augen aus der Dunkelheit. Quoth, der auf seiner Sitzstange saß, beobachtete uns, immer wachsam, immer darauf bedacht, dass mir niemand etwas antat.

Heathcliff schrie auf, als er kam, das Geräusch klang wie eine Befreiung von etwas Uraltem und Ursprünglichem. In mir zuckte sein Schwanz und entlud sich. Er sackte gegen mich und hielt mich immer noch fest.

In meinem Kopf wirbelten eine Million unzusammenhängender Gedanken herum. *Ich hatte gerade einen Dreier. Ich habe gerade mit drei Typen in einer Nacht geschlafen.*

Und sie waren damit einverstanden. Und ich ... ich könnte auch damit einverstanden sein.

Wir können die Details später ausdiskutieren, wenn wir nicht gerade versuchen, einen Mord aufzuklären. Aber in diesem Moment, als Heathcliff sich in seinen Stuhl sinken ließ und mich auf seinen Schoß zog, seine Arme um mich schlang und Quoths wachsame Augen durch die Dunkelheit brannten, hatte ich überhaupt keine Angst.

26

»Aufwachen, ihr Schlafmützen!«

Heathcliff sprang auf und stellte mich auf dem Boden ab. »Bleib weg von ihr, oder ich werde dich wie einen Fisch ausnehmen!«, schrie er und schwang einen Schürhaken in die Dunkelheit.

»Entspann dich«, kicherte eine Stimme, die ich als Morries erkannte. »Ihr seid nicht in unmittelbarer Gefahr.«

»Scheiße.« Ich rieb mir die Augen. »Wie spät ist es? Ist es Zeit für meine Wache?«

»Es ist sieben Uhr morgens. Ich wollte fragen, ob du möchtest, dass ich dir Frühstück mache. Ich dachte an eine kleine *Boule de Pain* ...«

»Du hast uns nicht geweckt?« Heathcliff knurrte. »Was ist passiert? Ist Quoth überhaupt losgezogen, um der Verdächtigen zu verfolgen?«

»Ganz ruhig, es ist alles in Ordnung. Ich habe versucht, euch zu wecken, aber Mina sah zu niedlich aus und du hast mich angeknurrt, und ich wollte meinen Hals nicht riskieren. Ich habe die Weiber beaufsichtigt. Quoth hat die Nacht damit verbracht, Dorothy Ingram durch ihr Fenster zu beobachten.

Anscheinend hat sie einen hässlichen Schal gestrickt und sich durch *Die große Liebe meines Lebens* geweint.«

»Ich habe dich nicht angeknurrt!«, brüllte Heathcliff.

»Ich versichere dir, dass du es getan hast, so wie du es jetzt tust.«

»Das kann ich gar nicht getan haben. Ich habe geschlafen.«

»Dann knurrst du eben im Schlaf wie ein riesiger Kuschelbär.« Morrie wich aus, als Heathcliff eine Faust nach ihm schwang.

»Leute, können wir uns *bitte* konzentrieren? Frau Ellis, Frau Blume, geht es ihnen gut?«

»Ja, es geht ihnen gut und sie sind in bester Verfassung. Ich habe ihnen gerade ihren Tee gebracht. Frau Blume hat ihren aus dem Fenster gekippt, um aus den Blättern zu 'lesen'. Auf dem Weg nach draußen hat mich Frau Ellis in den Hintern gekniffen.«

Ich lächelte. Es ging ihnen definitiv gut. »Was hat es zu bedeuten, dass Dorothy nicht aufgetaucht ist?«

»Wahrscheinlich nichts«, sagte Morrie. »Vielleicht hat deine Mörderin die Nachricht über die Pyjamaparty nicht erhalten, oder sie hat eine Falle vermutet, oder deine Schreie der Ekstase sind im ganzen Dorf widergehallt und haben alles verdorben.«

Meine Wangen brannten. Ich rappelte mich auf. »Ich werde mit ihnen reden«, murmelte ich, als ich zur Treppe ging.

Frau Ellis zwinkerte mir zu, als ich den Raum für Weltgeschichte betrat. *Toll, sie hatte mich also auch gehört.* Das würde noch vor Sonnenuntergang im ganzen Dorf bekannt werden.

Und oh Hathor, Frau Blume arbeitet mit Mama. Das war ganz und gar nicht gut.

»Habt ihr gut geschlafen?«, schaffte ich es, hervorzuwürgen.

»Oh, so gut, wie man es erwarten konnte«, grinste Frau Ellis. Mein ganzes Gesicht brannte. »Wir waren die ganze Nacht wach und lauschten auf das Geräusch unseres Mörders, der hinter uns her ist.«

»Wir haben alle Arten von Knarren und Stöhnen gehört«, fügte Frau Blume hinzu. »Dieses alte Gebäude ist wirklich sehr *lebendig.*«

Astarte würdest du mich töten. Jetzt bitte.

»Gut, also«, räusperte ich mich. »Offensichtlich wart ihr absolut sicher. Ist es okay, wenn ihr heute hier im Laden bleibt? Morrie und ich werden uns den Garten von Frau Winstone ansehen.«

Frau Ellis faltete ihre Bettdecke zusammen. »Oh, nein, wir können nicht hierbleiben. Wir müssen Brenda im Krankenhaus besuchen, und Sylvia hat Kunden gebucht ...«

»Also gut, Quoth äh, *Allan* wird mit euch ins Krankenhaus fahren.«

»Mina«, flüsterte Quoth hinter mir. »Kann ich dich einen Moment unter vier Augen sprechen?«

Frau Ellis machte große Augen, als sie sich nach vorne beugte, damit sie um die Ecke herum sehen konnte, nach dem hemdlosen Quoth, der sich in den Schatten zurückzog.

»Klar.« Ich folgte ihm durch den Flur in den Kinderbereich. Quoth umschloss mein Handgelenk mit seinen langen Fingern.

»Hast du nicht gerade erst gesagt, du würdest aufhören, mich zu drängen?« Feuer flackerte in seinen Augen auf.

»Hast du nicht gesagt, dass du gedrängt werden willst?«, schoss ich zurück.

»Du klingst zu sehr nach Morrie. Eine alte Dame durch ihr Fenster zu beobachten war eine Sache, aber du hast gesehen, was bei deiner Mama passiert ist. Wenn ich das versaue, Mina, wenn ich mich vor jemandem im Dorf verwandle ...«

Ich drückte seine Hand und verlor mich in dem tiefen Braun

seiner Augen. »Du bist nur nervös, das ist alles. Die anderen beiden haben deinen Kopf mit allerlei Unsinn gefüllt. Du verdienst ein richtiges Leben, Quoth. Ich möchte mit dir Hand in Hand durch das Dorf gehen und sehen, wie sich die Köpfe der Leute nach uns umdrehen. Ich möchte dich zu einem Punkkonzert mitnehmen, damit du spürst, wie die Musik dich innerlich zerschneidet und all das Schlechte aus dir herauspresst. Ich möchte, dass wir in die Nationalgalerie und ins Tate Modern gehen, und vielleicht können wir sogar eines Tages nach Paris fahren und den Louvre und all die erstaunlichen Gemälde sehen, die dich mit Freude erfüllen werden. Das könnte dein Leben sein, und ich könnte es mit dir teilen, und es wird fantastisch sein. Aber wenn du dieses Leben willst, musst du Frau Ellis und Frau Blume ins Krankenhaus bringen. Okay?«

Als Antwort hob Quoth meine Hand zu seinen Lippen und drückte sie auf meine Haut. Ein Stromstoß schoss durch meinen Körper. Zu schnell löste er sich von mir und wandte sich zum Gehen.

»Wo willst du hin?« Ich versuchte, ihn zurückzuziehen, aber er entglitt meinem Griff.

Quoths strahlendes Lächeln erhellte den Raum besser als jede Trödellampe. »Wenn ich das Krankenhaus besuche, sollte ich mir ein Hemd anziehen.«

Ich grinste, während ich Morrie einsammelte, und wir loszogen, um ein wenig herumzuschnüffeln. Auf dem Weg dorthin hielten wir bei der Bäckerei, um einen Kaffee zu trinken. Als wir uns mit unseren Bechern und Sahnekrapfen zum Gehen wandten, kam Dorothy Ingram mit zwei anderen Frauen aus der Kirche herein. Sie warf mir einen finsteren Blick zu, als sie an mir vorbeihumpelte, ihren Gehstock fest in der Hand. Ich warf ihr einen bösen Blick zu und widerstand dem Drang, meinen Fuß auszustrecken und ihr ein Bein zu stellen.

Morrie plauderte unterwegs unaufhörlich weiter. Ich versuchte, ihn zu fragen, warum er letzte Nacht weggelaufen war, aber ich bekam die Worte nicht heraus. Ich konnte immer noch nicht glauben, dass es passiert war.

Die Winstones wohnten in einem hübschen Häuschen in einer kleinen Gasse auf der gegenüberliegenden Seite des Stadtparks, mit Blick auf eine malerische Wiese. Obwohl es mitten im Winter war, strotzte der Garten nur so vor Farben und Formen. Morrie holte eine Taschenlupe heraus und ging um die niedrige Steinmauer herum, während ich mich bückte, um die Treppe vor dem Haus zu untersuchen, wo sie angegriffen worden war. An einer Seite stand eine hohe Glyzinienhecke. Sie würde einem Angreifer, der auf der Lauer lag, sicherlich genug Deckung bieten.

Ich bückte mich, um die Hecke zu untersuchen. An der Vorderseite gab es ein paar abgebrochene Zweige, aber nicht so viele, wie ich bei der von Frau Winstone beschriebenen Schlägerei erwartet hätte. *Entweder war die potenzielle Mörderin sehr vorsichtig gewesen, oder sie hatte sich den Weg hinaufgeschlichen, anstatt sich im Gebüsch zu verstecken.* Ich stellte mir Dorothy Ingram mit ihrem Stock und ihrem Hinken vor. Sie würde sich nicht an jemanden heranschleichen können. Ich schaute mir die Hecke genauer an. Der Boden schien nicht zertrampelt zu sein. *Natürlich ist Dorothy eine kleine Frau, also würde sie nicht so viel Platz brauchen wie ein großer Mann.*

Ich schob die toten Blätter beiseite und suchte nach weiteren abgebrochenen Ästen. Vielleicht konnte ich die Stelle finden, an der sie sich auf die Lauer gelegt hatte. Meine Hand streifte etwas Hartes und Glattes. Ich wickelte meine Finger darum, zog es aus dem Beet und hielt es ins Licht.

Ein hölzerner Spazierstock.

Der Mörder musste ihn auf seiner Flucht fallen gelassen haben.

Ich untersuchte den Schaft und bemerkte getrocknete Blutflecken um den kunstvoll geschnitzten Griff.

Meine Gedanken überschlugen sich. *Dorothy hatte ihren Stock bei sich, als wir sie in der Bäckerei gesehen hatten. Das bedeutete, dass das nicht ihr Stock sein konnte.*

Es sei denn, sie hat einen ganzen Haufen davon. Aber das schien unwahrscheinlich. Es war ein ganz besonderer Stock und er sah teuer aus.

»Morrie!«, rief ich. »Ich habe etwas gefunden.«

Er kam herbeigelaufen und untersuchte den Stock, fuhr mit den Fingern am Schaft entlang und studierte das getrocknete Blut am Griff. »Das war definitiv die Waffe, mit der Frau Winstone angegriffen wurde.«

»Aber Dorothy hatte ihren Stock dabei.« Ich zeigte auf den Griff. »Ich glaube, der hier ist anders. Bei Dorothy sind Blumen um den Griff herum geschnitzt. Dieser hier hat diese Halbmondformen.«

»Das sind die Phasen des Mondes, gemischt mit heiligen geometrischen Formen. Es ist ein okkultes Muster.« Morrie schnitt eine Grimasse. »Du hast recht. Unsere religiöse Fanatikerin würde das nicht benutzen.«

Ich starrte auf den Gehstock in meinen Händen und konnte kaum glauben, was ich sah. Dieser Stock sprengte ein riesiges Loch in unsere Theorie. Dorothy Ingram hatte jedes Motiv und jede Gelegenheit, die Mitglieder des Clubs der verbotenen Bücher umzubringen. Aber wenn es nicht Dorothys Stock war, wessen dann?

27

Morrie und ich setzten uns auf den Bordstein und tranken unseren inzwischen kalten Kaffee aus. Morrie forderte mich auf, die Beweise aufzuzählen, die wir bisher gesammelt hatten, vor allem das Gespräch, das ich zwischen Dorothy und Ginny Button mitgehört hatte.

»Dorothy schien Angst vor Ginny zu haben«, erinnerte ich mich und versuchte, mich an die genauen Worte zu erinnern, die ich mitgehört hatte. »Sie sagte: 'Ich habe sie für dich aus dem Weg geräumt. Sie hat für ihre Sünden gebüßt, und jetzt haben wir beide nichts mehr miteinander zu schaffen.' Nur wollte Ginny, dass sie etwas anderes macht, also sagte sie, dass Gott Erpresser verabscheut. Dann sagte Ginny, sie hoffe, dass Dorothy sie nicht bedroht, denn sie würde es hassen, wenn jemand ihr Geheimnis erfährt.«

»Ihr schmutziges Geheimnis«, korrigierte Morrie mit übermäßigem Vergnügen.

»Ja, natürlich. Ihr *schmutziges* Geheimnis. Und sie nannte Dorothy eine Mörderin. Da wurde Dorothy wütend und stürmte davon. Und als Nächstes lag Ginny tot am Fuße der Treppe.«

»Und das war am Abend davor, als du Sylvia und Ginny gesehen hast?«

»Ja. Ginny sagte etwas, das Sylvia Angst machte, und als Ginny zurück zu ihrem Auto schlich, schrie Sylvia: 'Du denkst vielleicht, du wärst unantastbar, aber ich weiß, was du getan hast. Du bist verdorben und wirst damit nicht durchkommen!'«

»Ginny könnte also Frau Scarlett getötet haben«, überlegte Morrie. »Oder sie hätte Dorothy dazu bringen können, es zu tun. Aber was wäre, wenn Sylvia das herausgefunden hätte? Dann hätte sie Ginny unter Druck setzen können. Sie war bei der Beerdigung. Aber wenn Ginny tot ist, wer hat dann Frau Winstone angegriffen?«

»Warum bist du gestern Abend weggelaufen?«, platzte ich heraus.

»Heathcliff brauchte mich unten. Wir haben darauf gewartet, einen Mörder zu fangen, wenn du dich erinnerst.«

»Das ist nicht der Grund. Du hast den ganzen Abend für mich inszeniert, einschließlich der Tatsache, dass du Heathcliff nach oben geschickt hast. Warum bist du dann nicht geblieben?«

»Das ist ganz einfach. Du hattest gerade eine intensive sexuelle Erfahrung gemacht. Du brauchtest jemanden, der sich um dich kümmerte, der deine Gefühle wieder in eine normale, glückliche Bahn lenkte. Du brauchtest Streicheleinheiten, süße Küsse und Poesie. Das ist nicht mein Job.« Morrie schenkte mir ein Grinsen, das an den Rändern schwankte. »Quoth sehnt sich nach Streicheleinheiten, also warst du in guten Händen. Das ist das Schöne an unserem Arrangement, meine Hübsche. Du bekommst alle Vorteile.«

»Und du musst keine emotionale Arbeit leisten, richtig?«, wollte ich wissen. »Du bleibst unnahbar, hast die Kontrolle und stehst über allem?«

Morrie biss sich auf die Lippe. »Ich würde nicht versuchen, mit Küchenpsychoanalyse auf mich loszugehen, Sigmund Wilde. Die letzte Person, die das getan hat, ist mit mir über den Rand eines Wasserfalls gestürzt, hat man mir gesagt. Über Gefühle zu reden, macht den Sinn der Gefühle zunichte. Ich will nicht, dass mein Verstand zu einem Zuschauersport wird. Behalte den Preis im Auge, wir versuchen hier, einen Mörder zu fangen.«

Netter Themenwechsel, Morrie. Er glaubte doch nicht, dass das hier vorbei war. Wenn ich mich meiner eigenen Realität stellen musste, dann musstest du das auch.

»Ich glaube immer noch, dass es Dorothy ist«, sagte ich. »Es macht keinen Sinn, dass es Sylvia ist, wenn sie Ginny nur schubsen wollte, damit sie mit dem aufhörte, was auch immer sie tat. Vielleicht hat Dorothy einen weiteren Spazierstock gekauft, um die Behörden abzuschütteln.«

Morrie zuckte mit den Schultern. »Möglich. Ich denke, wir sollten Dorothy zur Rede stellen und versuchen, sie ein wenig aufzurütteln. Ich habe ihr Gespräch in der Bäckerei mitangehört. Sie sagte, sie wolle in die Kirche gehen, um dort zu putzen. Mit etwas Glück finden wir sie dort allein.«

Wir eilten hinüber zur Kirche. Tatsächlich stand nur ein einziges Auto auf dem Parkplatz, ein grauer Nissan. Die Holztür der Kirche war einen Spalt offen. Morrie und ich spähten hinein, aber ohne die brennenden Kerzen konnte ich kaum etwas erkennen.

Morrie trat ein und schlug die Tür hinter sich zu. *KNALL.* Das Geräusch hallte durch das riesige Kirchenschiff.

»Wer ist da? Was wollen Sie?« Eine Stimme ertönte vom Altar her. »Sehen Sie nicht, dass ich beschäftigt bin?«

»Dorothy Ingram, es ist mir ein Vergnügen«, säuselte Morrie. »Wir sind zwei besorgte Bürger, die mit Ihnen über die jüngsten Verbrechen in unserem Dorf sprechen wollen. Es handelt sich um zwei Morde und einen Überfall auf Mitglieder des Clubs der verbotenen Bücher.«

Dorothy richtete sich auf und wischte sich die Hände an einer weißen Schürze ab, die sie über ihrem strengen schwarzen Kleid trug. »Sie sind also Polizeibeamte?«

»Sozusagen«, sagte Morrie, holte sein Handy aus der Tasche und tippte auf den Bildschirm.

»Sie sollten in Gottes Haus nicht lügen«, schnauzte sie. Sogar im Dunkeln konnte ich spüren, wie ihre Augen mir wie Dolche in die Brust starrten. »Sie arbeiten beide in diesem heidnischen Buchladen. Ich sehe keinen Grund dazu, mit Ihnen zu sprechen, und wüsste nicht, wie ich von Interesse sein könnte. Ich kannte diese unglücklichen Damen kaum.«

»Das stimmt so aber nicht, oder?«, sagte ich. »Ich habe zufällig gehört, wie Sie vor Frau Scarletts Beerdigung mit Ginny gesprochen haben. Sie hat Sie erpresst. Sie wollte, dass Sie etwas für sie tun, sonst würde sie allen von Ihrem *schmutzigen kleinen Geheimnis* erzählen.«

»Das ist lächerlich.« Die Angst durchbrach Dorothys Schimpftirade.

»Ist es das? Sie haben Frau Scarlett gehasst, weil sie so viel Einfluss auf die Gemeinde hatte. Sie hat Ihre Pläne, das Dorf gesünder und gottesfürchtiger zu machen, ständig durchkreuzt. Sie haben den Club der verbotenen Bücher als persönlichen Affront betrachtet.«

»Selbst wenn das so wäre, hätte ich ihr kein Haar gekrümmt. Töten ist gegen Gottes Gebote! Ich würde niemals eine so abscheuliche Tat begehen.«

»Und wo genau steht die Abtreibung eines ungeborenen Kindes auf Gottes Moralskala?«, fragte Morrie, der sich immer noch auf sein Telefon konzentrierte.

Dorothys Gesicht erblasste. »Was ... wovon reden Sie?«

Morrie hielt sein Handy hoch. Auf dem Bildschirm war ein

Scan eines ausgedruckten Formulars zu sehen. »Während wir geredet haben, habe ich mich in Ihr Handy gehackt, und was war die erste Nachricht, die Ginny Button Ihnen geschickt hat? Dieses Formular für eine Abtreibungsklinik ... mit Ihrem Namen darauf.«

»Das ist nicht von mir. Es wurde manipuliert!«, kreischte Dorothy.

»Das glaube ich nicht«, sagte Morrie grinsend und steckte sein Handy zurück in die Tasche. »Sie waren erst neunzehn und eine unverheiratete Frau. Was würde Gott wohl davon halten? Sagen Sie mir, war es eine einzige Nacht der ungezügelten Leidenschaft oder hatten Sie einen Langzeit-Liebhaber? War er bestückt wie ein Esel? Hat er Sie zum Schreien gebracht? Hat er ihn in Ihren Arsch gesteckt ...«

»Gehen Sie weg von mir, Sie vulgärer Mensch!«, kreischte Dorothy und schwang den Besen nach Morrie.

Sie war wirklich wütend. Ich streckte die Hand aus, um Morrie aufzuhalten. Aber er war gerade voll in Fahrt. Er riss ihr den Besen aus der Hand und zerbrach ihn über seinem Knie, als wäre es nichts. Sie schluchzte und kauerte sich hinter den Altar, und er redete die ganze Zeit in seinem ruhigen, fröhlichen Ton weiter. »Sie hatten also eine Abtreibung, und niemand brauchte es je zu erfahren. Nur Ginny Button ist irgendwie auf diese alte Akte gestoßen und hat sie benutzt, um Sie zu zwingen, ihren Willen zu erfüllen. Sie hat Sie gezwungen, Gladys Scarlett zu vergiften, und dann haben Sie sie die Treppe hinuntergeworfen, um ihre Erpressung zu stoppen. Ich weiß, dass Sie in der Dorfapotheke arbeiten. Dort hätten Sie Zugang zu den Geräten, die zur Herstellung von Arsen benötigt werden. Sie empfanden keine Liebe für Gladys Scarlett. Aber was ich *nicht* weiß, was ich unbedingt wissen will, ist, warum Ginny Frau Scarlett töten wollte?«

Dorothy spähte über die Kante des Altars und lachte wie

eine Hyäne. »Was für ein Blödsinn! Ginny hat mich nicht darum gebeten, Gladys Scarlett zu töten. Sie wollte, dass ich meine Position im Kirchenausschuss nutze, um Brenda Winstone aus der Jugendgruppe zu entfernen. Das habe ich nur zu gerne getan, denn Gladys' verderblicher Einfluss hatte Brendas liebes Wesen verdorben. Aber dann, am Tag der Beerdigung, sagte Ginny, dass das nicht genug sei. Sie wollte, dass Brenda *leidet*. Sie wollte, dass ich Brenda beschuldige, ein Kind unangemessen berührt zu haben, damit Brenda nie wieder in der Nähe von Kindern sein durfte.«

Ich dachte daran, wie Brenda gestrahlt hatte, als sie die Kinder durch den Laden gejagt hatte, und wie ihre Stimme ins Stocken geraten war, als sie sagte, dass ihr Mann keine Kinder wolle. *Was für eine üble Geschichte. Es würde Brenda zerstören.*

»Sie haben also diesen Brief geschrieben und Ginny nach dem Gottesdienst zu sich gebeten«, sagte Morrie. »Vielleicht haben Sie versucht, sie zur Vernunft zu bringen, aber sie wollte nicht nachgeben. Also haben Sie sie geschubst.«

»Nein! Ich habe Ginny nach dem Gottesdienst nicht gesehen. Ich stand an der Tür, um den Trauernden Blumen aus einem Korb anzubieten, damit sie sie auf das Grab dieser gottlosen Frau legen konnten. Cassandra Irons kann bezeugen, dass ich das getan habe, bis Frau Ellis geschrien hat, und sie kann mich nicht leiden.«

»Warum wollte Ginny Frau Winstone etwas antun?«, meldete ich mich zu Wort.

»Das hat sie mir nie verraten und ich habe auch nicht danach gefragt. Ich interessiere mich nicht für die kleinlichen Zankereien zwischen Huren und Heiden.« Frau Ingram erhob sich vom Altar und wedelte mit den Armen. »Wenn das alle Ihre Fragen sind, wäre ich Ihnen dankbar, wenn Sie mich in Ruhe lassen würden. Wenn Sie etwas Güte in Ihrem Herzen haben, verraten Sie mein Geheimnis nicht im Dorf.«

»Oh, keine Bange.« Morrie bekreuzigte sich verstohlen. »Ich liebe es, Geheimnisse zu bewahren. Auf diese Weise sind sie viel wertvoller. Wir müssen los. Grüßen Sie Jesus von mir. Tschüssi!«

»*Tschüssi?*« Ich schlug ihm auf den Arm, als wir die Kirche verließen.

»Ich wollte nur freundlich sein. Also, Mina, du clevere Detektivin, glaubst du ihr?«

»Ich ... Ich bin mir nicht sicher. Ehrlich gesagt fällt es mir schwerer, zu glauben, dass sie eine Abtreibung hatte. Aber wenn sie die Wahrheit sagt, sind wir wieder ganz am Anfang. Wenn Dorothy Ingram keinen der beiden umgebracht oder Frau Winstone angegriffen hat, wer war es dann?«

»Vielleicht meinte Frau Blume, als sie zu Ginny sagte: 'Ich weiß, was du getan hast', dass sie Frau Winstone aus der Jugendgruppe geworfen hat. In diesem Fall haben Ginnys Beweggründe vielleicht nichts damit zu tun.« Morrie hielt sein Telefon hoch. »Ich glaube, wir müssen herausfinden, ob Ginny Button noch jemanden erpresst hat.«

»Wie sollen wir das herausfinden?«

»Ich habe in ihren E-Mails nichts gefunden. Sie war sehr vorsichtig. Aber selbst die sorgfältigsten Erpresser hinterlassen Spuren. Wir müssen herausfinden, ob sie belastende Dokumente über andere Personen hat.«

»Wie sollen wir das machen? Die Polizei wird ihr Telefon haben.«

»Ein kluges Mädchen wie Ginny wird ihre Beweise in Papierform aufbewahren.« Morrie tippte auf sein Handy, um eine Karte aufzurufen und ein Haus im Dorf anzupeilen. »Die einzige Möglichkeit, Antworten zu bekommen, ist ein kleiner Einbruch.«

28

Ginny Button wohnte in einer Hälfte eines Tudorhauses in einer der malerischsten Straßen des Dorfes. An den Fenstern hingen Blumenkästen mit Kräutern und Winterblumen, und die rosafarbene Haustür hatte kürzlich einen neuen Anstrich bekommen. Auf dem Parkplatz stand dasselbe sportliche rote Cabrio, das Sylvia Blume abgesetzt hatte. Das Äußere war ihr offensichtlich wichtig, sie hatte viel Zeit damit verbracht, ihr Haus zu perfektionieren, so wie sie auch ihr Image perfektioniert hatte. Ich fragte mich, woher ihr Geld stammte, sie war nicht verheiratet, und von Frau Ellis wusste ich, dass sie Verwaltungsangestellte bei der Stadtverwaltung war, was nicht gerade viel Geld eingebracht haben konnte.

Quoth grub seine Krallen in meinen Arm. Wir waren auf dem Weg zum Laden vorbeigefahren und hatten ihn mit dem Versprechen abgeholt, ihn in zwanzig Minuten zurückzubringen, damit die Damen das Krankenhaus besuchen konnten. Aus Ashleys Fall hatte ich gelernt, wie nützlich es war, einen Raben zu haben, wenn man einen Einbruch beging.

»Wir müssen uns beeilen«, sagte Morrie, als er uns um das

Haus herum und durch den aufgeräumten Garten führte. »Ich will Heathcliff nicht länger als nötig mit den alten Weibern allein lassen.«

»Das ist nur vernünftig.« Ich kraulte Quoths weiches Gefieder, während Morrie die Fassade nach einem Eingang absuchte.

Frau Ellis hatte ihn heute Morgen in den Hintern gekniffen, sagte Quoth in meinem Kopf. *Er hatte ihr gesagt, das war gegen die Regeln. Sie sagte, es gab keine Regeln, also hatte er eine Liste geschrieben und sie an die Wand genagelt.*

»Natürlich hat er das.« Mir schauderte bei dem Gedanken, welche Regeln Heathcliff auf die sicher erschöpfende Liste schreiben würde.

»Ah.« Morrie zeigte auf ein offenes Fenster im zweiten Stock. »Dort ist unser Eingang.«

Dafür bist du mir was schuldig, hallte Quoths Stimme in meinen Ohren wider, als er abhob. Er flog hoch, durchbrach das Fenster und landete mit einem leisen *Plopp* im Inneren.

Wenige Augenblicke später öffnete sich die Hintertür, und ein nackter Quoth führte uns hinein. Ich schaute mich in der winzigen, makellosen Küche um und bewunderte, wie Ginny das alte Haus mit ramponierten Möbeln und Industriearmaturen modernisiert hatte. Schlampe hin oder her, die Frau hatte einen tadellosen Geschmack.

»Hier drin ist ein Arbeitszimmer«, flüsterte Morrie und schlich durch das Wohnzimmer in eine kleine Nische. Er stellte seine Tasche mit den Computerutensilien ab. »Ich werde hier suchen. Ihr zwei nehmt euch die Schlafzimmer vor. Reib deinen nackten Hintern nirgendwo an, kleines Vögelchen.«

Ich folgte Quoth die steile Treppe hinauf, während mein Herz raste. Irgendwo im Haus hörte ich ein leises *kratz-kratz* von etwas, das gegen das Holz schlug und meine Nerven zum

Zerreißen spannte. *Es war nur das alte Haus, nichts, worüber man sich Sorgen machen müsste.*

An jeder Wand hingen Fotografien, eine junge Ginny, die lächelnd an den Armen von gutaussehenden Männern hing. Auf jedem Bild war ein anderer Mann zu sehen, und ich erkannte einige der Gesichter als kleine Berühmtheiten und Footballspieler. Ein paar Glamourfotos und Magazincover mit Ginny auf dem Podest verrieten, dass sie früher einmal Model gewesen war.

Ich fragte mich, ob sie so ihr Geld verdient hatte. Das könnte erklären, warum sie jetzt in Argleton war und nicht in London. Ginny war immer noch wunderschön gewesen, aber sie hatte ihre besten Zeiten als Model und Anziehungspunkt für Fußballer definitiv hinter sich. Und ich hatte das Gefühl, dass sie keine Zeit damit verschwendet hätte, in einer Szene herumzuhängen, in der sie nicht im Mittelpunkt der Aufmerksamkeit stand.

Das erste Schlafzimmer war ein Gästezimmer, in dem ein Bett stand, das einem Boutique-Hotel würdig war und mit einem Berg von Kissen bedeckt war. Ich zog die Schubladen des Schminktisches auf, sie waren mit Kleidung gefüllt, aber nicht mit geheimen Erpressernotizen. Quoth öffnete den Kleiderschrank und begutachtete die Reihen von Schuhen. »Warum braucht ein Mensch so viele Schuhe?«, fragte er.

»Das ist eines der ewigen Rätsel des Lebens.«

Kratz-Kratz. Da war das Geräusch wieder.

Wir gingen weiter in das Hauptschlafzimmer. Quoth begann mit den Schubladen, während ich Kartons unter dem Bett hervorholte. In einem ramponierten Schuhkarton fand ich stapelweise Liebesbriefe, richtig schmutziges Zeug, zwischen Ginny und einem Mann, der einfach nur 'H' genannt wurde.

»Sieh dir das an«, sagte ich und hielt einen der Briefe hoch. »Dieser 'H' muss der Vater von Ginnys Baby gewesen sein. Sie hat Kopien von allen Briefen aufbewahrt, die sie ihm geschickt hat, und dieser Brief ist von vor zwei Wochen. Ginny wollte, dass H. seine Frau verlässt, und sie heiratet.«

Quoth lehnte sich über meine Schulter, sein Haar kitzelte meine Haut. »Gibt es eine Antwort?«

Ich blätterte in dem Stapel von Briefen. »Nicht, dass ich wüsste. Aber ich nehme an, dass es nicht dazu gekommen ist. Sonst hätte sie einen Ring am Finger gehabt.«

Kratz-Kratz. Kratz-Kratz.

»Quoth, kannst du das hören?« Ich schaute mich im Raum um. Hier drinnen war es noch lauter.

»Termiten«, sagte Quoth. »In einem alten Haus wie diesem muss es alle möglichen Arten von Ungeziefer im Holz geben.« Er leckte sich hungrig über die Lippe, als würde ihn der Gedanke an eklige Holzkäfer erregen.

»Quiek!«, flüsterte eine unbekannte Stimme.

»Machen Termiten normalerweise ein quiekendes Geräusch?«

»Das ist nur ein Scharnier ... nein, warte, ich rieche etwas ...«, murmelte Quoth und schnüffelte, während er sich bückte, um eine weitere Kiste unter dem Bett hervorzuholen. Manchmal war es leicht, zu vergessen, dass Quoth zum Teil ein Vogel war. Besonders schwer war es, wenn er neben mir hockte, völlig nackt, und sein langer Schenkel meinen berührte.

Kratz-Kratz, kratz-kratz, quieeeeetsch ...

»Das Kratzen kommt aus dem Kleiderschrank«, rief ich.

Ich hatte die Worte kaum ausgesprochen, als die Schranktür aufflog und ein kleines weißes Fellknäuel auf mich zustürmte, das vor Freude quiekte. Die Maus flitzte durch den Raum und unter den Vorhängen hindurch. Als ihre Hinterbeine im Stoff verschwanden, bemerkte ich einen nur allzu bekannten braunen Fleck über ihrem Hinterbein.

»Das ist der Schrecken von Argleton! Oh, Quoth, ich frage mich, wie er sich in Ginnys Kleiderschrank verfangen hat ...«

»Krächz!«

Rabenfedern flogen durch den Raum, als Quoths animalische Instinkte ausbrachen. Er stürzte sich auf das Fenster und vergaß, dass er es vorhin geschlossen hatte. Ich schrie auf, als er gegen die Scheibe prallte und in einem Haufen auf dem Boden zusammenbrach.

»Quoth!« Ich robbte auf ihn zu und berührte gerade die Ecke seines Flügels, als er sich wieder aufrappelte und den Kopf schüttelte, wobei er die Augen rollte.

Der Schrecken von Argleton nutzte den Moment, um wieder an Quoth vorbeizuschießen. Er quiekte vor Vergnügen, als er die Kommode hinauf und an der Bilderstange entlang rannte. Quoth stürzte hinterher, sein Körper schwankte, während er ihn durch den Raum jagte.

»Nein, Jungs, hört auf!« Ich rannte hinter ihnen her. Etwas krachte die Treppe hinunter. Morrie fluchte.

»Morrie, Hilfe!« Ich kletterte auf das Bett und scheuchte Quoth herunter, bevor er den Kronleuchter herausriss. Wohin die Maus geflohen war, konnte ich nicht sehen, aber an der Art, wie Quoth oben am Schrank kratzte, konnte ich eine Vermutung anstellen.

Ich riss das Fenster wieder auf und schaffte es, nachdem ich wie wild mit den Armen herumgeschlagen hatte, dass Quoth nach draußen flog. Ich sank auf den Boden, um zu Atem zu kommen.

Was hatte ich mir nur dabei gedacht, dass es einfacher war, einen Raben um sich zu haben?

Morries Kopf erschien in der Tür. »Zeit zum Ausfliegen, meine Hübsche. Wir sind schon viel zu lange hier. Hey, wo ist das kleine Vögelchen?«

Ich streckte eine Hand aus und er half mir auf. »Du solltest ihn nicht so nennen. Und er ist draußen. Der Schrecken von Argleton ist aufgetaucht und hat uns voll erwischt.«

Morrie schauderte, als er mich auf die Füße zog. Ich bemerkte einen Stapel Papiere unter seinem Arm. »Wenn die Maus hier ist, gehen wir *sofort*.«

Er zerrte mich die Treppe hinunter und durch die offene Hintertür, schloss sie ab und zog sie hinter sich zu. Wir rannten die Seite des Hofes hinunter, wo Quoth von einem nahen Baum herunterflatterte und sich auf meine Schulter hockte, wobei sich seine Krallen in meine Haut gruben.

Morrie hörte nicht auf zu rennen, bis wir die Straßenecke erreichten. Er untersuchte seine Hosenbeine nach Mäusen, bevor er sich wieder aufrichtete.

»Krächz«, sagte Quoth und wippte mit dem Kopf auf und ab, als ob er lachen würde.

»Ja, dir ist es auch nicht besser ergangen, oder? Klugscheißer. Während ihr zwei neue Freunde gefunden habt, habe ich etwas wirklich Nützliches gefunden.« Morrie hielt seinen Stapel Papiere hoch. »Aufzeichnungen über Dorothy Ingrams Abtreibung sowie der Bericht dieses Arztes über einen mysteriösen Todesfall. Und ein offizieller Antrag auf Namensänderung. Diesen Artikeln und Papieren zufolge starb ein Herr Wesley Bayliss im alten Krankenhaus, nachdem er Schierling zu sich genommen hatte. Kurz darauf änderte seine Frau, Sally Bayliss, ihren Namen und zog aus einem nahe gelegenen Dorf nach Argleton. Willst du raten, wie sie jetzt heißt?«

»Wie denn?«

Morrie grinste. »Frau Sylvia Blume. Das heißt, Ginny Button hat unser Geistermedium erpresst.«

29

Ich starrte auf den Zettel in Morries Hand und ein flaues Gefühl machte sich in meinem Magen breit. »Frau Blume sagte, sie sei nie verheiratet gewesen.«

»Sie hat gelogen«, sagte er.

Mit zitternden Händen zückte ich mein Handy und wählte Jos Nummer.

»Hey, Mina. Ich hoffe, du rufst an, um mir zu sagen, wie dein Date mit Heathcliff gelaufen ist.«

»Es lief ... gut.« Ich wurde rot, als Quoth mit seinem Kopf meine Hand anstupste und Morrie mit seinem Finger über die Striemen an meinem Handgelenk strich, und mir einfiel, was gestern Abend passiert war. *Ich hatte Jo eine Menge zu erzählen.* »Aber darüber kann ich jetzt nicht reden. Ich muss dich etwas über Schierling fragen.«

»Das ist das Gift, das Sokrates getötet hat. Was ist damit?«

»Weißt du irgendetwas darüber, zum Beispiel, wie man es zum Töten benutzt?« Ich hielt inne und überlegte mir einen plausiblen Grund für meine Frage nach dem Schierling. »Ich versuche, einen Streit mit Morrie zu gewinnen.«

Jo lachte. »Bei so einer edlen Sache helfe ich gerne.

Schierling gehört zur Familie der Apiaceae, wie Karotten und Pastinaken. Er wird seit Jahrhunderten in kleinen Mengen in Kräutermitteln verwendet. Er wirkt wie ein Nervengift. Das Taubheitsgefühl schleicht sich von den Füßen bis zur Brust durch den Körper. Das Opfer bleibt während des gesamten Prozesses bei klarem Verstand, denn Platon berichtet, dass Sokrates bis zu dem Moment, als das Gift sein Herz erreichte, mit seinen Schülern sprach. Was die gerichtsmedizinischen Aufzeichnungen angeht, so wurde seit der Antike niemand mehr mit Schierling ermordet. Es gibt zwar viele Todesfälle durch Schierling, aber das sind immer Unfälle. Meistens sind es Sammler, die glauben, sie hätten eine erlesene Ernte wilder Pastinaken gefunden, oder reiche Adlige in Italien, die Singvögel verspeisen, die das Gift übertragen, wenn sie Schierlingsamen fressen. Obwohl es natürlich immer schwierig ist, das zu sagen. Es könnte viele Giftmischer geben, die im Laufe der Jahre mit Schierling davongekommen sind.«

Mir fällt da schon mindestens eine ein. »Danke, Jo. Ich weiß das zu schätzen.«

»Warte mal, lass mich nicht im Ungewissen. Hast du gewonnen?«

Morries Hand schob sich unter mein Hemd und seine Finger streichelten meine Brustwarze durch den Stoff meines BHs. »Ja«, sagte ich mit angestrengter Stimme. »Ich habe definitiv gewonnen.«

Ich schrie auf und schob Morrie weg, obwohl mein Körper nach mehr schrie. »Nichts von alledem. Wir haben Frau Ellis womöglich mit ihrer Mörderin allein gelassen.«

»Sie ist nicht allein.« Morrie küsste meinen Hals und ließ seine Hände über meinen Körper wandern. »Sie hat Heathcliff, um sie zu beschützen.«

Ich schubste ihn weg, diesmal fester. »*Du* machst dir vielleicht keine Sorgen, dass deine Freunde von einer verrückten Wahrsagerin mit Schierling oder Arsen gefüttert werden, aber ich schon. Wir müssen zurück in den Laden!«

Ich riss mich von Morrie los und floh durch das Dorf in Richtung Nevermore Bookshop, Quoth flatterte hinter mir her. Morries teure Brogues polterten auf dem Fußweg. »Mina, warte doch!«

Irgendetwas stimmte nicht. Ich konnte es spüren.

Ich stieß die Tür auf. »Heathcliff? Frau Ellis?«, rief ich. »Seid ihr hier drin?«

»Oh, Mina, Liebling, du bist wieder da!«, rief Sylvia. »Wir sind genau hier, wo du uns zurückgelassen hast, und können es kaum erwarten, rauszukommen.«

Mit klopfendem Herzen bahnte ich mir einen Weg durch die Bücherstapel und fand die Drei im Raum für Weltgeschichte. Zu meiner Überraschung saß Heathcliff gegenüber von Frau Ellis am Tisch, mit einer schlafenden Grimalkin auf dem Schoß und einem Scrabble-Spiel vor sich ausgebreitet. Er machte einen gequälten Gesichtsausdruck und umklammerte eine Teetasse in seiner Hand. Hinter ihm stand Frau Blume neben dem Teewagen und schenkte eine weitere Tasse ein.

»Sie hat mich gezwungen, dieses fade Spiel zu spielen«, murmelte Heathcliff und sah Frau Ellis böse an. »Und dann tanzt sie durch den Raum, wenn sie gewonnen hat. Überall fliegen verdammte Tücher und Taschen herum. Es ist alles nur ein Spiel, bis jemand ein Auge ...«

Der Tee! Ja, natürlich. Sylvia machte ihren eigenen Tee, den sie im Club der verbotenen Bücher servierte. Ich wettete, sie hatte Arsen in Frau Scarletts Tasse getan!

Ich riss Heathcliff die Teetasse aus den Händen und hielt sie außer Reichweite. Er schaute mich besorgt an. »So schlimm war der Scherz nicht. Ihre waren wesentlich schlimmer, das kannst du mir glauben.«

»Ich gebe dir mein Wort! Ha ha!« Frau Ellis johlte vor

Vergnügen, aber als sie mich bemerkte, verzog sie das Gesicht vor Sorge. »Geht es dir nicht gut, Schatz? Du siehst ein bisschen blass aus.«

»Vielleicht müssen deine Chakren in Einklang gebracht werden«, warf Sylvia ein. »Ich werde dir gerne dabei helfen.«

Meine Gedanken wirbelten durcheinander. Alles, woran ich denken konnte, war, dass wir Sylvia von der Buchhandlung wegbringen mussten, weg von Tee, Flüssigkeiten und Dingen, mit denen sie meinen Freunden schaden könnte.

»Mir geht es gut, danke«, keuchte ich. »Wollten Sie heute nicht zur Arbeit gehen?«

»Doch«, Sylvia schaute auf ihre Uhr. »Ich habe heute Nachmittag zwei Termine.«

»Nun, Morrie und ich werden Sie gerne begleiten, wenn Sie jetzt bereit sind, zu gehen.«

»Oh, ja, vermutlich schon, wenn du wirklich nicht willst, dass ich mir deine Chakren ansehe?« Ihr verwirrter Blick drehte mir den Magen um. »Ich muss noch ein paar Sachen aus meinem Häuschen holen.«

»Das ist in Ordnung. Wir bringen Sie hin. Es wäre gut zu überprüfen, ob der Mörder bei Ihnen zu Hause gewesen ist.«

»Das wäre eine Erleichterung, danke.« Sylvia bückte sich, um Frau Ellis eine Tasse Tee zu reichen, aber ich riss sie ihr aus der Hand. »Tut mir leid, Frau Ellis. Ich habe gerade gesehen, wie eine Spinne in den Tee gefallen ist. Er ist nicht trinkbar.«

»Krächz!«, fügte Quoth von meiner Schulter aus hinzu.

Heathcliff stand auf und folgte mir in den Hauptraum. Ich drückte ihm beide Tassen in die Hand. »Nimm sie mit nach oben und stell sie auf Morries Schreibtisch. Lass niemanden etwas trinken oder essen, was Sylvia angefasst hat.«

Heathcliffs dunkle Augen musterten mich. »Aus diesem auffälligen Verhalten heraus schließe ich, dass du eine neue Verdächtige hast?«

»Da liegst du richtig.«

»Und du bist dabei, mit ihr um die Häuser zu ziehen«, knurrte er.

»Morrie wird bei mir sein. Ich bin nicht in Gefahr.« Ich beugte mich vor und küsste ihn auf die Wange. »Ich verspreche es.«

Heathcliff grummelte vor sich hin, als er die Treppe hinaufschlurfte. Grimalkin trottete um seine Knöchel herum und nahm an, dass er in die Küche gehen würde, um ihr ein Leckerli anzubieten.

Quoth blieb zurück, um Frau Ellis ins Krankenhaus zu begleiten. Morrie und ich flankierten Sylvia, als sie ihre Tragetaschen einsammelte und den Laden verließ. Glasgefäße und Flaschen klirrten im Inneren. Was für Gräuel sie in den Tiefen dieser Taschen versteckt hatte, konnte ich nur erahnen.

Sie hatte ihren Mann vergiftet und ein neues Leben begonnen. Und jetzt fing sie wieder von vorne an. Aber warum?

Frau Blume plapperte ununterbrochen, während wir aus dem Dorf hinaus und die Straße in Richtung King's Copse entlang gingen. Morries Hand schwebte über seiner Tasche und ich wusste, ohne fragen zu müssen, dass er darin eine Art Waffe aufbewahrte. Dadurch fühlte ich mich besser, und gleichzeitig hasste ich mich dafür. *Ich sollte nicht bei James Moriarty nach Schutz suchen.*

Wir passierten den schmalen Pfad, auf dem Heathcliff und ich den Wald betreten hatten. Eine halbe Meile weiter schlängelte sich ein Feldweg durch die Bäume. Wir folgten ihm in den Wald hinein, hinunter zu den halbkreisförmig angeordneten Häusern.

Im Tageslicht sahen die Häuser klein und trist aus. Die Schornsteine stürzten gegen die baufälligen Dächer. An den Steinmauern stapelten sich Müllhaufen. Der Steg, der in den Wald führte, auf dem Heathcliff und ich gestanden hatten, schien im Boden zu versinken. Die Bretter waren zerbrochen und stürzten an mehreren Stellen ein.

»Hier ist meine bescheidene Behausung.« Am letzten Haus angekommen zog Frau Blume ein Schlüsselbund aus ihren wallenden Röcken und steckte einen in das Schloss. Sie stieß die Tür auf und gab den Blick frei auf eine klaffende Schwärze im Inneren.

Ich folgte Morrie ins Innere und wartete darauf, dass das graue Licht aus den Fenstern die Quadrate des Innenraums erhellte. Das Innere von Frau Blumes Haus sah aus wie eine Mischung aus Vorratsbunker und Hexenversteck. Schmale Regale säumten jede Wand, vollgestopft mit Konservendosen und großen Tüten mit Mehl und Zucker, zusammen mit Hunderten von Medizinflaschen und Kräutergläsern. Mein Magen zog sich zusammen, als ich mehrere Flaschen mit einem schwarzen Totenkopf sah. *Sie bewahrte überall in diesem Haus Gifte auf.* Stapel von schiefen Zwiebeln und schmutzigem Gemüse säumten die Bänke in der winzigen Küche, während Zweige an großen Trockenständern unter dem größten Fenster hingen.

»Was ist das alles?«, fragte ich und musterte die sorgfältig beschrifteten Etiketten auf den Gläsern.

»Kräuter. Ich sammle und trockne sie alle selbst.« Sylvia zeigte auf die quadratischen Holzformen und Schneidewerkzeuge auf dem Küchentisch. »Ich stelle Kräuterseifen und Hautcremes her, aber auch Heilmittel, Teemischungen und Zaubersets für meinen Laden. Der Wald liefert mir eine reiche Ernte.«

Ich entdeckte eine runde Trommel in der Ecke. Als ich mich bückte, um ihren Inhalt zu untersuchen, zog sich mein Magen zusammen. Darin befanden sich mehrere geschnitzte Holzstöcke, alle mit unterschiedlichen Längen und Mustern. Ich kramte in der Trommel und fand einen, der genauso aussah wie

Dorothy Ingrams Blumenmuster, und einen anderen, der zu dem passte, den wir in Frau Winstones Büschen gefunden hatten.

Hinter meiner Schulter verhärtete sich Morries Blick.

»Das sind wunderschöne Spazierstöcke«, sagte ich und setzte ein Lächeln auf, als ich ihr den mit der Mondphase hinhielt.

»Ah, Mina, die Künstlerin, hat sie natürlich sofort gefunden«, sagte Frau Blume strahlend. »Ich bin sehr stolz auf dieses besondere Design. Drechseln und Schnitzen sind meine Hobbys. Ich mache Ritualschalen und Statuen für den Laden. Die Gehstöcke habe ich alle von Hand geschnitzt, und sie gehören zu meinen Verkaufsschlagern. Ich verwende nur umgestürzte Bäume und Äste, die ich im Wald finde. Willst du mein Atelier sehen?«

Nein. Ich wollte hier raus und direkt zur Polizei gehen. »Sehr gerne.«

Sylvia führte uns durch das kleine Häuschen und durch eine klapprige Hintertür. Als ich nach draußen trat, bemerkte ich Eimer, die auf dem Boden verteilt waren, um die Tropfen vom undichten Dach aufzufangen. Ich fröstelte angesichts der Feuchtigkeit. Diese Hütten waren wirklich nicht bewohnbar.

Draußen führte ein zugewachsener Weg zu einer kleinen Wellblechkonstruktion hinunter. Sylvia öffnete eine schmale Tür und winkte mir, hineinzugehen. Ich schaute Morrie an, der nickte und sich gegen den Türrahmen lehnte.

Sie konnte mir nicht wehtun, solange Morrie hier war.

Nervös betrat ich den Schuppen und ließ meinen Blick über die Regale mit den geschnitzten Schüsseln, Tabletts und Holzuhren schweifen. In der Ecke ragten noch einige Wanderstöcke aus einem Schirmhalter.

»Die meisten der Hütten haben eine Werkstatt. Viele Künstler leben hier, weil die Häuser so billig waren. Ich habe viele ihrer Kunstwerke in meinem Laden, und wir tauschen Vorräte und Überbestände, wo wir können. Wir haben unsere eigene kleine Gemeinschaft.« Frau Blume zeigte über den niedrigen Zaun hinweg auf einen anderen Schuppen. »Das ist der Schuppen von Helmut. Er ist ein begabter Schmied, und ich verkaufe viele seiner magischen Messer und andere Werkzeuge in meinem Laden. Er lebt mit seiner Schwester zusammen, die die tollsten Leckereien backt.«

»Greta. Ich kenne sie.« Ich zwang mich zu einem Lächeln.

»Ja, sie ist reizend. Ich habe in den letzten Monaten eng mit ihr und ihrem Bruder zusammengearbeitet, indem wir beim Planungsausschuss Anträge gestellt haben, um das Wohnungsbauprojekt zu beschleunigen.«

»Sie ... Sie wollten, dass das Wohnbauprojekt vorangetrieben wird?«

»Natürlich! Sie brauchten das Land für die neuen Häuser und wollten jedem von uns eine große Summe Geld zahlen, viel mehr als diese alten Hütten wirklich wert sind. Helmut wollte eine richtige Schmiede bauen, und ich hatte vor, mir einen Laden zu kaufen und darüber zu wohnen.« Sylvia rollte mit den Augen zum Dach, wo der Rost große Löcher in das Eisen gefressen hatte. Wasser tropfte auf den kalten Steinboden. »Oh, in einem warmen, trockenen Haus zu leben. So einen Luxus kann ich mir gar nicht vorstellen! Natürlich haben wir bei all dem Tohuwabohu um den Bauantrag noch nicht unsere Auszahlung erhalten. Und wenn die Lachlans wegen des Mordes an der lieben Gladys nicht freigesprochen werden, bin ich mir nicht sicher, ob wir das jemals werden.«

Sylvia wollte, dass das Bauvorhaben vorangetrieben wurde! Frau Scarletts Protest kam ihr in die Quere!

»Vielen Dank, dass Sie mir Ihre Werkstatt gezeigt haben, Sylvia. Sobald Sie die Sachen zusammen haben, die Sie brauchen, können wir Sie zu Ihrem Laden begleiten.«

»Natürlich. Ich danke dir vielmals. Mabel und ich wissen wirklich zu schätzen, was ihr alles tut. Die Polizei war alles andere als hilfreich. Sie glauben immer noch, dass die Lachlans Gladys vergiftet haben, kannst du das glauben?«

Nein, das konnte ich wirklich nicht.

Während Sylvia herumwuselte und zwei weitere Tragetaschen mit Seifen, Kristallen und Gläsern mit seltsamen Blättern füllte, taten Morrie und ich so, als würden wir nach Anzeichen für die Anwesenheit des Mörders suchen, während wir uns leise unterhielten.

»In diesem Raum gibt es mehr Gifte als in der Stube von Lucrezia Borgia«, sagte Morrie.

»Stimmt. Und hast du die ganzen Chemiegeräte neben den Seifenformen gesehen? Frau Blume hat das Werkzeug und die Fähigkeit, Arsen zu isolieren. Ich glaube, sie hat Frau Scarlett etwas von ihrem arsenhaltigen Tee gegeben. Und die Spazierstöcke ...«

»Die Beweise deuten eindeutig auf eine Person hin. Und wir haben ein Motiv für den Mord an der ersten alten Dame. Wenn es Frau Scarlett gelungen ist, den Ausschuss gegen die Erschließung zu beeinflussen, würde keiner der Hüttenbesitzer seine Auszahlung erhalten.« Morrie schauderte, als er sich über einen nassen Fleck auf seiner Schulter wischte. »Bei all der Feuchtigkeit und dem Elend wäre das Geld, um ein warmes, trockenes Haus zu kaufen, es wert, dafür zu töten.«

»Schnell, sie kommt zurück!« Wir richteten uns gerade auf, als Sylvia mit ihren Tragetaschen ankam.

»Sollen wir uns auf den Weg machen?«, grinste sie. »Danke noch mal, dass ihr mir geholfen und nach dem Mörder gesucht habt. Die letzte Nacht hat Spaß gemacht, aber ich kann es kaum erwarten, wieder an die Arbeit zu gehen.«

»Du hast gerade einen machiavellistischen Plan umrissen, der eines Agatha-Christie-Romans würdig wäre«, murmelte Heathcliff, als ich ihm erzählte, was wir in Sylvias Hütte entdeckt hatten.

»Das weiß ich, aber es ist nun mal wahr. Ich sage dir, dass wir die Mörderin gefunden haben. Wir müssen zur Polizei gehen, bevor Sylvia auch noch Frau Ellis umbringt!«

»Aber welche Beweise hast du denn außer einem hölzernen Spazierstock, den jeder in ihrem Laden hätte kaufen können?«, verlangte Heathcliff zu wissen. »Es ist nicht einmal dasselbe Gift, das sie bei ihrem Mann benutzt hat, wenn das überhaupt passiert *ist*.«

»Das zeigt, dass sie sich mit verschiedenen Giftarten auskennt! Und Morrie hat die geotechnischen Berichte in King's Copse durchsucht und sie zeigen Arsenvorkommen im Boden und in den Erzresten aus den alten Minen.«

»Aber das erklärt nicht die beiden anderen Morde oder den Überfall. Selbst wenn sie die alte Schachtel und die vornehme Schlampe, die sie erpresst hat, umgebracht hat, warum hat sie dann die dritte Frau angegriffen?«

Ich musste zugeben, dass ich da auch im Dunkeln tappte, aber ich war mir sicher, dass wir eine Verbindung finden würden, wenn wir nur tief genug suchten. »Du sollst der grüblerische, leidenschaftliche Bad Boy sein. Seit wann bist du so abhängig von *Beweisen*?«

»Seit die Polizei darauf bestanden hat, dass du dich nicht mehr in ihre Fälle einmischst. Du könntest wieder in Haft landen«, schoss Heathcliff zurück.

»Wenn du so schlau bist, was glaubst du, wer Frau Scarlett und Ginny Button umgebracht und Frau Winstone angegriffen hat ...«

»Warte, warte mal!« Morrie rieb sich das Kinn. »Wir haben das alles falsch gesehen.«

Ich drehte mich um. »Was meinst du?«

»Ich meine, mir ist gerade eingefallen, obwohl mir das eigentlich schon früher hätte einfallen müssen, was mich stutzen lässt, wir haben drei verschiedene Verbrechen, ja? Eine böswillige Vergiftung, ein Treppensturz mit einer gestohlenen Halskette und eine brutale Schlägerei mit einem Holzstock. Was sagt dir das?«

»Dass der Mörder ein Faible für den Club der verbotenen Bücher hat?«

»Nein! Denk doch mal nach. Warum solltest du dir die Mühe machen, Frau Scarlett so zu vergiften, dass du garantiert nicht erwischt wirst, um danach dann Ginny Button die Treppe hinunterzustoßen, ihren Schmuck klauen und Frau Winstone am helllichten Tag mit einem Spazierstock zu verprügeln?«

Morries Proteste dämmerten mir. »Du denkst, wir haben es mit verschiedenen Mördern zu tun.«

»Das tue ich.« Morrie schnappte sich sein Handy und fing an, mit dem Finger auf eine Notizen-App zu kritzeln. »Ginnys Tod und der Mordversuch an Frau Winstone, wenn es überhaupt ein Mordversuch war, sind die Taten von verzweifelten Menschen. Der Tod von Frau Scarlett war clever und heimtückisch, weil er so gut geplant war. Das bedeutet, dass wir es entweder mit zwei verschiedenen Mördern zu tun haben oder die Lage deines Verdächtigen immer prekärer wird.«

»Wir müssen herausfinden, ob Frau Winstone ...« Mein Handy summte. Ich drückte es an mein Ohr.

»Wunderbare Neuigkeiten«, zwitscherte Frau Ellis am anderen Ende. »Brenda ist aus dem Krankenhaus entlassen worden. Ich helfe ihr jetzt mit dem Papierkram, und dann bringe ich sie zurück in ihr Haus und helfe ihr, zurechtzukommen. Sie hat immer noch starke Schmerzen, aber die Ärzte sagen, dass sie sich zu Hause erholen kann.«

»Was ist mit ihrem Mann, Harold? Würde er sie nicht selbst nach Hause bringen wollen?«

Es gab eine Pause am anderen Ende der Leitung, bevor Frau Ellis sagte: »Der liebe Harold ist immer noch auf Geschäftsreise. Wirst du kommen, Mina? Dein schöner Freund ist mit uns gekommen, aber er scheint irgendwo verschwunden zu sein. Ich möchte gar nicht daran denken, wer uns in Brendas Haus erwarten könnte.«

»Natürlich werden wir kommen.« Ich legte den Hörer auf und informierte Heathcliff und Morrie über das, was Frau Ellis gesagt hatte. »Quoth hatte wohl Probleme, seine menschliche Gestalt zu behalten. Ich werde zu den Winstones fahren und mir das Haus ansehen. Vielleicht kann Brenda uns sagen, warum Sylvia sie töten wollte.«

»Ich komme mit dir.« Morrie griff nach seiner Jacke.

»Nicht nötig. Quoth wird den Damen in seiner Vogelgestalt folgen, sodass ich geschützt bin. Du musst zu Sylvia Blumes Laden gehen und dafür sorgen, dass sie ihn nicht verlässt. Und wenn meine Mutter dort ist, lass sie nichts essen oder trinken, was Sylvia anbietet.«

»Was ist mit mir?«, bellte Heathcliff.

»Bleib hier. Kümmere dich um den Laden und sei so charmant wie immer. Ich rufe dich, wenn ich dich brauche.«

Ich rannte aus dem Laden und über die Wiese. Keuchend erreichte ich das Haus von Frau Winstone. Es stand kein Auto in der Einfahrt, aber ich nahm an, dass sie eine Mitfahrgelegenheit genommen hatten. Frau Ellis hatte keinen Führerschein, weil sie es liebte, mit den Fahrern zu flirten. Wie ich vorausgesagt hatte, hockte Quoth auf einem Ast über der Tür. Sein Blick schweifte vom Fenster ab, um die Straße zu beobachten. Ich winkte und er nickte mir zu.

Ich habe sie nicht aus den Augen gelassen. Keiner ist ihnen hierher gefolgt, sagte er in meinem Kopf.

Danke. Ich klopfte an die Tür.

»Nur eine Minute.« Frau Winstone schlurfte durch das Haus.

»Oh, setz dich doch, Brenda. Ich gehe schon.« Frau Ellis riss die Tür auf. »Mina, ich bin so froh, dich zu sehen. Dein Freund ist unerwartet im Krankenhaus abgehauen und hat ein paar seiner Sachen zurückgelassen. Ich weiß nicht, wo er splitterfasernackt hingegangen ist, aber ich hoffe, wir sehen ihn bald wieder. Komm doch rein und hilf mir, Brenda einzuquartieren.«

Ich folgte Frau Ellis durch den Flur in ein gemütliches Wohnzimmer. Auf jeder Oberfläche waren Fotos umgedreht oder mit dem Bild an die Wand gelehnt worden. Als ich am Tisch im Flur vorbeiging, streifte mein Kleid den Rand eines Rahmens und er rutschte auf den Teppich. Ich bückte mich, um ihn aufzuheben. Er war umgekippt und zeigte das Bild einer jungen Frau Winstone, die von einem Ohr zum anderen strahlte, während sie einen Mann umarmte.

»Mein Mann, Harold«, sagte Frau Winstone und ihre Stimme wurde immer lauter. Sie saß in einem Lehnstuhl am

Fenster und hatte die Füße auf einen Schafsfellschemel gelegt. Frau Ellis fummelte an einem Couchtisch neben ihr herum. »Sieht er nicht gut aus?«

»Oh ja.« Der Mann auf dem Foto strahlte einen gewissen Charme aus. »Frau Ellis sagte, er sei auf Geschäftsreise. Wo ist er denn hin?«

»Das weiß nur der liebe Gott«, sagte sie und ihr Tonfall war plötzlich bitter. »Sechsundzwanzig Jahre Ehe, und er hat mich verlassen.«

Die arme Frau Winstone. Ich legte das Foto zurück auf den Tisch und kam mir dumm vor. Das war also der Grund, warum sie alle Fotos verkehrt herum aufgestellt hatte und warum er nicht ins Krankenhaus kam, um sie zu besuchen. »Es tut mir so leid.«

»Er war schon immer ein mieser Bastard. Du bist ohne ihn besser dran, Liebes.« Frau Ellis kannte die richtigen Worte, die Freundinnen auf der ganzen Welt zueinander sagten, wenn ein Mann einer anderen das Herz gebrochen hatte.

»Er war *wunderbar*«, seufzte Frau Winstone. Ihre Augen schweiften zur Decke, die tausend Meilen entfernt war. »Er war so gutaussehend und klug. Ich habe nie wirklich verstanden, was er in mir sah. Alles habe ich richtig gemacht, alles, was eine gute Ehefrau tun sollte. Ich flehte ihn an, Kinder zu bekommen, aber er sagte, er könne sich keine Zeit für seine Arbeit nehmen. Ich habe meinen Traum, Mutter zu sein, für ihn aufgegeben, und *er* hat mich verlassen!«

»So, so. Ich setze den Kessel auf«, stapelte Frau Ellis ein weiteres Kissen hinter Frau Winstone und trat zurück, um ihre Arbeit zu bewundern. »Ich habe ein paar Lebensmittel eingekauft. Mina, hilfst du mir in der Küche? Die Sanitäter haben Brendas Essen auf die Arbeitsplatte gestellt und einiges davon scheint verdorben.«

»Ich wasche mir die Hände und bin gleich wieder da.« Am Ende des Gemeinschaftsraums entdeckte ich eine Toilette.

Als ich an der Küchentür und dem Wäscheschrank vorbeikam, stieg mir ein fauliger Geruch entgegen, ein Hauch von Fäulnis. *Das würde das Essen sein, das Frau Ellis gemeint hatte. Das kam davon, wenn man plötzlich ins Krankenhaus gebracht wurde.*

Die Einrichtung des Badezimmers war genau so, wie ich es von Frau Winstone erwartet hatte, flauschige Handtücher und ein Plastikduschvorhang mit einem Muster aus tänzelnden Katzen. Ich erledigte mein Geschäft und wusch mir die Hände mit Seife in Form einer Muschelschale.

Frau Winstone sah ein bisschen blass aus. Es war eine Menge zu verkraften, dass ihr Mann sie verlassen hatte und sie dann auch noch in der gleichen Woche verprügelt wurde. *Ich fragte mich, ob sie etwas in ihrem Medizinschrank hatte, das helfen konnte.*

Ich öffnete die Spiegeltür und schaute in die Regale mit Kosmetika, Parfüms und Seifen. Als ich eine Flasche Ibuprofen aus dem Regal zog, rutschte etwas heraus und fiel klappernd ins Waschbecken. Eine Halskette. Irgendetwas daran kam mir bekannt vor und ich hatte das nagende Gefühl, dass es wichtig war.

Ich hob die Kette auf und hielt sie gegen das Licht. Die Steine funkelten in kunstvollen Tropfen, tiefrote Rubine, umgeben von Diamanten. Meine Hand zitterte.

Diamanten und Rubine.

Ich erinnerte mich daran, wo ich die Halskette schon einmal gesehen hatte.

Um den Hals von Ginny Button.

»Die hat Harold ihr geschenkt, wissen Sie?«

Ich wirbelte herum. Frau Winstone stand in der Tür und verzog ihr gequältes Gesicht zu einem Ausdruck stiller Wut.

Die Gefahr kribbelte an den Rändern meines Gewissens. »Ihr Mann hat Ginny Button eine Halskette geschenkt?«

»Das ist es, was Männer wie Harold für ihre Geliebte tun.«

Es dauerte einen Moment, bis ich ihre Worte verstand. Harold Winstone. Das »H« in Ginnys Liebesbriefen, der Mann, der ihr Baby gezeugt hatte und den sie heiraten wollte ... es war Frau Winstones Ehemann.

Oh nein!

Frau Winstone nickte mit traurigen Augen. »Harold hatte im Laufe der Jahre viele Frauen. Das war zu erwarten, wenn ein so gutaussehender Mann wie er für die Arbeit reist. Er war sehr einsam. Ich habe es ertragen, weil ich wusste, dass er mir eines Tages ein Kind schenken würde und ich mich nie wieder einsam fühlen würde.«

Ich ließ meinen Blick über Frau Winstones Schulter in den Flur schweifen, auf der Suche nach einem Ausweg. *Sie war noch schwach von dem Angriff. Ich könnte mich an ihr vorbeischieben und nach draußen laufen. Quoth könnte sich verwandeln und mir helfen, sie zu überwältigen.* »Warum haben Sie diese Halskette, Frau Winstone?«

»Ich habe sie dem Flittchen weggenommen, und ich nehme ihr auch das Kind weg. Es gehört von Rechts wegen mir. Er ist *mein* Mann.«

»Aber wie ...«

Mir blieb der Mund offenstehen. Die Halskette glitt mir aus den Fingern und fiel klappernd auf die Fliesen.

Frau Winstone hatte Ginny Button *getötet.*

Frau Winstone lachte. »Sehen Sie, meine Liebe. Ich wusste, Sie würden es verstehen. Ich habe sie ihr entrissen, bevor ich sie die Treppe hinuntergestoßen habe. Das Knacken, als ihr Genick brach, war wie Chormusik, so schön, so rechtschaffen. Es musste getan werden. Gott sei Dank konnten die Ärzte das Kind retten. *Mein Kind.*«

»Sie haben Ginny getötet?«

»Das hat sie sich selbst zuzuschreiben. Sie hätte nicht mit meinem Mann schlafen oder sein Kind bekommen dürfen, das eigentlich *mein* Kind hätte sein sollen. Sie wollte es mir unter die Nase reiben. Nur deshalb ist sie dem Club der verbotenen Bücher beigetreten, damit ich über die Teetassen hinwegsehen musste, wie Harolds Baby in ihr heranwuchs. Deshalb hat sie Dorothy Ingram beeinflusst, mich aus der Jugendgruppe zu werfen, damit ich nichts habe, damit ich so gedemütigt werde, dass ich einfach verschwinde und sie die neue Frau Harold Winstone wird.« Frau Winstone schüttelte traurig den Kopf. »Aber man kann nur so viel ertragen, bevor man zurückbeißt.«

»Aber wenn Sie Ginny getötet haben, wer hat Sie dann angegriffen?«

»Oh, ich wusste, dass ich die erste Person sein würde, die verdächtigt wird, wenn Ginny getötet wird und herauskommt, dass Harold der Vater ihres Kindes ist. Ich dachte mir, dass sie Kopien ihrer Briefe aufbewahrt, falls sie mich oder Harold später erpressen will.« Frau Winstones Augen wurden glasig. Frau Ellis trat hinter sie, ein Geschirrtuch über der Schulter und mit gesenktem Blick, als sie das Geständnis ihrer Cousine hörte. »Ginny liebte es, Erpressung einzusetzen, um zu bekommen, was sie wollte, deshalb hat sie sich überhaupt erst als Assistentin bei Harolds altem Krankenhausgeschichtsprojekt anstellen lassen. Sie hatte Zugang zu allen möglichen faszinierenden Unterlagen. Sie hatte etwas über Dorothy Ingram, da bin ich mir sicher.« Sie holte tief Luft.

»Wie auch immer, der Klatsch in dieser Stadt wirkt viel schneller als die Polizei. Und ich musste alle dazu bringen, woanders nach einem Mörder zu suchen. Also habe ich meinen eigenen Anschlag vorbereitet und ihn perfekt inszeniert, mit genau den richtigen Hinweisen, die die Polizei zu der anderen wirklich schuldigen Person führen würden. Ich hatte die Kette aufbewahrt, um sie in Dorothys Auto zu deponieren, sobald ich aus dem Krankenhaus entlassen wurde. Das ist der perfekte Weg, um sicherzustellen, dass alle Beteiligten ihre gerechte Strafe bekommen.« Frau Winstone zeigte auf ihre blauen Flecken. »Es hat furchtbar weh getan, aber nicht so sehr wie Harolds Verrat.«

»Die andere wirklich schuldige Person ... Sie meinen Dorothy Ingram?«

»Dorothy hat gegen mich wegen des Buchclubs gewettert und trotzdem hat sie dieser Hure erlaubt, den Kirchenausschuss dazu zu bringen, mich zu entlassen? Das war nicht fair. Die Jugendgruppe war mein einziges Vergnügen im Leben, und Dorothy hat es mir genommen. Jetzt, wo die liebe Gladys tot ist und ich im Krankenhaus liege, war ich mir sicher, dass man ihr wegen ihres Hasses auf den Buchclub die Schuld geben würde. Aber die Polizei ist so inkompetent, dass sie so tut, als wäre Ginnys Tod ein Unfall gewesen!«

»Oh, Brenda«, gurrte Frau Ellis und streichelte die Schulter ihrer Cousine.

»Ich habe sogar den Spazierstock im Gebüsch liegen lassen, damit sie ihn finden! Aber nur du warst schlau genug, Dorothy zu verdächtigen«, sagte Frau Winstone mit Tränen in den Augen. Mir drehte sich der Magen um, als ich daran dachte, dass ich ihr fast geholfen hätte, eine unschuldige Frau zu beschuldigen. »Alles, was ich je wollte, war ein eigenes Baby. Harold war dabei, eines mit ihr zu bekommen. Ich konnte es nicht ertragen. Ich konnte es einfach nicht. Das Kind hätte meins sein sollen.« Sie sank auf ihre Knie.

»Na, na«, Frau Ellis klopfte ihr auf die Schulter. Dabei holte sie ihr Handy aus der Tasche, warf es mir zu und bedeutete mir, damit nach draußen zu gehen. Ich war erstaunt, wie gelassen Frau Ellis mit dem Mordgeständnis ihrer eigenen Cousine umging. »Mina und ich werden dir helfen. Wir werden dafür sorgen, dass die Polizei versteht, warum du getan hast, was du getan hast.«

»Ich wollte, dass sie alle leiden für das, was sie mir angetan haben. Dorothy, Ginny und Harold sind diejenigen, die Unrecht getan haben!«

Aber wenn du Ginny und Dorothy bestraft hast, warum dann nicht Harold? Sie musste ihn wirklich sehr geliebt haben.

»Wir werden dafür sorgen, dass die Polizei das erfährt«, gurrte Frau Ellis. Ihre Augen weiteten sich, als sie hinter dem Rücken ihrer Cousine eine wählende Handbewegung zu mir machte. »Aber du musst mit uns kommen und die ganze Geschichte erzählen, damit sie es verstehen.«

»Ja, ich denke, sie sollten alles wissen«, stimmte Frau Winstone zu.

Mein Finger schwebte über die Tastatur. Ein paar Dinge passten immer noch nicht zusammen. »Was ist mit Frau Scarlett? Warum haben Sie sie vergiftet? Welche Rolle hat sie dabei gespielt?«

Frau Winstone schnalzte mit der Zunge. »Nein, nein. Ich habe Gladys nie etwas getan. Sie war diejenige, die mir von Ginny und Harold erzählt hat. Ihr unglücklicher Tod gab mir die perfekte Gelegenheit, dafür zu sorgen, dass Dorothy dafür bezahlt, aber das war nicht mein Werk.«

31

Nachdem ich den Anruf getätigt hatte, musste ich mit Frau Winstone und Frau Ellis auf das Eintreffen der Polizei warten. Jede Sekunde dehnte sich wie eine Ewigkeit, während ich mir die Frage nach dem Mord an Frau Scarlett durch den Kopf gehen ließ. Wenn Frau Winstone sie nicht getötet hatte, bedeutete das, dass es Sylvia Blume war?

Quoth würdest du zurück in die Buchhandlung fliegen und könntest du Morrie und Heathcliff erzählen, was passiert war.

Ich würde dich nicht allein lassen, bis die Polizei hier war, Mina, war seine einzige Antwort. Braune, feurige Augen blickten durch das Fenster herein und beobachteten, wie ich nervös durch das Wohnzimmer schritt.

Frau Winstone saß in ihrem Stuhl und wippte und wippte. Gelegentlich sprach sie, um mir mehr über Harold zu erzählen und wie wunderbar er war. Wieder fragte ich mich, wie sie eine Ehebrecherin brutal ermorden und einer anderen Frau etwas anhängen konnte, während sie ihren Mann weitermachen ließ, als wären sie immer noch das perfekte Paar.

Ich versuchte, sie nach Harold zu fragen, aber Frau Ellis

brachte mich zum Schweigen. *Ich nahm an, wir mussten auf die Polizei warten. Es war besser, sie nicht zu verärgern.*

Eine Ewigkeit später läutete es an der Tür. Kommissar Hayes und Wachtmeisterin Wilson standen auf der Türschwelle. Jo war hinter ihnen und trug ihre Tatortausrüstung. Im Baum hinter ihnen hob Quoth ab und schwebte über das Dorf in Richtung des Ladens.

»Mina Wilde«, sagte Hayes. »Ich dachte, ich hätte gesagt, dass ich Sie nie wieder in eine Mordermittlung verwickelt sehen will.«

»Das haben Sie, und ich habe zugestimmt. Ich verspreche, dass dies mein letzter Fall ist.« Ich öffnete die Tür. »Kommen Sie rein. Brenda ist im Wohnzimmer. Sie hat Ihnen viel zu erzählen.«

Die Beamten setzten sich auf das geblümte Sofa und begannen ihr formelles Gespräch. Frau Ellis hielt Frau Winstones Hand, während sie die traurige Geschichte noch einmal ausbreitete. Jo zog mich in den Korridor.

»Glückwunsch, dass du das herausgefunden und ein Geständnis aus der alten Dame herausbekommen hast. Bist du sicher, dass du kein Interesse daran hast, Detektivin zu werden? Die Arbeit ist hart und die Bezahlung ist beschissen, aber wir könnten zusammenarbeiten.«

Ich lächelte. »Ich glaube, ich überlasse dir die Leichen, wenn es dir nichts ausmacht. Außerdem wäre ich nicht so weit gekommen, wenn du nicht all meine seltsamen Fragen beantwortet hättest und Morrie, Quoth und Heathcliff nicht so wären wie immer.«

»Wo wir gerade von Teamarbeit sprechen, was hast du mir über die Jungs zu erzählen?« Jos Augen funkelten schelmisch.

»Morrie hat etwas gesagt, oder?«

»Er könnte ein paar Details verraten haben.« Jo stieß mich mit dem Ellbogen in die Rippen. »Los, erzähl schon.«

»Ähm, hast du nicht einen Tatort zu untersuchen?«

»Ach ja, genau.« Jo hielt ihre Tasche hoch. »Zuerst suche ich nach Beweisen, um diese nette alte Dame zu überführen. Dann reden wir über die Handschellen.«

Wieder wehte ein Hauch von Fäulnis an meiner Nase vorbei, schlimmer als zuvor. Ich schnappte nach Luft. »Kannst du das riechen?« Ich schnupperte erneut. *Ja, eindeutig Fäulnis.*

»Versuche nicht, das Thema zu wechseln«, sagte Jo und verzog das Gesicht. »Du hast recht. Hier drin ist definitiv etwas faul. Es riecht sogar eindeutig nach einer Leiche.«

Eine Leiche ... oh nein.

Frau Winstone musste uns vom Wohnzimmer aus gesehen haben. »Hört auf, in meinem Haus herumzuschnüffeln!«, rief sie.

Misstrauen flackerte in Jos Augen auf. Ich drehte mich um und suchte im Flur nach etwas, das Frau Winstone nicht sehen wollte. Mein Blick blieb auf dem Wäscheschrank hängen. Ich lehnte mich dicht an den Türrahmen und schnupperte.

»Oooh«, ich hielt mir die Nase zu. »Dieser Geruch kommt *definitiv* von hier.«

Frau Winstone sprang auf. »Nein. Nicht aufmachen!«

Ich riss die Tür auf. Etwas Schweres glitt aus der Dunkelheit und purzelte über den Boden. Ein kalter Arm schlug gegen meine Stiefel.

Obwohl er jetzt älter war und eine Seite seines Kopfes eingeschlagen war, erkannte ich die Gesichtszüge von Frau Winstones Foto. Ich sah den toten Körper ihres Mannes, des berühmten Historikers Harold Winstone.

»Jungs,« ich stieß die Ladentür so heftig auf, dass sie gegen das Bücherregal auf der anderen Seite schlug und eine von Quoths Rattentrophäen von ihrem winzigen Wandhaken rasselte. »Ihr werdet nicht glauben, was gerade passiert ist. Frau Winstone hat zugegeben, Ginny Button umgebracht und sich selbst verletzt zu haben, um Dorothy Ingram etwas anzuhängen. Und sie hatte die Leiche ihres Mannes Harold in ihren Wäscheschrank gestopft. Sie hat sich gerade der Polizei gestellt. Aber sie sagt, dass sie Frau Scarlett nicht umgebracht hat und wir ...«

Ich hielt kurz inne. Heathcliff und Morrie standen in der Mitte des Flurs und starrten auf etwas auf dem Boden. Heathcliff hielt eine zappelnde Grimalkin in seinen Armen.

»Was ist hier los?«

»Die Natur hat gesiegt, wo wir versagt haben«, erklärte Morrie. Quoth und ich eilten hinüber, und ich folgte seinem Blick zu der kleinen Gestalt auf dem Teppich.

Es war die kleine weiße Maus mit dem braunen Fleck am Bein. Der Schrecken von Argleton. Aber sie würde niemanden mehr terrorisieren. Sie lag auf dem Rücken, die kleinen Füße zur Decke gedreht, vollkommen tot.

Ich klopfte Quoth auf die Schulter. »Das hat ja lange genug gedauert.«

»Sieh mich nicht so an«, sagte Quoth. »Ich kam rein und fand sie so vor.«

»Grimalkin war es auch nicht«, knurrte Heathcliff, als die Katze nach seinen Augäpfeln schnappte. Er ließ sie fallen und sie stürzte sich auf die Maus. Er schubste sie wieder weg. »Ich will nicht, dass sie das Tier anfasst. Es sieht aus, als wäre es vergiftet worden.«

Vergiftet. Ein nagendes Gefühl zerrte an meinem Verstand, eine Verbindung zwischen der Maus und den Morden. Es war dasselbe Gefühl, das ich hatte, als ich Ginnys Halskette aufgehoben hatte. Ich bückte mich und schaute mir die Maus genau an. Ich nahm einen schwachen Hauch von etwas in der Luft wahr.

Knoblauch.

Grimalkin drängte sich an mir vorbei und tippte die Maus mit ihrer Pfote an. Ich schnappte sie mir und stolperte davon. »Heathcliff hat recht. Fass sie nicht an, Mädchen. Keiner von euch fasst sie an.«

»Halleluja«, murmelte Heathcliff. »Ich habe recht. Jemand erkennt meine Genialität an.«

Ich schob Grimalkin in den Kinderbereich und knallte die Tür zu. Dann ging ich zu Heathcliffs Schreibtisch und holte eine Dokumentenfolie heraus, wir hatten einen ganzen Stapel davon, um Quoths Kunstdrucke zu schützen. Ich hielt sie über die Maus und schaufelte den kleinen Körper hinein.

»Mina, was machst du da?« Morries Augen traten aus seinem Kopf.

»Kannst du das nicht riechen?« Ich hielt die Tüte offen und schnupperte erneut. *Nein, ich bildete mir das definitiv nicht ein.*

Ein Hauch von Knoblauch, derselbe Geruch, den ich bei Frau Scarlett wahrgenommen hatte, bevor sie starb. Ich hielt ihm die Tüte hin, aber er rümpfte die Nase und wich zurück.

»Ich habe schon einige interessante Drogen genommen, aber meine Nase kommt auf keinen Fall in die Nähe dieser Tüte.«

Ich seufzte. »Na gut. Dann werde ich dir sagen, dass es nach Knoblauch riecht. Ich glaube, diese Maus hat Arsen gegessen.«

»Das ist das Gift, das die alte Schachtel umgebracht hat«, blaffte mich Heathcliff an.

»Ganz genau. Ich glaube, unser kleiner Schrecken-Freund hier hat von demselben Vorrat geknabbert. Das heißt, ich weiß, wer Frau Scarlett getötet hat.«

33

»**K**ann ich dir helfen?« Greta sah auf, als ich die Bäckerei betrat.

»Hallo, Greta. Ich wollte dir nur sagen, dass wir die Maus erwischt haben«, sagte ich. »Der Schrecken von Argleton wird dich nicht mehr belästigen.«

»*Danke*. Diese faule Kreatur hat ein Loch in einen meiner Mehlsäcke gebissen. Sie hat überall eine Sauerei gemacht!« Greta strahlte über die Auslage. »Ich hatte schon befürchtet, dass die Gesundheitsbehörde ein paar strenge Worte für mich haben würde. Darf ich dir einen Leckerbissen anbieten? Für dich ist es kostenlos.«

»Oh nein, das ist schon okay. Ich muss noch woanders hin.«

»Bitte. Ich bestehe darauf.«

»Oh, na ja ...« Meine Geschmacksnerven wurden wässrig, als ich die Kuchen und Schnitten in der Vitrine betrachtete. *Nein, Mina, du warst stark.* »Klar. Einen Sahnekrapfen, bitte.«

Greta nahm die Zange in die Hand und schob einen der cremigen Leckerbissen gekonnt in eine Papiertüte. »Sonst noch etwas?«

»Ja, eigentlich schon. Ich habe mich gefragt, ob du noch

267

diese speziellen glutenfreien Krapfen hast, die du Frau Scarlett gegeben hast. Ich besuche eine Freundin, die auf gesunde Ernährung steht, und ich weiß, dass sie sich darüber freuen würde.«

Greta schüttelte den Kopf. »*Nein*. Ich habe aufgehört, sie zu machen. Sie waren so teuer, diese ganzen Spezialmehle! Jetzt, wo Frau Scarlett gestorben ist, will sie niemand mehr haben.«

»Das stimmt. Du behandelst deine Kunden wirklich gut und tust alles, um Essen zu machen, das allen schmeckt. Jeden Morgen sind Frau Ellis und Frau Scarlett zu dir gekommen und haben ihre Krapfen gekauft. Frau Ellis sagte, dass du ihnen sogar ihre Leckereien zur Seite gelegt hast, damit sie nicht ausverkauft waren, bevor sie ankamen.«

»Das macht man so, wenn man treue Kunden hat.«

»Wirklich?« Ich beugte mich vor und starrte sie an. »Man macht das so, sie mit Arsen vergiften?«

Gretas Lächeln wurde ein wenig schwächer. »Was hast du gesagt?«

Ich hielt den Krapfen hoch. »Jeden Morgen hast du Frau Scarletts Krapfen mit Arsen bestäubt. Es hätte genauso ausgesehen wie Puderzucker. Jeden Tag ein bisschen, nicht genug, um Verdacht zu schöpfen. Und irgendwann wäre sie dann tot umgefallen.«

»Das habe ich nicht getan«, schimpfte Greta. »Wie kannst du es wagen, mich ohne Beweise zu beschuldigen?«

»Ich habe alle Beweise, die ich brauche«, sagte ich und hielt den Beutel mit der toten Maus hoch. »Der Schrecken von Argleton wurde durch das gleiche Gift getötet, das auch Frau Scarlett getötet hat. Du hast mir neulich erzählt, dass du Gift ausgelegt hast, um die Maus zu fangen. Dein Fehler war, dass du das *gleiche* Gift benutzt hast.«

»Blödsinn. Ich kenne mich mit Arsen gar nicht aus.«

»Das ist auch eine Lüge. Dein Bruder Helmut baut sein

eigenes Erz in seiner Schmiede hinter King's Copse ab und verhüttet es. Ich weiß, dass das Erz in dieser Gegend große Mengen an Arsen enthält. Das Arsen würde im Schornstein von Helmuts Schmiede trocknen, wo du das Pulver leicht abkratzen könntest.«

Gretas Mimik verrutschte. Ich zog die Tüte mit dem Schrecken von Argleton aus meiner Handtasche und wedelte ihr mit der Maus vor der Nase herum.

»Diese Maus riecht nach Knoblauch, genau wie Frau Scarlett in den Tagen vor ihrem Tod gerochen hat. Ich bringe sie jetzt ins Labor, wo ein einfacher Test bestätigen wird, ob Arsen das Gift war, das ihn getötet hat, und woher das Arsen stammt. Das Einzige, was ich nicht herausfinden kann, ist, warum. Du kanntest Frau Scarlett doch kaum, außer als Kundin.«

»Sie ist eine verkommene Frau!«, schrie Greta. »Sie hält die Stadtentwicklung wegen ihrer kleinlichen Rachegelüste auf. Mein Bruder und ich warten schon seit vier Jahren darauf, unser neues Haus zu bauen! Sie will uns unglücklich machen, weil sie die Deutschen hasst. Nun, ich habe es ihr gezeigt. Das habe ich!«

Ja, natürlich. Es ging um das Geld, das Greta und Helmut von den Bauherren für ihr winziges Häuschen bekommen würden.

»Du hast es ihr gezeigt, indem du sie vergiftet hast.« Ich hielt den Körper der Maus hoch. »Und ich habe alle Beweise, die ich brauche, um dich zu überführen, genau hier.«

»Gib mir die Maus!« Greta stürzte um den Tresen und schnappte sich ein Messer aus dem Regal. Ich wich zur Tür zurück, aber sie war schneller. Sie warf ihren Körper zwischen mich und die Tür und hob das Messer, wobei ihre Augen böswillig funkelten.

»Du kennst die Wahrheit. Du wirst zur Polizei gehen. Ich werde dich töten müssen.«

34

»Greta, nein.« Ich hielt meine Hände hoch. »Es ist vorbei. Du machst es nur noch schlimmer für dich.«

»Gib mir die Maus, Mina.« Greta trat auf mich zu.

»Nein.«

Ich stolperte rückwärts, als Greta sich mit dem Messer auf mich stürzte. Mein Oberschenkel prallte gegen die Tischkante. Ich warf einen Stuhl in den Raum und versuchte, ein paar Hindernisse zwischen mich und Greta zu bringen. *Das war jetzt mein Leben, Messerstechereien aus dem Weg zu gehen.*

Eine dunkle Gestalt kam aus der Küche. »Schwester, was machst du da?«

Greta erstarrte, das Messer in der Hand. »Helmut?«

Helmut stellte einen Teller auf der Theke ab und eilte nach vorne. »Du bedrohst diese Frau mit dem Messer?«

»Ja, das tut sie«, sagte ich und ging auf die Tür zu.

»Sie wird zur Polizei gehen«, spuckte Greta. »Sie wird mich dir wegnehmen.«

»Ich habe alles gehört, euer ganzes Gespräch. Sie sagt, du wärst eine Mörderin, aber das ist nicht wahr. Das kann nicht wahr sein.« Helmut schritt auf seine Schwester zu und hielt ihr die Hand hin. »Gib mir das Messer, Greta.«

»Diese böse Frau hat uns ruiniert! Sie hat es absichtlich getan, weil wir Deutsche sind. Und sie hatte die Frechheit, hier hereinzukommen und bescheuerte Krapfen für ihre Diät zu verlangen!«

»Ich weiß.« Helmut schlurfte näher, seine Augen auf sie gerichtet. Seine Hand wackelte nicht, als er nach dem Messergriff griff. Gretas Handgelenk ruckte, aber sie ließ die Waffe nicht sinken, sondern starrte ihren Bruder weiter mit diesen Feuersteinaugen an.

»Ich habe das Arsen aus dem Schornstein in deiner Schmiede gekratzt«, flüsterte sie. »Ich dachte, jeden Tag ein bisschen auf ihre Krapfen, das macht sie krank, und vielleicht kommt sie dann zur Vernunft.«

»Oh, Greta.« Helmut schlang seine Arme um seine Schwester. Ich ging rückwärts durch die Tür und traf auf Morrie, der sein Telefon an sein Ohr presste und mit der Polizei sprach.

»Wenn das so weitergeht, müssen wir Kommissar Hayes auf der Kurzwahltaste behalten«, überlegte ich.

»Nicht, wenn ich es verhindern kann«, seufzte Morrie, beendete das Gespräch und steckte sein Telefon zurück in die Tasche. »Ich würde es vorziehen, wenn du die Polizei in Zukunft so weit wie möglich von meinen Angelegenheiten fernhältst.«

Ich grinste zu ihm hoch. »Machen diese lästigen Morde deinen kriminellen Plänen einen Strich durch die Rechnung?«

»Es ist eine Schande«, stimmte Morrie zu, drückte mich an seine Brust und zog mich in seine Umarmung. »Es ist nicht der richtige Zeitpunkt, um der Napoleon des Verbrechens zu sein. Ich muss mich stattdessen damit zufriedengeben, Mina Wildes attraktivster und cleverster Freund zu sein.«

35

»Wollen Sie damit sagen, dass Sie mithilfe dieses Wörterbuchs herausgefunden haben, dass die Maus eine besondere Vorliebe für Havarti-Käse hat, und dass Sie durch die Verwendung dieses Käses in Verbindung mit dem Gift ihre Schreckensherrschaft beendet haben?« Die Augenbraue der Reporterin wanderte so weit nach oben, dass sie ihr fast von der Stirn rutschte.

»Ich habe es schon beim ersten Mal gesagt«, knurrte Heathcliff und knallte *Mäusesprache für Menschen* auf den Schreibtisch. »Können wir jetzt das Foto machen?«

»Nur noch eine Frage. Was werden Sie mit der Belohnung machen?«

»Es fließt in einen Fonds, um die Pflege und Adoption von Baby Button zu unterstützen«, sagte Mama und warf sich die Haare wie ein Filmstar über die Schulter. »Das war natürlich meine Idee. Ich bin sehr gemeinschaftsorientiert. Können Sie das Foto von dieser Seite machen? Sylvia Blume sagt, das sei meine beste Seite.«

»Natürlich.« Der Fotograf nahm die letzten Einstellungen vor und drückte auf den Auslöser. Mama strahlte über

273

Heathcliffs Schulter, als der Fotograf das Bild knipste. Auf dem Schreibtisch vor ihnen stapelten sich die Wörterbücher für die Haustiersprache, und ein handgeschriebenes Schild zeigte stolz den Preis an, den Mama wegen ihrer neuen »Glaubwürdigkeit« um zwei Pfund erhöht hatte.

»Das wird morgen in der Zeitung stehen, unter der großen Überschrift 'Der Schrecken von Argleton ist vorbei'«, sagte die Journalistin und klappte ihr Notizbuch zu. »Vielen Dank, dass Sie sich die Zeit genommen haben.«

»Haben Sie auch Bücher für Hunde?«, fragte der Fotograf und stöberte in dem Stapel. »Ich würde gerne wissen, warum mein kleiner Binky bellt.«

»Natürlich.« Mama reichte ihm das Wörterbuch und drängte Heathcliff aus dem Weg, als sie zur Kasse eilte. »Wollen Sie bar oder mit Kreditkarte bezahlen?«

Heathcliff verdrehte die Augen. Ich unterdrückte ein Lachen, als ich die Szene beobachtete. Natürlich hat Mama am Ende ihren Willen bekommen. Sie hatte sich in das Leben im Nevermore Bookshop gemogelt.

Ich kannte da noch jemanden, scherzte Quoth in meinem Kopf. Ich schaute hinüber, wo er auf dem Gürteltier saß, und reckte meine Faust nach ihm.

Es war zwei Tage her, seit Helmut Greta davon überzeugt hatte, sich der Polizei zu stellen. Ein kurzes Gespräch mit Sylvia Blume hatte die restlichen Fäden des Geheimnisses geklärt. Ihr Mann war durch den Verzehr von Schierling gestorben, aber es war ein schrecklicher Unfall gewesen. Sie hatten wilden Sellerie gesucht, den sie beide am Abend in einem Eintopf gegessen hatten. Am nächsten Tag war das Taubheitsgefühl von den Zehen ihres Mannes durch seinen Körper gekrochen und schließlich ins Herz gelangt. Sylvia hatte nicht so viel von dem Eintopf gegessen und hatte sich erholt. Was sich jedoch nicht erholt hatte, war ihr Ruf. Sie war bereits die lokale »Hexe«, und nun war ihr Mann an Gift gestorben. Ihr Kräutergeschäft lag über Nacht brach. Sie änderte ihren Namen, zog nach Argleton und wagte einen Neuanfang.

Sylvia erklärte der Polizei und uns, dass Ginny ihre wahre Identität zufällig entdeckt hatte, als sie nach mehr Schmutz über Dorothy Ingram gesucht hatte. Sie hatte Harold Winstone bei seinem Projekt zur Geschichte des Krankenhauses geholfen. Dort hatten sie sich kennengelernt, und so hatte sie Zugang zu allen alten Krankenhausunterlagen, einschließlich den Sterbeurkunden.

Sylvia erklärte auch, dass Frau Winstone vor ein paar Wochen einen ihrer Spazierstöcke gekauft hatte, um ihn Harold zu schenken, wenn er von einer Forschungsreise aus London zurückkehrte. Die Analyse von Jo ergab, dass das getrocknete Blut auf dem Stock Harolds war. Es war die Mordwaffe, mit der sich Brenda Winstone selbst geschlagen und die sie dann in die Büsche geworfen hatte, in der Hoffnung, dass sie Dorothy Ingram belasten würde, wenn die Polizei sie entdeckte. Da sie ihre sorgfältig platzierten Beweise übersehen hatten, musste sie mich darauf hinweisen.

Jo sagte, dass Frau Winstone wahrscheinlich nicht ins Gefängnis kommen würde. Ihr Anwalt würde auf Unzurechnungsfähigkeit plädieren, und die Geschworenen würden angesichts ihres Alters und ihres Geisteszustandes Verständnis zeigen.

Was Greta anging, so würde sie nicht so glimpflich davonkommen. Bei einer Durchsuchung ihrer Wohnung wurden einige Behälter und Geräte mit Arsenrückständen gefunden. Die Schornsteine in Helmuts Schmiede wurden sauber gekratzt und das gesammelte Pulver mit dem Gift verglichen, das bei Frau Scarlett und dem Schrecken von Argleton gefunden wurde. Sie stimmten perfekt überein.

Das war es. Ein weiteres Rätsel war gelöst, ein paar weitere

Mörder waren vor Gericht gebracht. Ein normales Tageswerk im Nevermore Bookshop.

Wenn wir doch nur näher an der Lösung des größten Geheimnisses von allen wären. Das Geheimnis, das mich am meisten interessierte, weil es die drei Menschen betraf, die ich liebte. Warum erweckte der Nevermore Bookshop fiktive Charaktere zum Leben? Was hatte der durch die Zeit reisende Raum im Obergeschoss damit zu tun? Und warum hatte Herr Simson die Jungs angewiesen, mich zu beschützen, und wovor?

Ich schlüpfte in den Schatten des ersten Stocks, klickte auf meine neueste Errungenschaft, eine flauschige Snoopy-Lampe mit einer leuchtenden roten Nase, und kehrte zu dem Bücherstapel zurück, den ich in der Luftfahrtabteilung aufbewahrte. Ich war schon fast am Ende des Stapels angelangt, als ein Geräusch hinter mir mich aufblicken ließ.

Im ersten Moment konnte ich nichts entdecken. Niemand war hier oben und fotografierte Buchcover, um sie später auf seinem E-Reader zu kaufen, keine Kinder kletterten an den Regalen hoch und keine frechen Ladenkatzen huschten zwischen den Stapeln umher. »Hallo? Ist da jemand?«

Es antwortete niemand. Ich schielte in den Raum dahinter. Mitten auf dem Boden lag ein kleines ledergebundenes Buch.

Meine Haut kribbelte. Die Luft im Raum kühlte ab und verursachte eine Gänsehaut auf meinen Armen.

Hatte es einer der Jungs hier liegen lassen oder so? Ich hatte das Buch nicht dort liegen lassen und der Ort, an den es gefallen sein könnte, war auch nicht gerade zufällig. Die Regale standen nicht eng genug, als dass es in die Mitte des Raumes hätte fallen können. Es lag genau im rechten Winkel zur Tür und war mir zugewandt, sodass ich nicht umhinkam, es zu bemerken.

Es sah aus, als wäre es dort platziert worden.

Aber von wem? Und warum?

»Hallo?«, rief ich erneut und kroch auf Händen und Knien

über den Boden, um das Buch anzustarren. Das Kribbeln in meinem Rücken verstärkte sich, als meine Finger ein eingeprägtes Muster im Leder nachzeichneten. *Das gleiche Muster wie auf dem Einband des leeren Buches im Okkultismusraum.* Der Buchrücken war von Hand genäht worden und die Seitenränder waren rau und vergilbt. Dieses Buch war alt. Antiquarisch. Vielleicht wertvoll.

Vielleicht ... vielleicht stand es in Verbindung mit Herman Strepels alter Buchbinderei ...

»Ich gehe jetzt, Schatz«, rief Mama die Treppe hinauf. »Danke, dass du das heute arrangiert hast.«

»Das warst allein du, Mama. Ich bin ganz verstaubt, also komme ich nicht runter. Wir sehen uns heute Abend!« Die Ladenglocke läutete und signalisierte ihren Aufbruch. Mit klopfendem Herzen schob ich das Buch auf meinen Schoß und klappte den Einband auf. Die Seiten waren handgeschrieben. Reihen griechischer Buchstaben und bunte Illustrationen von einer Maus und einem Frosch. Auf einem anderen Bild marschierte eine ganze Armee von Mäusen, mit Schwertern und Schilden bewaffnet in die Schlacht.

Ich blätterte auf die Rückseite des Buches. Ein Keuchen entwich meiner Kehle, als ich den Namen und den Text erkannte. Ich rappelte mich auf und eilte die Treppe hinunter.

Unten an seinem Schreibtisch war Heathcliff hinter einer Mauer aus Wörterbüchern für Tiersprachen kaum zu sehen. »Wie ich sehe, hat dich meine Mutter für ihr Schneeballsystem rekrutiert«, sagte ich.

»Diese Frau ist der wahre Schrecken von Argleton«, knurrte er. »Was ist ein Schneeballsystem?«

»Das spielt jetzt keine Rolle.« Ich warf das Buch auf den Schreibtisch. »Ich glaube, der Laden will uns etwas sagen.«

»Wie kommst du darauf?«

»Erst taucht diese Maus auf und terrorisiert die

Nachbarschaft, dann öffnet sich das Zimmer im Obergeschoss. Später taucht die Maus im Haus unserer Verdächtigen wieder auf, und du verrätst mir, dass Herr Simson dir die ganze Zeit von mir erzählt hat, und gerade eben habe ich das hier mitten auf dem Boden im Obergeschoss gefunden.«

»Irgendein Wichser hat also ein Buch auf dem Boden liegen lassen. Das machen die doch ständig.«

»Das glaube ich nicht. *Sieh* es dir an.«

Heathcliff zog das Buch über den Schreibtisch und klappte den Einband auf. »Ja. Wie ich vermutet habe. Es ist ein altes, stinkendes Buch.«

Ich tippte mit dem Finger auf die Bilder. »Schau! Mäuse! Und hier ...« Ich blätterte auf die Rückseite und zeigte ihm die Markierungen des Buchbinders. »Herman Strepel. Siehst du das nicht? Das ist ein Zeichen.«

Morrie kam aus dem anderen Zimmer herein. Seine Augen leuchteten vor Neugierde. Quoth flatterte vom Gürteltier herüber und setzte sich auf die Kasse. Wir alle vier starrten auf das Buch, während Heathcliff durch die Seiten blätterte. »Ein Zeichen wofür?«, knurrte er.

»Woher soll ich das wissen? In der Modeschule habe ich nicht nur kein mittelalterliches Latein gelernt, sondern wurde auch nicht darauf vorbereitet, Altgriechisch zu lesen oder verfluchte Buchhandlungen zu entschlüsseln.«

Morrie riss Heathcliff das Buch aus der Hand und hielt es hoch. »Davon habe ich schon mal gehört. Dieses Werk heißt *Batrachomyomachia* und wurde angeblich von Homer geschrieben.«

»Homer Simpson?« Ich grinste.

Heathcliff sah mich böse an. »Ich werde so tun, als ob du das nicht gesagt hättest.«

»Tut mir leid, ich konnte es mir nicht verkneifen.«

»Homer wird von Gelehrten als einer der ältesten und

besten Geschichtenerzähler aller Zeiten angesehen.« Morrie blätterte auf die Rückseite und studierte die letzte Seite. »Und die Tatsache, dass dies eine Strepel-Ausgabe ist, kann kein Zufall sein.«

»Krächz«, stimmte Quoth zu.

»Ich dachte, Homer hat diese epischen Gedichte geschrieben, *Die Ilias* und *Die Odyssee,* über Achilles und Paris und den Trojanischen Krieg. Ich erinnere mich nicht an Mäuse oder Frösche.«

»Du hattest also klassische Mythologie in der Modeschule?« Morrie zog eine perfekte Augenbraue hoch.

»Nein.« Ich streckte ihm die Zunge raus. »Ich habe den Film mit Brad Pitt gesehen. Ashley war total verknallt in Orlando Bloom.«

Morrie seufzte, als ob er einfach nichts mit mir anfangen könnte. »*Batrachomyomachia* bedeutet 'Der Frosch-Maus-Krieg'. In dieser Geschichte geht eine Maus zum See, um etwas zu trinken, und trifft den Froschkönig, der sie zum Tee in sein Haus auf der anderen Seite des Teiches einlädt. Die Maus hüpft auf den Rücken des Froschkönigs und sie beginnen, über den Fluss zu schwimmen. Auf halber Strecke trifft der Froschkönig auf eine furchterregende Wasserschlange. Vor Schreck taucht der Froschkönig in Sicherheit und vergisst dabei die Maus auf seinem Rücken. Die Maus ertrinkt.«

Heathcliff lehnte sich in seinem Stuhl zurück. »Das ist eine schreckliche Geschichte.«

»Stimmt.« Ich schaute mir die Illustrationen über Morries Schulter an. »Wo ist die Bauernmaus, die aufwächst und die Welt rettet, oder die Tavernenmaus mit einem Herz aus Gold?«

»Krächz!«, warf Quoth ein.

»Es ist noch nicht vorbei.« Morrie blättert auf die nächste Seite. »Eine andere Maus wird Zeuge des Todes der ersten Maus. Sie geht zurück und erzählt all ihren Mäusefreunden, was der Froschkönig getan hat. Sie rüsten sich und machen sich auf den Weg zum Wasser. Die Frösche machen mobil. Die Götter sehen sich das alles an und streiten darüber, ob sie sich einmischen sollen, wie es Götter zu tun pflegen. Sie einigen sich darauf, nur zuzusehen. Die Mäuse gewinnen den Kampf und schlachten die Frösche ab und führen ihren Siegestanz über den winzigen Froschleichen auf, als Zeus eine Schar von Krabben aus dem Wasser holt, um die Mäuse anzugreifen. Die Mäuse haben Angst vor den Krabben und ziehen sich zurück, und die Schlacht ist vorbei. Ein paar Frösche überleben, um an einem anderen Tag zu kämpfen. Das ist das Ende.«

»Ich ziehe meine Aussage von vorhin zurück«, sagte Heathcliff mit einem Glitzern in den Augen. »Gebt diesem Autor einen Pulitzer.«

»Glaubst du, dass Homer die nächste fiktive Figur sein könnte, die in den Laden kommt?« Morries Augen leuchteten vor Aufregung.

Ich nahm ihm das Buch ab und studierte die sorgfältig gezeichneten Bilder von Mäusen und Fröschen, die sich duellieren. »Unwahrscheinlich. Homer war der Autor, nicht eine Figur.«

»Nicht unbedingt. Das hängt davon ab, wie du zu der homerischen Frage stehst.«

»Welche Frage ist das?«

»Ach, meine Hübsche«, seufzte Morrie und ließ sich in seinen Lieblingssessel aus Samt fallen. »Brad Pitt hat dir gar nichts beigebracht. Die Homerische Frage ist eine der größten Debatten in der Wissenschaft über das Altertum. Hat Homer wirklich existiert, oder war er nur eine weitere Figur in der griechischen Mythologie? War er eine Person oder viele Personen? War er eine Sie? Wann hat er oder sie die epischen Gedichte geschrieben? Oh, das ist zu spannend. Ich werde eine

Liste mit Fragen erstellen, für den Fall, dass er oder sie auftaucht.«

»Mach dir nicht in dein teures Hemd. Wir hatten schon viele fiktive Besucher, aber noch nie ist ihnen ein Buch vorausgegangen.« Heathcliff hob den Kopf, und seine schwarzen Augen fixierten mich. »Es ist keine neue fiktive Figur, die hier auftaucht. Es ist Mina.«

»Was ist mit mir?«

»Das ist alles *deine Schuld*. Seit du auf meine Anzeige geantwortet hast ..., genauer gesagt, seit Herr Simson uns gesagt hat, dass wir nach dir Ausschau halten sollen, sind hier merkwürdige Dinge vorgefallen. Quoth kann telepathisch mit dir sprechen. Die Schlafzimmertür fliegt auf. Zufällige Bücher erscheinen. Mordopfer stapeln sich.«

»Ich habe nichts mit den Morden zu tun, und ich tue auch nichts! Irgendetwas ist seltsam an dem Laden. Vielleicht war das schon immer so. Wir wissen, dass hier seit fast tausend Jahren eine Buchhandlung ist. Und dass der frühere Besitzer in einem verschlossenen Raum okkulte Bücher aufbewahrt und anscheinend über Wahrsagekräfte verfügt hat. Ich frage mich, ob dieser Ort so etwas wie die Buchladenversion eines indianischen Friedhofs ist. Er wird von den Geistern der Bücher heimgesucht, die schon einmal hier waren.«

»Das ist absurd«, spottete Heathcliff.

»Hast du eine bessere Erklärung?«, fragte Morrie ihn.

»Nein, natürlich nicht.« Heathcliff warf seine Hände in die Luft. »Wir beide haben jedes verdammte Buch in diesem verfluchten okkulten Raum gelesen. Es gibt keine Erklärung für das, was hier passiert, und in keinem Text steht etwas von fiktiven Figuren, die von den Toten zurückkommen. Alles, was mit Wurmlöchern zu tun hat, stammt aus dämlichen Science-Fiction-Büchern. Es gibt keinen Grund für irgendetwas davon.«

»Alle mathematischen Simulationen, die ich durchgeführt

habe, zeigen, dass dieser Laden und seine Eigenheiten eine theoretische Unmöglichkeit sind«, fügte Morrie hinzu. »Wenn du eine Idee hast, wie wir Antworten bekommen können, würden wir sie gerne hören.«

»Ja, das habe ich.« Ich verschränkte die Arme und blickte die beiden abwechselnd an. »Ich finde, wir sollten alle vier eine Nacht im Schlafzimmer oben verbringen.«

～

Es geht um Mord und Manieren, Kleider und Komplotte, wenn Mina und ihre Jungs das jährliche Jane-Austen-Wochenende besuchen. Schnapp dir Buch 3, Stolz und Vorahnung.

Https://books2read.com/nevermoredeutsch3

(Blättere um, um einen spannenden Auszug zu lesen).

～

Du kannst nicht genug von Mina und ihren Jungs bekommen? Lies eine kostenlose Alternativszene aus Quoths Sicht sowie weitere Bonusszenen und Extrageschichten, indem du dich für den Steffanie Holmes Newsletter anmeldest.

http://www.steffanieholmes.com/newsletterdeutsch

VON DER AUTORIN

Ein weiteres Buch, ein weiteres Nachwort von mir. Als ob du nicht schon genug von mir hättest!

In *Von Mäusen und Morden* stelle ich den Club der verbotenen Bücher vor, einen Haufen schrulliger Damen, die ihre Tage damit verbringen, Literatur zu genießen, die irgendwann in der Geschichte verboten oder zensiert wurde.

Jedes Jahr, wenn die Woche der verbotenen Bücher ansteht, bin ich traurig über die vielen Bücher, die immer noch verboten sind. Nach Angaben der American Library Association wurden allein in Amerika seit den 1980er Jahren mehr als 11.300 Bücher auf die Liste gesetzt!

Das Tagebuch der Anne Frank, das wegen »sexuell anstößiger« Passagen verboten wurde. *Die Glasglocke* von Sylvia Plath wurde wiederholt verboten, weil es darin um psychische Krankheiten und Selbstmord geht. In einer grausamen Ironie wurde Ray Bradburys *Fahrenheit 451*, ein Buch, dessen Kernthema Zensur und Bücherverbrennung ist, wiederholt auf die Liste gesetzt.

Von Mäusen und Menschen von John Steinbeck, das Buch, das Mina liest und liebt, ist eines der meistverbotenen Bücher der

Geschichte. Normalerweise wird es wegen »vulgärer« Sprache und »anstößiger« Charakterisierungen verboten.

Wenn man zwischen den Zeilen liest, erkennt man, dass diese Bücher die Menschen verärgern, weil sie ihre Überzeugungen infrage stellen und Aspekte der Gesellschaft beleuchten, die die da oben gerne ignorieren würden. Sie sind mächtig, und diese Macht macht sie gefährlich.

Wenn ich als Schriftstellerin das Gefühl habe, dass meine Worte keine Bedeutung haben oder dass das, was ich tue, sinnlos ist, denke ich an all die Bücher, die verboten wurden, weil sie den Status quo herausgefordert haben. Bücher, die es gewagt haben, queere Menschen zu zeigen, die ihr Leben genießen, Bücher, die die Armut beleuchten, Bücher, die religiöse Moralvorstellungen infrage stellen, Bücher, die mit ihrer Sprache schockieren und wütend machen.

Wenn ich ein wenig von diesem Feuer und dieser Wut in meine Liebesromane über eine verfluchte Buchhandlung einbringen kann, dann habe ich meine Aufgabe erfüllt.

Es ist wichtig, dass wir weiterhin kritische Bücher lesen, über ihre Themen sprechen und unsere Freunde, Familien und Kinder ermutigen, über die »sicheren« Wörter hinauszuschauen und neue Ideen zuzulassen.

Lies viel. Lies Bücher, die dich gutaussehen lassen, wenn du mittendrin stirbst. Lies verruchte Bücher, deren Seiten so heiß sind, dass sie deine Finger versengen. Lies Bücher, die dein Herz und deinen Verstand öffnen, und vor allem lies die Bücher der USA Today-Bestsellerautorin Steffanie Holmes, denn ich habe gehört, die wären ziemlich gut.

Xxx

Steffanie

»Ich habe Zweifel an der Weisheit dieses Plans«, sagte Morrie, während er sich einen Stapel Kissen unter den Arm klemmte.

»Wenn deine Weisheit so beleidigt ist, musst du nicht mitkommen«, erinnerte ich ihn, band mein Haar zurück und strich die Vorderseite meines Snoopy-Pyjamas glatt. »Du kannst wieder nach unten gehen und die Ausstellung fertigstellen, die ich für das Jane-Austen-Festival in Argleton begonnen habe.«

»Mach keine Witze, meine Hübsche. Dieser Raum hat mich interessiert, seit ich in deiner Welt angekommen bin. Ich werde keine Bänder um triviale Bücher binden, während der Rest von euch Geheimnisse entdeckt.« Morrie griff unter mein Hemd und rollte meine Brustwarze zwischen seinen Fingern. »Außerdem sollte man die Gelegenheit, die Nacht mit dir zu verbringen, nie ungenutzt verstreichen lassen.«

»Jane Austen ist nicht trivial«, schoss ich zurück, packte sein Handgelenk und verdrehte es, sodass seine Hand von meiner Brustwarze rutschte und ich wieder klar denken konnte. »So etwas solltest du im Moment nicht in Argleton sagen. Das ganze Dorf ist verrückt nach Austen.«

Es stimmte. Vor zehn Jahren hatte ein berühmter örtlicher Gelehrter namens Algernon Hathaway eine Aufzeichnung darüber entdeckt, dass Jane Austen Weihnachten in Baddesley Hall verbracht hatte, dem prachtvollsten der herrschaftlichen Häuser über Argleton, das heute den Lachlans gehörte. Seit der Entdeckung ihres berühmten zeitweiligen Bewohners feierte das Dorf mit einem jährlichen Regency-Weihnachtsfest, das im Laufe der Jahre immer aufwendiger wurde. Es gab Teepartys, szenische Lesungen, eine Kostümschau und einen Tanz im Regency-Stil im Saal sowie eine Bücheraktion, bei der die Dorfbewohner armen Kindern Lesestoff spendeten.

In diesem Jahr veranstalteten die Lachlans sogar die Jane Austen Experience, eine akademische Konferenz und ein Erlebnis, bei dem die Gäste Hunderte von Pfund zahlten, um ein Wochenende lang in Baddesley Hall zu verbringen. Und um sich in alberne Kostüme zu kleiden, an schicken Bällen und Teepartys teilzunehmen und sich gegenseitig Heiratsanträge zu machen. Dieses Jahr war der berühmte Gelehrte Professor Hathaway selbst der Ehrengast.

Natürlich wollte Heathcliff nichts mit dem Jane-Austen-Festival zu tun haben. Er wies alle meine cleveren Ideen zurück. Professor Hathaway für eine kostenlose öffentliche Lesung im Raum für Weltgeschichte einzuladen, einen Stolz & Vorurteil-Quizabend zu veranstalten und Quoth mit einer winzigen Haube zu verkleiden. Eigentlich war Quoth derjenige, der sein Veto einlegte. Heathcliffs eklatanter Mangel an kaufmännischem Interesse war wahrscheinlich der Grund, warum er am Vorabend des Festes vorgeschlagen hatte, meine Idee in die Tat umzusetzen, die Nacht im magischen Raum zu verbringen und zu versuchen, seine Geheimnisse zu ergründen.

»Ich sage, was ich will«, zwinkerte Morrie mir zu, während er einen vornehmeren Akzent anschlug. Seine Hand glitt wieder unter mein Hemd. »Das hat dir doch noch nie etwas ausgemacht.«

Nein, es machte mir überhaupt nichts aus. Morries Lippen flatterten an meinem Hals entlang. Seine Hand umfasste meine Brust, seine Finger zwickten und neckten meine Brustwarze. *Wenn das ein Hinweis darauf war, was heute Abend passieren könnte, sollte die Vergangenheit besser aufpassen.*

»Aus dem Weg, ihr Turteltauben«, brüllte Heathcliff aus seinem Schlafzimmer. Einen Moment später segelte eine riesige braune Bettdecke durch die Tür und knallte über unseren Köpfen an die Wand. Ich riss mich aus Morries Umarmung und sprang weg, als sie auf den Boden rutschte und sich zu dem großen Haufen von Heathcliffs Sachen gesellte, der sich bereits vor der Tür stapelte.

Er hoffte, dass wir vor nächster Woche nicht wieder auftauchten.

»Wir sollten das lieber woanders hin verlagern, falls Sir Reizbarton mit seinen Whiskyflaschen wirft.« Morrie führte mich zur Seite und seine Hand strich besitzergreifend über meinen Rücken, was mein Herz zum Flattern brachte.

Morries Lippen hatten meine kaum gestreift, als wir erneut unterbrochen wurden. Quoth kam mit seinen Sachen von seinem Dachboden heruntergeklettert. Wie immer trug er nur ein Minimum an Kleidung. In diesem Fall ein Paar schwarze Boxershorts, die nichts der Fantasie überließen. Ich befeuchtete meine Unterlippe. Wie sollte ich die Nacht mit allen dreien überleben, ohne dass es zu einer bacchantischen Orgie kam?

Warum ließ der Gedanke an eine bacchantische Orgie mit den dreien die Hitze zwischen meinen Beinen aufsteigen?

Ich erinnerte mich daran, warum wir das taten. Nicht von Quoths schönen Augen oder Heathcliffs starken Händen oder Morries wandernder Zunge ablenken lassen ...

»Das ist alles, was ich brauche.« Quoth reichte mir eine

Tüte mit Beeren. Ich steckte sie in mein Snackpaket und meine Notfallausrüstung.

»Bist du sicher, dass wir dieses ganze Zeug mitnehmen sollen?« Morrie betrachtete stirnrunzelnd die Tragetaschen, die ich mit Trockenfutter, einem Campingkocher, Wasserflaschen, Notfackeln und Tampons gefüllt hatte. Heathcliff war nicht der Einzige, der im Pfadfindermodus war. »Das ist nicht sehr eindrucksvoll und auch nicht sehr historisch.«

»Wir wissen nicht, was uns auf der anderen Seite erwartet und wie lange wir brauchen werden, um die Tür wieder in der Gegenwart zu öffnen. Ich möchte auf alles vorbereitet sein.«

»Dem stimme ich zu.« Heathcliff stolperte aus seinem Zimmer. Unter einem Arm trug er drei Flaschen Whisky und ein Paket Wagon Wheels. Unter dem anderen ein langes, spitzes Schwert mit einem kunstvollen Griff.

»Was hast du mit dem Ding vor?« Morrie betrachtete stirnrunzelnd das Schwert.

»Marshmallows rösten«, grunzte Heathcliff. Er schob seine Flaschen in meine Tasche, steckte das Schwert in eine Scheide an seinem Gürtel und zog seinen Schlüssel heraus. »Machen wir das jetzt, oder nicht?«

Ich nickte. Wir brauchten Antworten, und der einzige Weg, sie zu finden, war, die Geheimnisse der Buchhandlung Nevermore zu lüften, angefangen mit dem Raum, der durch die Zeit reiste, ... oder so.

Morrie strich den Kragen seines Armani-Pyjamas glatt. »Welchen Raum, glaubst du, werden wir auf der anderen Seite sehen? Ich schlage eine Wette vor, der Verlierer muss das Badezimmer putzen. Ich hoffe auf ein Regency-Boudoir mit dem berüchtigten Sexsessel Le Chabanais von Edward VII.«

»Ich bin für den leeren Dachboden«, sagte Heathcliff.

»Natürlich bist du das.«

»Ich will die Büros von Herman Strepel«, fügte ich hinzu.

»Aber ich mache bei dieser Wette nicht mit, denn du wirst mich auf keinen Fall dazu bringen, auch nur einen Fuß in dieses Badezimmer zu setzen.«

»Ich hoffe auf Dinosaurier«, fügte Quoth hinzu.

»Du *hoffst* auf Dinosaurier? Du bist ein Idiot. Gut, dass Heathcliff sein Schwert hat.« Morrie schnappte sich den Schlüssel von Heathcliff und steckte ihn in das Schloss. Ich errötete bei seiner Beleidigung, aber Quoth schien das nicht zu interessieren. In den letzten Wochen waren Morries Kommentare zu uns allen, normalerweise freundliche Sticheleien, immer bissiger geworden. Es war, als wollte er uns allen immer wieder versichern, dass wir ihm egal waren und dass er sich uns in jeder Hinsicht überlegen fühlte. Das ging mir allmählich auf die Nerven, vor allem, wenn er es mit Quoth tat, der nie etwas erwiderte und jeden Kommentar zu verinnerlichen schien.

Die Tür öffnete sich mit einem unheilvollen Klicken. Morrie trat zurück und gestikulierte zur Tür. »Nach dir, meine Hübsche. Das war deine clevere Idee.«

Ja, das war es. Und wenn es uns half, herauszufinden, was in diesem Laden passierte, würdest du mir dankbar sein.

Ich holte tief Luft und stieß die Tür auf.

Willst du noch mehr Geheimnisse des Nevermore Bookshops aufdecken? Schnapp dir Buch 3, Stolz und Vorahnung.

Https://books2read.com/nevermoredeutsch3

Mein erstes Anzeichen dafür, dass wir nicht mehr in Kansas sind, ist, dass jemand die Autotür aufzieht und mir meine Kate Spade-Tasche aus den Armen reißt.

»Hey!«, schreie ich, denn niemand fasst meine Kate an und überlebt, um damit zu prahlen. Ich schwinge meine Faust, um dem Dieb eins auszuwischen, aber er ist zu schnell. Mein Schlag prallt an seinem Arm ab.

»*Ich* werde Ihre Sachen nehmen, Fräulein«, sagt der Dieb mit ernster Stimme. Wenigstens ist es ein höflicher Krimineller. Die Menschen in Emerald Beach werden wirklich anders erzogen.

»Danke, Seymour. Sie müssen meine Tochter entschuldigen. Sie weiß nicht, wie man sich unter Menschen verhält.« Papa klingt müde. In letzter Zeit hört er sich oft so an. Früher hatten wir eine Vater-Tochter-Beziehung wie aus einem Hallmark-Film. Wir hätten darüber gelacht, dass ich versucht habe, Seymour auszuschalten, wer auch immer dieser verdammte Seymour ist. Aber das war, bevor ich unser Leben zerstört habe. Jetzt ist alles, was ich tue, ein weiteres Ärgernis für ihn, denn es ist *völlig normal*, dass irgendwelche Leute ihre Hände in meinen Schoß stecken und mir meine Sachen wegnehmen.

Aber ich schätze, das ist jetzt unser neuer Alltag.

Unser neues Leben. Mit unserem Kofferträger namens Seymour.

Ich wünschte, ich hätte besser aufgepasst, als Papa mir von unserem Umzug nach Emerald Beach erzählt hat. Wahrscheinlich hat er Seymour erwähnt. Aber ich war ein bisschen damit beschäftigt, mein Körpergewicht in Marsriegeln zu essen und alles und jeden in Reichweite zu zerschmettern.

»Lassen Sie die Schlüssel bei mir, Sir«, sagt Seymour zu Papa. »Ich parke das Auto für Sie und bringe den Rest Ihrer Sachen rein. *Sie* wartet schon auf Sie.«

Seymour flüstert *Sie*, als wäre es ein Gebet, ein Flehen. Wer ist diese Frau, die nicht einmal einen Titel hat? Wer ist nicht Madame oder Lady oder Frau Dio für ihre Angestellten, sondern einfach nur *Sie*?

Ich steige aus dem Auto aus. Die Sonne trifft mich wie ein Güterzug aus Feuer. Ja, ich bin definitiv nicht mehr in Kansas. Und mit Kansas meine ich Witchwood Falls, Massachusetts. Oder Cedarwood Cove, Massachusetts – je nachdem, wer fragt. Ich bin weit weg von zu Hause.

Anders als Dorothy schlage ich nicht die Absätze meiner magischen Schuhe zusammen, die mich dorthin zurückbringen. Egal wie kochend heiß, basic oder albern Emerald Beach auch sein mag, es kann nicht so schlimm sein wie das, vor dem ich davonlaufe.

Dank mir haben wir kein Zuhause mehr, zu dem wir zurückkehren können.

Meine Schuhe knirschen auf den Kieselsteinen. Das Haus erhebt sich über mir – eine riesige Wand aus Marmor, Glas und Schrecken. Ich erinnere mich daran, wie Papa es mir beschrieben hat, also muss ich es nicht sehen, um zu wissen, dass es verdammt protzig ist, mit gebleichten weißen Säulen, die einen geschnitzten Säulengang stützen, übergroßen Eichentüren und wahrscheinlich einer schlecht geschnitzten Kopie von Michelangelos David in der Mitte des plätschernden Brunnens, und Gold; Gold, das überall glitzert. Die Häuser hier sind wahrscheinlich alle gleich, als hätten Paris Hilton und ein griechischer Tempel ein Baby gehabt.

Mein neues Zuhause.

Ohne meine Handtasche fühle ich mich nackt, also umklammere ich meinen Stock ein bisschen fester als sonst, während ich auf das sich abzeichnende Gebäude unseres neuen Lebens zusteuere. Die Türen öffnen sich knarrend und ich bin überrascht, eine dunkle Stimme zu hören.

»John. Du hast es noch rechtzeitig geschafft, wie ich sehe.«

Sie klingt nach heißem Kakao und Rasierklingen.

»Cali.« Papa sagt ihren Namen mit einem Hauch von Ehrfurcht in seiner Stimme. »Ich möchte dir meine Tochter vorstellen.«

»Hallo, Fergus.« Meine neue Stiefmutter sagt meinen Namen steif und testet seinen Klang auf ihrer Zunge.

»Fergie«, sage ich. »Alle nennen mich Fergie.«

Ja, mein Name ist Fergus und ich bin ein Mädchen. Es ist die lächerlichste Geschichte überhaupt. Vor Jahrhunderten, als meine Vorfahren noch ein Haufen schwertschwingender Clanmitglieder in Schottland waren, versprach ein reicher Gutsherr dem erstgeborenen Sohn jeder Generation, eine große Geldsumme, wenn er Fergus hieße. Und obwohl kein einziger Cent dieses Geldes jemals zustande kam, hat mein Clan nie die Gelegenheit für leicht verdientes Geld verstreichen lassen, also ist der Name geblieben. Ich sollte ein Junge sein, bis zu dem Moment, als ich aus meiner Mutter herausgeschossen kam, und so wurde ich Fergie.

»Hey, Fergalicious.« Papa benutzt seinen Kosenamen für mich, während er mich mit diesem müden Ton in der Stimme anstupst. »Ich freue mich so, dass du endlich Cali, deine neue Stiefmutter, kennenlernst.«

Juchhu.

Ich will keine verdammte Stiefmutter, schon gar nicht diese Frau. Aber wie bei allem, was seit dem Vorfall passiert ist, habe ich auch hier keine andere Wahl.

Eine Hand ergreift meine und schüttelt sie, der Griff ist fest und knapp – Cali macht mir klar, dass sie mir das Handgelenk brechen kann, wenn sie die Gelegenheit dazu hätte. Sie hat irgendeinen hochrangigen Job in der Fitnessbranche – ich habe Papa nie gefragt – und ich stelle mir vor, dass dies der Händedruck ist, den sie für alle Steroid-Typen verwenden muss.

Auch wenn ich Papa zuliebe nett sein will und auch wenn diese Frau alle möglichen Fäden für mich gezogen hat, obwohl sie mich nie getroffen hat, kann ich nicht anders.

Ich erwidere den Druck.

Ich werde nicht die Schwächere sein.

Ich lasse mich nicht über den Tisch ziehen oder zum Narren halten.

Nicht dieses Mal.

Calis Fingerknöchel knacken. Sie lässt meine Hand fallen.

»Endlich sind meine beiden Lieblingsfrauen zusammen«, sagt Papa mit gespielter Fröhlichkeit in der Stimme. »Ich bin überzeugt, dass ihr euch prächtig verstehen werdet.«

»Kommt rein.« Calis Tonfall wird steif und förmlich. Es ist die Stimme von jemandem, der nicht die Absicht hat, sich »blendend zu verstehen«. Sie hält mir die Tür auf, und ich folge Papa in das riesige Foyer. Mein Stock streicht über den Boden, die Kugelspitze rollt über kalten Marmor. Das Geräusch hallt durch drei Stockwerke und das Echo macht mich völlig wahnsinnig. Ich habe noch nie in einem so leeren Raum gestanden. Ich meine, in Einkaufszentren und Konzerthallen schon, aber die sind immer voll von wogenden Körpern, Lärm, Aufregung und Geschäftigkeit. Dieses Haus trieft vor bedrückender Stille.

Dies ist ein Haus der Geheimnisse.

Gut. Vielleicht wird es auch meins fest verschlossen in seinen Mauern halten.

Calis Absätze klacken auf dem Marmor. »Wir haben schon gegessen, aber ich kann Milo bitten, euch etwas aufzuwärmen. Ihr müsst nach der langen Fahrt hungrig sein.«

»Das wäre fantastisch. Du hast keine Ahnung, wie sehr ich Milos Essen vermisst habe. Fergie?«, fragt Papa mich.

»Ich bin nicht hungrig.«

Ich beiße mir auf die Lippe und fühle mich schlecht, weil meine Stimme so schnippisch klingt. Papa will so sehr, dass es klappt. Ich habe ihm in den letzten Monaten viel Mist zugemutet. Ich habe das Gefühl, dass ich bereits mit Cali auf falschem Fuß stehe, und wir sind kaum durch die Eingangstür. Aber dieses Haus, diese Frau, das ist einfach zu viel. Ich versuche, meine Stimme ruhig zu halten. »Kann ich mein Zimmer sehen?«

»Folge mir«, bellt Cali. Ihre Absätze *klick-klacken* auf der Treppe. Sie wartet nicht auf mich und hält mich auch nicht am Arm fest, was mich ihr gegenüber ein wenig erwärmt. Mein Stock stößt an die unterste Stufe und ich gehe weiter, bis ich den Handlauf erreiche. Ich drehe meinen Stock in der Hand, damit er mir die Tiefe und die Anzahl der Stufen anzeigt, und steige ihr nach. Papa schnauft hinter mir her. In dieser Leere aus Bohnerwachs und Bleichmittel kann ich die muffige Klimaanlage unseres Volvos und die Snackkrümel, die an uns beiden kleben, riechen.

Wir gehören nicht in ein Haus wie dieses, mit einer Frau wie Cali.

Vielleicht sieht Papa das bald ein.

Die Treppe führt immer höher und höher und höher und verwirrt mich. Ich bin verloren in einem Labyrinth, mit einem Minotaurus in der Mitte. Aber das ist nicht fair – das Monster ist nicht meine neue Stiefmutter.

Das *echte* Monster habe ich in Massachusetts zurückgelassen.

Cali führt uns einen breiten, großen Flur hinunter. Die Absätze meiner Stiefel sinken in den dicken, weichen Teppich. »Dein Vater und ich haben ein Zimmer im Ostflügel«, sagt sie schroff. »Luella, das Hausmädchen, wohnt außerhalb. Seymour und Milo wohnen im Anbau hinter dem Pool. Neben deinem Bett befindet sich ein Rufknopf, falls du sie brauchst. Du und Cassius wohnen in diesem Flügel. Ihr teilt euch ein Bad.«

Stimmt – ich muss Cassius noch kennenlernen. Meinen neuen Stiefbruder.

Ich weiß nichts über ihn. Ich habe nie gefragt. In den letzten Wochen war ich wie betäubt, weil mein Leben und meine Zukunft in einem von mir selbst verursachten Inferno untergegangen sind. Ich habe kaum daran gedacht, zu essen, geschweige denn, mich um das Kind zu kümmern, mit dem ich das Haus teilen werde. Er ist ungefähr zwölf Jahre alt oder so, riecht wahrscheinlich eklig, redet nur in Grunzlauten und wird einen unerträglichen Musikgeschmack haben. Ich erinnere mich, dass Papa gesagt hat, dass es noch einen Bruder gibt – er ist ein paar Jahre älter als ich, aber er wohnt nicht mehr hier.

Cali stößt eine Tür auf. »Ich nehme an, das ist ausreichend.«

»Es ist wunderbar, vielen Dank.« Papa drückt meine Hand. »Fergie, was denkst du?«

Ich kann gar nichts sagen. Meine Lippen sind wie zugeklebt.

Ich bleibe in der Tür stehen und begrüße die Leere meines neuen Zimmers mit eisigem Schweigen.

»Es ist ganz in Rot und Gold dekoriert«, sagt Papa. »Deine Stiefmutter hat einen guten Geschmack.«

»Ich pfeife auf Farbmuster und Kissen«, spottet Cali. »Livvie hat das gemacht.«

Ich weiß nicht, wer Livvie ist, aber Papa weiß es offensichtlich, denn er lacht, als hätte Cali etwas total Lustiges gesagt. Ich versuche, das Unwohlsein zu ignorieren, das sich in meinen Magen gräbt.

Papa hat schon ein ganzes Leben in Emerald Beach, mit Cali und Livvie. Er hat diese Welt, die völlig getrennt von mir ist.

Haben sie Livvie zu ihrer Hochzeit eingeladen? Denn mich haben sie nicht eingeladen.

Ich sollte nicht hier sein. Sie wollen mich nicht hier haben.

Ich schaffe es, mich nach vorne zu schleppen und gehe im Raum herum, wobei ich die Kanten der Möbel berühre. Es gibt nicht viel, was mir lieb werden könnte. Ein Bett mit einem Bettgestell aus Messing, ein zotteliger Teppich, der den gesamten Boden bedeckt, eine hohe Kommode, ein Schreibtisch und ein gepolsterter Sessel unter dem Fenster. Meine Füße stoßen auf ein paar seltsame Dellen im Teppich, Stellen, an denen etwas Schweres die Fasern zerdrückt hat. Ich frage mich, was es war, dass früher in der Mitte des Bodens gestanden hat.

Meine Taschen sind bereits neben der Tür zum begehbaren Kleiderschrank gestapelt. Seymours Werk, nehme ich an. Der ganze Raum ist größer als unser altes Haus.

»Wir lassen dich in Ruhe, damit du dich zurechtfindest.« Papa küsst mich auf den Scheitel. »Komm runter in die Küche, wenn du etwas essen willst. Sie ist hinten rechts im Haus, durch das Wohn- und Esszimmer.«

Sie gehen und schließen die Tür hinter sich. In dem Moment, in dem sie zufällt, lasse ich mich ins Bett sinken und gönne mir eine einzige Träne – ein salziges Tröpfchen für das verdammte Chaos, das ich in meinem Leben angerichtet habe.

Das ist alles, was ich verdiene.

Ich fahre mit den Fingern über den herrlichen, seidenen Stoff der Bettdecke. Diese Livvie mag Cali ein spöttisches Grinsen entlocken, aber sie hat Geschmack.

Das Zimmer riecht sogar gut, nach frischen Blumen. Ich wette, Seymour hat irgendwo ein Gesteck hinterlassen.

Ich hasse mich selbst.

Vor zwei Wochen stand ich auf einer Brücke und wollte runterspringen, um meinen Papa von der Last meiner Fehler zu befreien. Jetzt ertrinke ich in einer verdammten Villa in Seidenbettwäsche und Dienern und kann nicht einmal dankbar dafür sein. Als wir gegangen sind, habe ich die meisten meiner Besitztümer, sogar meinen Jiu-Jitsu-Gi, in den Müll geworfen. Ich kann es nicht ertragen, irgendwelche Erinnerungen daran zu haben, wie mein Leben eigentlich sein sollte.

Papa sagt, dass ich neue Klamotten bekommen werde, sobald wir uns eingelebt haben. »Das meiste von deinen Sachen wird in Emerald Beach nicht funktionieren, Fergie. Die sind da unten ganz anders.«

Er hat sich noch nie Gedanken darüber gemacht, ob ich irgendwo dazu passe.

Seit dem Vorfall hat sich alles verändert.

Du hast Glück gehabt, erinnere ich mich. *Dein Fehler wurde ausgelöscht. Du kannst neu anfangen. Neuer Name. Ein neues Leben. Wie viele andere Menschen haben diese Chance?*

Aber ich *will* weder einen neuen Namen noch ein neues Leben noch eine neue Mutter. Ich will mein altes Leben zurück. Ich will meine 1540 SAT-Punkte und meine Meisterschaftsgürtel und dass das schlimmste in meinem Leben der Stress ist, meinen Aufsatz für Harvard zu schreiben.

Die Luft bewegt sich.

Die Haare in meinem Nacken stehen mir zu Berge.

Ich höre ein Knarren, als die Tür zum angrenzenden Badezimmer aufschwingt.

Jemand ist in meinem Zimmer.

Jetzt lesen:
http://books2read.com/elite1deutsch

POISON IVY

**Ich würde alles tun, um hineinzukommen. Ich würde sogar
zu ihnen gehören.**

Victor. Torsten. Cassius – der Sportler, der Künstler, der
Stiefbruder.
Der Poison Ivy Club.
Rücksichtslos.
Verbunden.
Gewalttätig.
Unantastbar.

Sie regieren die Stonehurst Academy mit eiserner Faust.
Wenn du nach Harvard, Princeton oder Yale willst, werden sie
dich dort reinbringen.
Garantiert.
Aber vorher wollen sie ihr Pfund Fleisch haben.
Ein Deal ist ein Deal – du gibst ihnen, was sie wollen, und sie
lassen deine Träume wahr werden.

Und sie wollen mich.

In ihrem Bett.
In ihren Armen.
Als Teil ihrer Gang.

Ich würde alles tun, um auf eine Eliteuniversität zu kommen.
Ich würde lügen. Ich würde betrügen.
Ich würde auf die Knie gehen.
Ich würde töten.
Aber diese drei dunklen Prinzen werden niemals mein Herz
bekommen.

Dies ist ein zeitgenössischer, dunkler Liebesroman für
Erwachsene mit drei finsteren Kerlen und einem furchtlosen
Mädchen. Er ist für Leser ab 18 Jahren gedacht.

Jetzt lesen:
http://books2read.com/elite1deutsch

ÜBER DIE AUTORIN

Steffanie Holmes ist *USA Today*-Bestsellerautorin für paranormale, gothische, düstere und fantastische Bücher. In ihren Büchern geht es um kluge, witzige Heldinnen, Geheimbünde, gruselige alte Herrenhäuser und Alphamännchen, die *immer* bekommen, was sie wollen.

Steffanie ist von Geburt an blind und wurde 2017 mit dem Attitude Award for Artistic Achievement ausgezeichnet. Außerdem war sie Finalistin für den Women of Influence Award 2018.

Steff ist die Gründerin von *Rage Against the Manuscript* – einer Ressourcensammlung mit kostenlosen Inhalten, Büchern und Kursen, die Autor*innen dabei helfen, ihre Geschichte zu erzählen, ihre Leser*innen zu finden und eine erfolgreiche Schreibkarriere aufzubauen.

Steffanie lebt mit ihrem Mann, einer Horde streitsüchtiger Katzen und ihrer mittelalterlichen Schwertsammlung in Neuseeland.

Steffanie Holmes Newsletter

Hol dir ein Gratisexemplar von *Cabinet of Curiosities* – ein Steffanie Holmes-Kompendium mit Kurzgeschichten und Bonusszenen – wenn du dich für den Steffanie Holmes-Newsletter anmelden.

http://www.steffanieholmes.com/newsletterdeutsch

Tritt mit Steffanie in Kontakt

www.steffanieholmes.com
steff@steffanieholmes.com